文春文庫

大いなる助走

筒井康隆

文藝春秋

大いなる助走／目次

大いなる助走

ACT 1

ACT　1／SCENE　1

　行進曲「旧友」が聞こえてくる。近所のパチンコ屋からである。パチンコ屋はこの「旧友」はじめ「君ヶ代行進曲」だの「軍艦マーチ」だのを含む同じ行進曲を三十分に一度くらいのローテーションでもってがなり立てる。いい加減いらいらするだろうと思って保叉一雄は同情するのだが、神経が図太いのか音痴で同じ曲ばかりだということがわからないのかそれとも行進曲が好きなのか、鱶田平造は平気で窓を開け放し、騒音の中で一日中原稿を書き続けている。騒音は行進曲だけではない。時おりパチンコ屋の店員の、何を言っているのかさっぱりわからないアナウンスも入る。

「ええらっしゃいませ。ええらっしゃいませ。え本日の来店りとざいます。え本日うちろめないまいのさいですまいです。なおてないのまえにおおりょくの、ひますからもありますか。れすか。れすか。りとざいます。りとざいます」

　うすっぺらな座布団の上の正座に耐えられなくなって身じろぎし、自分でもそれがちょうど身をくねらせているように感じられたので、ついでのことに保叉はまた鼻を鳴らした。「ねえ先生。お願いしますよ。先生に書いていただかないと箔《はく》がつきません。五十枚。五十枚がご無理でしたら四十枚でも。三十枚でも」

「わはははははは」保叉に背を向けたまま机に向かっている鱶田が機嫌よさそうに笑った。「今からではとても無理だなあ。四日までには『焼畑センター街ニュース』に読切十二枚、『焼畑商工業新聞』の連載が毎回五枚の計十五枚、『焼畑市報』のエッセイ十六枚半、『焼畑税務署だより』にエッセイ三枚書かにゃならんのよ」

流行作家を気取っているわけであるが、掲載誌紙名や枚数をきちんと憶えているところなど逆にまったく流行作家らしくなく、鱶田自身はそれに気づいていない。巨大草食獣の臀部を想わせる鱶田の尻を嫌悪の眼で見ながら保叉はよくまあこの古い木綿のひとえものが尻の真ん中で裂けないものだと、いつものように感心した。肉のだぶついた鱶田の尻はぐしゃりと左右へ拡がり、座布団からはみ出してそのはみ出した部分が垂れ下がっているのである。

「でも、先生の筆力なら、それぐらいは」無理に顔を歪めて笑顔を作り、保叉はいった。笑顔で喋っているか仏頂面で喋っているかが、なぜか鱶田にはわかるらしいのだ。「そうでしょう先生。五十枚や百枚、それぐらいは先生なら」襖をあけ、鱶田の妻が茶を持って入ってきた。入ってきたといっても本でいっぱいの四畳半、客の保叉が座ってしまうともはや彼女が足を踏み込む余裕さえなく、進めるだけ進んで手をのばし、茶を盆ごと保叉に手渡すしかない。

妻のいる前で編集者にへいこらされると、眼に見えて鱶田の機嫌がよくなることを保叉は知っている。彼はまた鼻声を出した。「先生が書いてくださらないと、雑誌にでかい穴があいてしまうんですよ。なんとかお願いしますよ」

「しかたがないなあ。もっと早く言ってこないからいかんのだ」ゆっくりと保叉に向きなおり、獅子鼻から鞴《ふいご》のように息を吹き出して鱶田はいった。「じゃあ、三、四十枚のものでよけりゃあ」

「いやあ。助かったあ」保叉は大袈裟に喜んで見せ、わざとハンカチを出して額を拭った。「これで次の号が出せる」

鱶田の妻は入ってきた時のままの仏頂面で茶の間へ去った。その仏頂面がうだつのあがらぬ地方文士の亭主に向けられたものか、四十面下げてまだ文学同人誌などを主宰している自分に対しての軽蔑の意味を持つのか、保叉にはわからなかった。どちらにしろ、これ以上の芝居は馬鹿ばかしいと思い、保叉は足を投げ出してがらりと口調を変えた。

「いい原稿がなくて困っちまうよ。いいものがなきゃ、無理して出さなくてもいいってよく言われるけど、やはり同人雑誌評の選者に忘れられても困るからね」

「なあんだ。今日はもうやめるのか。もう少しいい気分にしておいてほしかったのに」

原稿を引き受けるなり保叉が芝居を中断したので鱶田はやや不機嫌になり、煙草に火をつけながら鼻を鳴らした。「するとおれに頼みに来たのは、雑誌の体裁を整えるためか」

「まあ、早く言えばいつも通りのページ数にするためだ」率直に、保叉はいった。「ページ数を落すと、原稿を載せてやらなかった同人がうるさいのでね」

「しかしお前さんもよくやるよなあ」鱶田は書棚を眺めた。

書棚は材質造作大小さまざまのものが両の壁ぎわに並んでいて、ところどころ五分板を組み合わせただけの部分もあり、棚のいちばん上に横に積み重ねられた書籍がほぼ天井にまで達しているところもあるから、地震がなくてさえいつ崩壊するやら予測がつかず、はなはだ物騒である。片方の書棚の中ほどの段には「焼畑文芸」のバック・ナンバーが全冊揃っている。だいたい一年に四冊出し、約十五年続けたわけだから、ほぼ六十冊になる。ずらりと並んだ「焼畑文芸」には三冊に一冊の割で鱶田の書いたものが掲載されており、その号だけは書棚から取り出しやすいように他の号よりも少し背表紙を突き出して並べてある。他にも県内の同人誌数種が号数とびとびに並んでいる。また、大出版社の文芸誌も数冊ある。ここに並んでいるこれらの同人誌や商業誌には、すべて、鱶田の寄稿した小説や雑文が掲載されていて、たまに誰かがこれらのうちの一冊をとり出して見ようとすれば、しぜんと鱶田の名前の出ているページがどういう仕掛けかわからないがぱらりと開くように細工されている。ただし中央の文芸誌への鱶田の寄稿は小説ではなく、各県同人誌地図とか各地同人誌だよりとかいった特集の一部の署名記事である。

　饑田の書棚にあるそれ以外の本で、保叉の眼の届くあたりの書名を列記すれば次のようになる。

「焼畑市史」全一巻。

「大東亜戦史」全二巻。

「新約聖書」。

「スリ・万引の手口と対策」。

「第４類危険物取扱心得」。

「モーツアルト伝」。

「やさしい心理学」。

「現代用語の基礎知識」一九七一年度版。

「関東地方の迷信」及び類書二冊。

「太平洋古代大陸の謎」。

「西洋料理」。

「文芸年鑑」昭和四十九年度版。

「ネコの事典」。

「編集ハンドブック」及び類書二冊。

「日本の民話」全四冊。

「江戸川柳夜話」。

「実戦麻雀」。

「日本の文学」1。2。4。7。12。31。

「世界文学全集」8。9。11。14。29。

「茶の間のツボ療法」。


山本周五郎の謂《い》う「汚い本棚」に類するものであって、書斎の主の興味の対象が那辺にあるかさっぱりわからない。それでも保叉のように鱶田の書いたものを読む機会の多い人間から見れば、これらの本がこの男の本棚に在ることも、まあどうにか納得することができるのである。「焼畑市史」は市報などに随筆を頼まれることが多い関係上その欠くべからざる資料であり、鱶田の蔵書の中では今までにもいちばん多く彼に原稿料を稼がせてくれた、いわば最も重要な商売道具ともいえる。市史全一巻というとずいぶん部厚い本のようだが実は二百ページにも満たぬ薄っぺらな本で、これは焼畑市が二十年ほど前までは「大字焼畑」であったことからもわかるように、ろくに市としての歴史を持っていないからだ。前史さえあまりなく、十ページでおさまる程度である。

民話、迷信の類の本が多いのは鱶田の大学での専攻が民俗学だったからであるが、だとすると今度は逆にずいぶん少いと言わねばなるまい。しかし誰でも自分が大学で専攻した学問の関係図書などあまり持っていないのが普通であるから、これも納得できぬことはないのである。保叉の書棚にしたってこれとたいして違わぬ有様だから、偉そうなことはいえない。

その他はすべて何か書かねばならなくなってその時その時に買った参考書であって、鱶田がどの小説にどの本を使いどの雑文にどの本を引用したかその大半が保叉にはわかる。ただし「実戦麻雀」や「ツボ療法」のように、参考書だか実用書だかよくわからぬものもある。たとえば鱶田が麻雀をしているところなど、保叉は一度も見たことがない。

こうした参考書、実用書にはさまれてあちこちに点点と小説らしいタイトルの本が散らばっている。その大半は鱶田の文学仲間の、多くは自費出版による本である。最近のベスト・セラーや文学賞受賞作などみごとに一冊もない。見識が高いともいえるが勉強不足ともいえる。

全部叩き売ったとしても背広一着買えるかどうか疑わしいそれらの書物を眺めまわすうち、この鱶田同様つぶしのまったくきかぬ道に踏みこんでしまったわが身を改めて憂う気分になり、保叉は溜息をついた。「あんたが同人をやめてから、おれだけでもう六年やったことになる。近頃は金の苦労に加えて原稿の苦労よなあ」

「焼畑文芸」はもともと鱶田と保叉、それに比較的早いうちに足を洗った二人を加え、計四人で創刊した同人誌だが、地方名士になった鱶田が会費不要の名誉会員になってしまってからはほとんど保叉ひとりで編集を続けているのである。

「もう抛り出したって、あんたぐらいになれば何か書きさえすりゃどこでも載っけてくれるのに」

おれひとりが職業作家になってしまえばもう用済みだといわんばかりの冷たい鱶田のことばに、そうはいかんのだ、と、また保叉は思った。保叉自身、たしかに一流文芸誌の新人賞最終候補にまで残ったことが二度あり、地方ではそれでも充分文士として通用はするものの、鱶田が「どこでも」というのはあくまで「県内のどの同人誌でも」という意味で、中央の文壇マスコミでの保叉の存在価値はまだまだ単に地方同人誌の主宰者としてであるに過ぎないのだ。

「今、雑誌をやめてしまったら、同人達が困るだろう」途中で投げ出した鱶田への当てつけもあり、いかにも使命感に溢れているが如き口調で保叉はそういったが、それは一面真実でもあった。誰が困るといって保叉がいちばん困るのだ。文壇マスコミでの自分の存在理由がなくなるのもさることながら、今や「焼畑文芸」は彼の生き甲斐にもなってしまっている。雑誌をやめたら何をしていいかわからなくなり、発行日に迫られることもないからおそらく小説も書けなくなるだろう。それに、中途半端なままで文学を抛り出し、今さら妻にまかせっきりだった家業に戻るのも癪《しゃく》である。

「しかし本当は、こういうことは馬鹿ばかしいんだぜ。そう思わんか」保叉の顔色をうかがいながら鱶田はいった。「そうだろ。考えてみろよ。おれの原稿なんか載っけないで、同人のを載っけた方が、掲載料をとれるわけだろ。おれだって、よそに書けば原稿料がとれる」

保叉は唸った。鱶田が本気で原稿料を寄越せと言っているのでないことはわかるが、プロ作家にただの原稿を要求する保叉への厭味であることもまた確かである。

「だって、いい原稿がないから」保叉はまた鼻声を出した。「今さら水準を落すわけにもいかんし、高い会費を取ってる以上おれの小説ばかり載せるわけにもいかんだろうが」

「どうも『焼畑文芸』の話をしていると気が滅入《めい》る」片頬の肉を垂れ下がらせて鱶田は渋面を作った。「創作意欲が失せる。なんとかしてくれ」

保叉は苦笑した。「わかったよ」正座し、身をくねらせた。「そんなこと言わないでくださいよ先生。先生だけが頼りなんだから。先生の小説を載せると載せないとじゃあ、雑誌の重味が違ってしまうんですからね。批評家の先生たちだって、若い連中の青臭い小説ばかり載っていたんじゃあ雑誌を手にとる気もしないでしょうけど、鱶田平造先生の新作が載っているとなりゃあ、これはやはり期待に胸おどらせて」

「うふふ。ふふう。むふふふふふ」鱶田が酒焼けした赤ら顔をさらに赤らめ、鼻孔をおっ拡げ、猪首になるほど盛りあがった肩の肉をゆすって笑いはじめた。「むふう。むふふふふ」

「最近の同人誌には、安心して読めるものが少くなっていますからね。だから先生の名前が目次にあれば、これはもう誰だって安心して」

「うふふふふ」鱶田は巨軀を上下に揺すって笑い続け、その揺すりかたを次第に大きくすると、やがてその上下動を利用して徐徐にからだの向きを変え、ついに机に向かってペンをとった。「よーし。創作意欲が湧いてきたぞ。もっとやってくれ。実にいい気分だ。むひひひひひ」家へやってくる人間にはいつも必ず芝居の相手役を強制する自分の子供っぽい趣味がさすがに照れくさく、鱶田はちょっと気弱げな笑いかたをした。

「そりゃあ、先生が流行作家でおいそがしいということはよくわかっております」馬鹿らしさに耐えながら、ここでもうひとふんばりとばかりに保叉は声を高くした。「なにしろ先生は小説を書かれてもエッセイを物されても超一流。原稿依頼が殺到するのも当然です」

「そうなのだ。おれは流行作家なのだ」うるんだ眼をして鱶田は自分にそう言い聞かせ、ひとつ大きくうなずいてから猛然とペンを走らせはじめた。「書く」

「そうです。鱶田先生は流行作家です。そうでなきゃいけません。そういう具合に決然と、書く、とおっしゃらなければいけません。そうです。そうなのです」

ACT 1／SCENE 2

はらわたが煮えくり返っている。またもやブンガクのことで朝からとび出したきりの主人が夕方になってもまだ帰ってこないのである。中学三年になる長女はさっき学校から帰ってきたが、すぐ自分の部屋に閉じこもってしまった。店番をしてくれるでもなければ夕食の支度をしてくれるでもない。頭はいいのだがそれだけに最近では母親を馬鹿にして滅多に話しかけてもこないし、何か言っても返事をしない。部屋で何をしているのか、と、加津江は思う。勉強しているのであればいいが、父親を真似てブンガクでも始めていたら大変、すでに滅茶苦茶の家庭がさらに滅茶苦茶である。居ても立ってもいられない。早く夕食の支度をしたいのだが、店に客が次つぎに来るので奥へ入れない。文房具店だから客といっても小中学生がほとんどで、彼らの粗野で礼儀知らずな言葉や態度にますます腹立ちがつのる。こんなことでわが家は先ざきどうなるのかと考えているうち、知らず知らず老婆の姿勢になっていたらしく、さっきは小学生に「おばあちゃん」と呼びかけられ、冷や汗がにじんだほどの衝撃を受けた。これというのも主人のせいだ、あの男のせいだと、そう思って加津江は一雄への憎悪をさらにつのらせるのである。わたしがこんなに老けてしまったのもあのブンガク男のせいだ。今日は問屋が二軒集金に来るというのに、あのブンガクな男はおととい売上金のあらかたを持って印刷屋へ走って行った。あのブンガクな雑誌の印刷代が未払いになっていて、ヒノデ印刷の主人からもう印刷してやらないぞと脅《おど》かされたのだそうだ。他の印刷屋とはすでに喧嘩しているので、ここと仲違いすると今後雑誌が出せなくなる、あの男はそう言って無理やりわたしから金をふんだくっていった。でも、そのために問屋に金が払えなくなったらどうするのか。商売ができなくなるではないか。岡商店には今日、とうとう三分の一しか払えなかった。あいつが帰ってきたら、いちばん先にそのことを言ってやらなくちゃ。あいつはいったい、どうするつもりなのか。どうするつもりかと訊ねたところで、店のことなどあいつは何も考えていないに決まっている。では、どうすればよいのか。加津江の眼はいつの間にか三白眼になっている。粗暴な子供の客がつれ立ってがやがや狭い店に入ってくるとつい言葉遣いも荒くなり、商品を棚から落したりする子供を大声で叱りつけてしまう。そのため加津江は子供たちに評判がよくない。以前よく買いにきた子供たちも、最近は皆、駅前のスーパー・マーケットの中にある文具店へ行っているようである。事務機器まで置いている大きな店だから、品物もそっちの方がたくさん揃っているに違いないのだ。

「学校通り」と呼ばれている店の前の狭い車道を横断して、一雄が店に入ってきた。

「ああ。あんたあ」加津江は故意に大きく眉を曇らせながら立ちあがり、夫に話しかけた。「さっき岡商店が来て」

「ん。何も言うな」一雄は陽気な大声を出して機先を制し、妻を黙らせた。「すごいテーマを発見したんだ。今は何も言わないでくれ」晴ればれとした顔つきで、彼は深呼吸をして見せた。「おれは今、ものすごく創作衝動に駆られているんだ。さあ。書くぞ」

加津江の不満や愚痴から逃がれようとする時の、一雄のいつもの手であった。しかし今日だけは愚痴どころの騒ぎではなく、さし迫った相談ごとがあり、黙ってしまうわけにはいかない。加津江は言いつのろうとした。「でもあんた、今日は」

「ん。何も言うな」掌をつき出し、わざと満面に笑みをたたえて一雄は妻を睨みつけた。眼だけは笑っていなかった。「おれの今の気分をこわさないでくれ。わかったな。さあ。書くぞお」彼は大股で店を通り抜けた。

黙らぬわけにはいかなかった。これ見よがしに大きく肩を上下させ、溜息をついて見せるのがせいいっぱいだった。もし加津江がそれ以上何か言おうものなら、彼はまるで発狂したようにわめき散らし、商品がとび散るほどの力で商品ケースを叩きつけ、荒れ狂うだろう。その時の夫の表情には本当に狂ったのではないかと思わせる凄みがあり、いつも加津江は顫《ふる》えあがってしまうのである。

それならいったい店のことをいつあなたに相談したらいいのです。いつ相談したって、店のことはお前にまかせてあるとしか言わないじゃないの、そんなら店のお金なんかあてにしないで。お店なんかないものと思ってよ。あんたはブンガクになっちまったけど、わたしはブンガクなんかになんかまだなっていないし、なりたくもないもんね。もうお金がないのよ。お金がなくなったら店が潰れるのよ。そしたらあんたはどうするつもり。いいえ。あなたは例のブンガクなお友達がたくさんいるから助けて貰えるかもしれない、ずっとブンガクなままでいられるかもしれないけど、わたしや瞳はどうしたらいいの。言いたいことは他にも山ほどあった。言い出せばきりがなかった。だからむしろ、だまっている方がいいのかもしれなかった。言い出せばとまらず、最後は破滅的な夫婦喧嘩になってしまうに決まっていた。口がきけない口惜しさに、加津江は不満を態度で示すしかなかった。一雄の同人誌仲間が集まり、小さな裏庭に面した、一雄の書斎にもなっている六畳の座敷で合評会をやり始めた時など、夫がそういう時だけはいつもの横暴さを見せず悪妻に悩まされているおとなしい夫という殉教者的ポーズをとるのをいいことに、せいいっぱいのふくれっ面や十回以上催促されるまでは茶を出さぬことでブンガクへの無言の敵意を示したりしたが、冷遇に馴れているのかブンガクな人間どもにはあまり通じないようだった。

加津江は同人たちが蔭で自分のことを「ソクラテスの妻」と呼んでいることを知ってはいた。ただし彼女はそれを、同人たちが自分に同情してくれていることばだと思っていた。もう何年も前のことだが、その頃はまだ同人のひとりだった鱶田平造が家へやってきた時、加津江に面と向かって「ソクラテスの奥さん」と呼びかけたことがあり、どういう意味かという彼女の問いに答えてこう教えてくれたのだ。昔ソクラテスという哲学な男がいて、この男家のことは抛ったらかしで常に哲学な考えに耽《ふけ》り続け、奥さんが話しかけてもろくに返事をしなかった。だからソクラテスの奥さんはいつも困り、また非常に淋しい思いをしていたというのである。普段は横柄で、やってきてもまるで自分の家のように振舞うので大嫌いな男だったのだが、加津江はこの時だけは鱶田の同情に感激したものだ。

そうよ。あんたはそうやってソクラテスなことばかり考えて悩んでいればいいでしょうけど、わたしたちの生活はどうするのよ。加津江は夫がとじこもってしまった奥の座敷へ恨めしげな眼を向けた。どうせあんたはお金の悩みなんて下等な悩みだと言うんでしょうけど、なぜソクラテスな悩みが上等なのかちっともわからないわ。下等な人間はお金に悩んでいたらよくて、上等な人間はソクラテスに悩んでいたらいいっていうのね。人間が違うっていいたいのね。下等な人間がせいぜいお金を儲けて、上等な人間にお金を渡していればいいっていうのね。そんな勝手な理屈がありますか。こ、こ、この手前勝手の、ひとりよがりの、か、か、甲斐性なしの、穀つぶしの、ソ、ソ、ソクラテスの、インポの、癇癪持ちの、気ちがいの、ブンガクの、水虫の、売上金泥棒が。

考えているうちに興奮してきて、思わずカウンターを平手でぱしっと叩いた途端、応じるように電話が鳴ったので加津江はびくっとした。最近では電話が鳴るたびに寿命の縮む思いがするのだ。岡商店か。米田屋か。東洋紙業か。トモエ教材店か。未払いの問屋がたくさんあり、もはや言いわけのたねも尽きている。

電話をかけてきたのは若い男だった。「わたくし、最近『焼畑文芸』に入れていただいた市谷と申します」

言葉遣いは礼儀正しいが、ブンガクをやる男と知っただけでもう加津江はまったく相手を信用しない。主人にかわりますからともお待ちくださいとも言わず無言で乱暴に受話器を置き、彼女は奥へ叫んだ。「あんた。イチタニという人よ」

「おっ。そうか。かかってきたか」

ブンガクしていようがソクラテス状態であろうが、同人誌仲間でさえあれば間髪を入れず奥の間からとび出してきていそいそと電話口に出てくる夫が加津江はにくにくしい。「ああ。ああ。君ですか。うん。読みましたよ。で、今どこ。ああそう。もう来てるの。じゃあね。ええと。家は今ちょっと、ごたごたしてるから」加津江の苛立ちは先刻承知しているのでさすがに家へは呼べず、一雄はあわてて近所のコーヒー専門店を市谷という若い男に教えた。「そこに行っててください。うん。ぼくもすぐ行くから」いったん奥に入った一雄は、すぐ原稿の束をかかえて出てきた。

「おい。ちょっと」

コーヒー代を寄越せというに決まっているので、ちょうど筆を求める年輩の客があったのをさいわい、加津江は知らん顔を決めこみ、客の相手を続けた。

しばらく辛抱強く待っていた一雄はやがて、いちいち妻の諒解を得なければ店の金も持ち出せぬ自分の気弱さに腹を立てた様子で、額に動脈を浮かせると乱暴に金銭登録機をあけ、中の金を鷲づかみにした。

「あっ。あんた」

足音荒く出て行く夫の背にそう声をかけたが、彼は加津江を振り返ろうともせず、すでに前の通りを横断している。

客が帰ったあと、加津江は金銭登録機の前の椅子にへたへたとすわりこんだ。一雄は紙幣を洗いざらい持って行ったのだ。持って出た限りは意地でも全部使い果たして帰ってくるに違いなかった。いったいあの男はどういう気でいるのだろう。わたしが店のことで懸命になっているのが気に喰わないのだろうか。そろそろ店を閉めて買いものに行かなくては夕食の支度ができないというのに、これでは買いものに行く金さえない。冷蔵庫に、食べるものはもう何もない。家族など、餓え死にしたらいいというのだろうか。いっそのこと絶食して餓え死にしてやろうかしらん。わたしが餓えて死んだらあの男はかえって喜んで、そのことをブンガクに書くだろう。でも、いくら書いたって、わたしが死んだのではそのブンガクを印刷するお金も作れないんだわ。ほんとに死んでやろうかしら。そしたらあの男、金がなくなって、ブンガクな仲間たちに威張ることもできなくなるわ。わたしがいるためにブンガクをやっていられたんだってことを思い知るわ。そうだとも。死んでやるんだからね。わたしはもう、こうなったらいつでも死んでやるんだからね。死んだ人間を相手に、あんたのお得意の癇癪は起せないんだからね。いい気味だ。ひひひひひひひひひひひひひひひひひひひひひひひひひ。

ACT 1／SCENE 3

ピアノの音が天井からぱらりぱらりとこぼれ落ちている静かな店で、これなら話ができる、と市谷京二は思った。いやむしろ静かすぎるのではないか、と、そうも思った。隅のボックスに掛け、隣席に客が来ないよう彼は願った。文学の話など他人とするのは初めてだし、それはこんな町のこんな店の、あのボックス、このボックスにいるああいった人種の耳のある場所でするべき話ではないように思えたからであった。だいたい文学などという異様でうさんくさい会話を、他人とどうやって話していいのか市谷にはわからなかった。自分が小説を書いたなど、他人に言うだけで顔が赤くなるに違いないので今まで誰にも言わなかったのだが、雑誌に載せてもらうためにはいつまでも黙っているわけにはいかない。いわば今日は彼が大変な決心をして他人と文学の話をする最初の日なのである。

　原稿はすでに、入会金や会費を払いこむとほとんど同時に主宰者のところへ送りつけてあり、さっきの電話では保叉というその主宰者は、彼のその小説を読み終えているとのことであった。文学に関してどう喋ってよいのかわからず、喋ることに大きなためらいを持っている市谷も、その保叉という男が文学についてどんな喋りかたをするのかには興味があり、その喋りかたを早く聞いてみたくもあった。やはり顔を赤らめ、恥かしそうな態度で声を低くし、あたりに気を配りながら喋るのだろうか。

　いや、それよりも、と、市谷は思った。おれの書いた小説をどんな言いかたで批評するのだろう。やはり純文学雑誌に載っているああいった評論のような内容や単語をそのままことばにしたような喋りかたで、それが特別に恥かしいことではないのだという様子をして平然と喋るのだろうか。自分の作品についてどのような評価が下されるか、市谷にはまったく予想できなかった。たいへんな傑作だと言われても、まったく駄目だと言われても、その他どんな批評をされても、おそらく自分は納得するだろう、と市谷は思った。自分の作品に自負がないわけではなかったが、落胆した時の傷を浅手に押さえるため、思いがけぬ方角から酷評されることもあり得ると考えておいた方が賢明だ、と彼は考えていた。

「焼畑文芸」の主宰者である保叉一雄というその男は、白いカッター・シャツとうす茶のよれよれのズボンに下駄ばきという恰好でやってきた。細おもての、眼鏡をかけた、教員タイプの、市谷があまり好きでない外見をした男だったので、彼が店に入ってきた時一瞬この男でなければいいがと思ったのだが、紙封筒にも入れず彼が手にむき出しで持っているのはまぎれもない市谷の原稿であった。

市谷が立って会釈すると保叉は小さくうなずき、生真面目な表情を崩さず、せかせかと近づいてきて、せかせかと腰をおろした。それから原稿をテーブルに置きせかせかと煙草を出して火をつけ、コーヒーを注文してからせかせかとおしぼりを使った。

保叉の方に向けて置かれている自分の原稿の表紙の文字は、逆に見るとなぜか自分の字のようではなく、ずいぶん下手糞な字に見えた。「鱗」は「鱗」のようではなかった。保叉は煙草の煙に顔をしかめ、片眼を強く閉じたままで市谷の原稿をぱらぱらとめくって見せた。気をもたせていることが歴然としている以上、せっかちにいかがでしたかなどと訊ねるのは敵の思う壺であろう、と市谷は考えた。おれのような、はじめて小説を書いて気負っている若い人間を、この男は扱い馴れているに違いないのだと市谷は思った。

「誤字がありませんねえ」原稿に眼を落したまま保叉は不思議そうに言った。「文章も、ちゃんとしている」

あたり前だと思い、市谷は少し気分を害した。一流の私立大学を出て一流の企業に勤めているおれが文章もまともに書けなくてどうする。「ほかの人の文章はそんなに悪いんですか」

皮肉まじりに訊ねると、保叉はじっと市谷を見つめ、あいかわらず生真面目に答えた。

「ええ。特に、小説をはじめて書いたという若い人の原稿はね」

いい気になり過ぎて市谷は笑いながら言った。「文章もまともに書けないくせに小説を書こうという気を起す人がいるなんて、信じられませんね」

「ところが、ちゃんとした文章を書く人がはじめて書いた小説というのは、たいてい、あまり面白くないんですよ」

　みごとに保叉の作戦にひっかかったと知り、市谷は一瞬絶句した。最初に誤字のなさや文章を褒めたのは、いい気にさせておいて足もとを掬《すく》うつもりだったのである。

「誤字だらけで、文章のてにをはがおかしいという人の書いたものに、かえっていいものが多いんです。やはり、たとえ文章が不得手であっても、より何かを表現したいという気持が強いからでしょうかねえ」教養人を気取る人間特有の無表情さで保叉はそう言い、市谷を見つめ続けた。市谷の反応をうかがっているようでもあり、市谷が怒り出すのを恐れているようでもあった。

　このてのやつは会社にもいるぞ、と、市谷は思った。ふだんは無表情でビジネスライクにてきぱきと仕事をすすめているが、いったん何かうまくいかないことがあるとたちまちヒステリックになり、話を何もかも滅茶苦茶にしてしまうあのタイプだ。

　こういう男が主宰する同人誌になんて、入れてもらえなくてもいい、他に同人誌はいくらでもあるのだから、と、そう思いながら市谷は自分の原稿を保叉の手から取り戻した。「つまり、ぼくのこの小説が面白くないというわけですね。なるほど、よくわかりました」

　あまりにも市谷のあきらめ方があっさりしているので、保叉は少しあわてたようであった。「いやいや。待ってください。まったく面白くないとは言っていませんよ」

ざま見ろ、と市谷は思った。ある文芸雑誌に載った地方同人誌主宰者数人の座談会記事を読み、最近の同人誌が若い書き手を求めていることを市谷は知っていたのである。発言者は「最近の若い人たちは入会してきてもちょっと批判されるとすぐにやめてしまい、自分たちだけで詩の雑誌などを出しはじめる」とこぼしていたのだ。この保叉という主宰者にしても、一応の文章が書け、きちんと会費を納めてくれる若者が同人に加わることを望んでいない筈はなかった。

「ところであなた、失礼ですがお歳は」掌を返したようにすぐ作品を褒めはじめたのでは、露骨すぎて腹を見透されるとでも思ったか、保叉はそんな質問をしてきた。

「二十四歳です」

「で、今のお勤めは大徳産業とうかがいましたが、それは大学を出てすぐ入社されたわけですね」

また、あたり前だと思い、それが何の関係があるという口調で市谷は答えた。「そうですよ」

「その作品、実に面白いんですよね。筋立てが豊富でね。いろんな人物が出てきてね。そのまま中間小説の雑誌に載せても、ちっともおかしくないんですよね」

保叉が急に大声でべらべら喋りはじめたため、市谷はちょっとどぎまぎして周囲をうかがった。市谷たちの方を見ている客はひとりもいなかった。

「ただねえ、リアリティがないんです。筋立ての面白さだけで読者を引っぱっていく小説なら特に『焼畑文芸』に載せる必要はないわけでね。やはり文学活動のひとつである以上はね。リアリティがないとね」

「ははあ」市谷は保叉が自分の年齢を訊ねた意味を悟り、大きくうなずいた。「つまりぼくにはまだ、小説を書くほどの人生経験がないと」

「そうですね」あっさりと言い切り、市谷の受けた衝撃を見定めてから、保叉はつけ加えた。「ただし、こういった小説を書くのは無理だ、ということですよ」

何か言えばいうほど手玉にとられ、足もとを掬われるだろうと思いながらも、市谷は言わずにいられなかった。「しかし、さっき、中間小説雑誌に載せてもおかしくないと言われたでしょう」

「そうです。おかしくありません。しかしこれには新しさが何もない。新人が中間小説雑誌に登場しようとする場合、ふつうはその雑誌の新人賞に応募して受賞すればいいわけですが、この作品で応募したとしたら、文章がいいからというので予選は通過するでしょう。最終選考にまで残るかもしれません。しかし、まず受賞はしないでしょうね。選考委員も編集者も、新しい魅力をそなえた新人を求めています。こういう作品を書く既成作家なら、すでに掃いて捨てるほどいますからね」

その通りだ、とさすがに市谷も思わざるを得なかった。ここぞと思う部分の描写や会話はほとんど既成作家の小説のさわりの部分からの借りものだったからである。そして市谷にもし自信があったとすれば、それはその部分に対する自信だった。

「ええと。そのう。リアリティの問題ですが」と、市谷は訊ねた。会をやめるにしろやめないにしろ、今この男から得られそうなものだけは得ておきたいと市谷は思った。いつの間にか声が高くなっていて、自分自身がまさしく文学論的言辞を弄《ろう》しはじめていることに、市谷はまだ気づかない。「ぼくのこの小説については、まったくおっしゃる通りだと思います。ただ、体験がないとリアリティのある小説が書けない、しかも小説にはリアリティが必要だとおっしゃる点には、ぼくは納得できないんです。たとえば『密林にて』を書いた加瀬庄二ですが」

ああ、という表情をして苦笑を浮かべ、以後保叉は市谷が喋り終えるまで、君が何を言わんとしているかすでによくわかっているといった様子でうなずき続けた。

「彼の年齢はぼくと同じぐらいで、しかも彼の履歴を見るとさほどいろいろな人生体験をしてきたとは考えられません。『密林にて』にしたところで、理論的な会話がえんえんと続くだけでリアリティのある描写はまったく出てこない。ところがあの作品は彼の処女作であるにかかわらず『コンドル』という同人誌に発表されるやたちまち光談社の『群盲』に同人誌推薦作として転載され、受賞こそしなかったけれど芥兀賞候補にまでなった。と、いうことはですよ、われわれの年代の人間が小説を書くとすればリアリティにこだわるよりもそれ以外のものを追求した方がずっといいものが書けるのでは」

「まあまあ。まあちょっと」うす笑いを浮かべて保叉は市谷を制した。「加瀬庄二についてはあなたよりぼくの方がずっと詳《くわ》しいようです。あなたはマスコミでとりあげられた彼のことと、彼の作品では『密林にて』しかご存じないようですが、ぼくは同人誌時代の彼と文通したことに始まって最近の彼の消息に至るまで熟知しています。ですからその辺のことをまずお話しした方が結局は話が早い。ちょっと聞いてください」自信ありげにそう言って保叉はコーヒーを飲み乾《ほ》し、喋りはじめた。「加瀬庄二の『密林にて』はたしかに傑作でした。ご存じでしょうがあの小説のあらすじはというと、ごく単純なものです。アフリカのジャングルの中で、探険隊の一行とはぐれた男女が二人きりになってしまう。男はアメリカ人で女はフランス人。男は以前からフランスの女性に憧れていた。で、彼は彼女に言い寄る。一度は男の愛を受け入れた女も、次第に男の身勝手な言動を嫌いはじめ、男も女の我儘が我慢できなくなる。互いの自我を剝き出しにした議論をさんざし尽した末女はたまたま出会った原住民の男のあとについて、ジャングルのさらに奥へと入って行く。あらすじはただこれだけですが、むしろそうした状況設定は物語の始めから終りまで絶え間なくくり返される男と女の会話、そしてその対話によって男女の愛情と肉欲と自我の構造を掘り下げ、浮かびあがらせるためのものに過ぎなかった。したがってこの小説の場合、作者が一度もアフリカへ旅行した体験がなく、また主人公であるアメリカ人の男性やフランス人の女性に相当するモデルらしき人物をまったく持たなかった、つまりそれらが頭の中で作られただけの人物であったということも、さほどマイナスにはならなかったのです。ええ。モデルはいません。『密林にて』が『コンドル』に載ってすぐ、ぼくは彼に感想の手紙を書いたのですが、彼から来た返事には確かにそう書いてありました。アフリカへも行っていません。おそらくは彼の恋愛体験、つまり失恋体験だけから生まれた作品だったのでしょう。ですから逆に人物や舞台を思いっきりわれわれの日常とは縁遠いところに設定したため、かえって象徴的効果をあげることができたともいえます。案の定これが『群盲』に転載されると、批評家たちがこれを褒めはじめた。まず『朝日』の『文芸時評』がこれをとりあげました。

特異な状況で描く男女の愛憎
――象徴派の心理小説

続いて『読経』も『文学月評』で大々的に推薦しました。

自我と愛欲の心的機構を追求
――新人・加瀬の実験的力作

批評はいずれもたいへん好意的でした。いかにも現代作家らしく心理学用語や精神分析学用語が会話中に頻出するが、にもかかわらずいわゆる学生作家たちのよく書く論文小説の域をはるかに抜け出ているのは、作者の中で男女の心理や、その精神構造の違いがしっかり把握できているからであって、一見難解なその文章にもヌーヴォ・ロマンの作家たちのそれに見られるような新鮮なきらめきがあり、その、意識構造の襞《ひだ》の中へ深くメスを入れていくような、学術的な用語を的確に使った対話は息詰まるほどである、と、まあそういったようなものでした。おそらく作者自身もそれほど褒められるとは思ってもいず、自分の作品がなぜ褒められたのか、どこをどう褒められたのかよくわからなかったのではないでしょうか。で、『密林にて』が下馬評通りいよいよその年度の下半期芥兀賞候補になると、加瀬庄二のところへはさっそく『群盲』と『文学海』から第二作目の依頼があったそうです。『文学海』の方はもし芥兀賞を彼が受賞した場合、第二作目を受賞第一作として掲載するつもりだったようですが、結局『密林にて』は受賞しませんでした。選後評は読みましたか。選考委員の老大家たちが、リアリティがない、文章が生硬である、観念的に過ぎるといった、あのての作品に対する常套句《じょうとうく》を振りまわして拒否反応を示した上、比較的若い選考委員の中にも、偶然の産物かもしれないので第二作目を見てから判断したいという意見が多かった為です。それでも『密林にて』は、二百枚前後の中篇であるにかかわらず『群盲』を出している光談社から単行本として出版され、そこそこの売れ行きを見せて、むろん加瀬庄二は文壇のホープとして騒がれました。騒がれたといっても文壇マスコミとか文芸同人誌とか、ごく一部の世界のことではあったのですがね。加瀬庄二はそれから二カ月後に、第二作目を発表しました。それが『北極にて』です。これは第一作ほどよくないというので『文学海』で没にされ、『群盲』に載りました。評判にならなかったので、おそらくあなた、読まなかったでしょう。どういう話かは知っていますか。北極で、探険隊の一行とはぐれた男女が二人きりになってしまう。男は日本人で女はイタリア人。男は以前からイタリアの女性に憧れていた。で、彼は彼女に言い寄る。一度は男の愛を受け入れた女も、次第に男の横暴さを嫌いはじめ、男も女の勝手さに我慢できなくなる。互いの自我を剝き出しにした議論をさんざし尽した末、女はたまたま出会ったエスキモーの男のあとについて、氷山の彼方へと去って行く。この作品が発表されると、『朝目』の学芸欄は完全に黙殺してしまったのですが、『読経』の方は最初、『朝目』の尻馬に乗ってあまりにも大々的に持ちあげてしまった手前、無視するわけにも酷評するわけにもいかなかったのでしょう、以前よりずっと小さな扱いで、褒めるでもなく貶《けな》すでもない、どっちつかずの評価をしていました。

技法に安定感
——注目の新人第二作

結局内容は第一作とたいして変っていないわけですから、技法が安定したとでも言うよりしかたがなかったわけですね。それでも少しは気が咎《とが》めたらしくて、新しいテーマの開拓を望みたい、などと書いていました。しかし地方のジャーナリズムは、たとえ僅かなスペースであっても大新聞が全国版でとりあげたというだけでたいしたものだと思いこんでしまう。第一作、第二作がともに中央の大文芸雑誌に掲載され、両方とも新聞で大きく評価された新進作家だというので、県内の地方紙や大新聞の県支局の地方版担当の記者が次つぎと加瀬庄二を取材に来る。県内にはほかに有名作家があまりいませんからね。加瀬君はその時、次作の構想などを聞かれて、新しいテーマを開拓したいなどと答えています。またそのしばらく後で他の新聞の取材に対して、次は時代小説を書く、などとも言っています。それがつまり二カ月後に発表した第三作『離れ島にて』です。罪を犯して島流しになった男女がその離れ島で二人きりになってしまう。男は百姓で女は江戸っ子です。男は以前から江戸の女に憧れていた。で、男は女に言い寄る。前二作と似たようないきさつがあり、二人がながながと精神分析学的な議論をし尽した末、女はたまたま出会った狐のあとについて、山奥へ去って行く。これは物好きな二流の中間小説雑誌の依頼に応じて書いたもので、その頃にはもう純文学の雑誌からは見離されていたのでしょう。批評家からも、むろんまったく評価されず、無視されてしまいました。それでも地方のジャーナリズムや同人誌作家たちにとっては、二カ月置きに三篇も中央の雑誌に作品を載せたというだけでたいしたものなんですね。地方紙に加えて県内のミニコミつまり郷土雑誌、同人誌、タウン雑誌などが、あいかわらず彼の取材を続けました。その取材に答えて彼はあの頃、次は壮大なSFを書くのだと言っています。それが第四作の『ケンタウロス第二惑星にて』です。ケンタウロス座の第二惑星の上で、探険隊に置き去りにされた男女が二人きりになってしまう。男は火星植民地育ちで女は地球育ち。男は以前から地球の女に憧れていた。で、彼は彼女に言い寄る。前三作と似たようないきさつがあり、女はたまたまその惑星にやってきた異星人《エーリアン》について、宇宙船で飛び去って行く。これはだいぶあちこちの雑誌に持ち込んで掲載をことわられ、結局前作発表後五カ月ほど経ってから『面白天外』という変なSF雑誌に載りましたが、むろん評判にはなりませんでした。ちょうどこのころ文壇では、新人作家が処女作をひっさげて登場するたびに『加瀬ではないか』とか『加瀬の恐れがある』とか『カセネタだ』とかいった冗談が囁かれるようになり、それまで加瀬庄二の作品をよく読みもせずに取材していた県内のジャーナリストたちもさすがに彼の作家としての価値に疑問を抱きはじめ、県内名士のリストから削ってしまった。それ以後は何を書いてもどこの雑誌にも掲載してもらえず、今は加瀬君はもとの職場である自動車工場に戻っています。もう小説は書いていていない」

啞然《あぜん》として聞いていた市谷は、保叉が話し終えるとさすがに得心して深くうなずき、自分の意見を撤回した。「つまり加瀬庄二の場合は、若い者の書いた付け焼き刃の観念的な小説が、偶然不幸にして大きく評価されてしまった稀な例だというわけですね」

「そうですよ」市谷の呑みこみの早さにちょっと驚いた様子で、保叉は少し眼を丸くした。「ただ一作だけでいいから当ててやれというのでない限り、加瀬君の真似などしない方がいいです」

いやな男ではあるが残念ながら言うことには説得力があった。今はずっと素直な気持になり、教師に対しているような口調で市谷は質問した。「さっき、こういった小説を書くのはぼくには無理だとおっしゃいましたね。では、こういったストーリイの複雑な恋愛小説ではなく、といって加瀬庄二のような観念的な小説でもない、どのような小説を書くのがぼくに向いているとおっしゃるんですか」

「そこですよ」保叉は言葉を強くした。「最初に言ったように、リアリティの感じられる小説を書いてほしいんです。小説の基本はなんといってもリアリズムですからね。そのためにはやっぱりあなたの体験を生かしたものでなければ。たとえばこの『赤い鱗』という恋愛小説にも、あなたの体験らしいものがちらちらうかがえますが、やはりその部分だけは生きいきしていますよ。借りものの部分は駄目です。水と油です」

保叉が、小説を書くよりも自分の思い通りに新人を育てて行きたいタイプの人間らしいということに市谷ははじめて気がついた。「じゃあ、さっきぼくの履歴を訊かれたのは、そうした体験をつまり、そのまま書いた方がいいと」

「大徳産業などという一流企業に就職されているわけで、そういうエリート・コースにいながら小説を書こうなどという人は滅多にいません」保叉は握りこぶしを振るうかわりに指さきでテーブルをこつこつ叩きながら熱心にそう言った。「それがあなたの有利な点であり、武器でもあるわけです。そうでしょう。あんな大会社に勤めていれば、書くことはいっぱいある筈です」

その通りだった。中小企業にはない大企業特有のいやなこと、馬鹿げたこと、不合理なこと、不条理なことが山ほどあったし、日常のこととして日ごとそれらに馴れ親しんでいこうとしている自分にも疑問を持ちはじめているところだったのだ。「だけどねえ」市谷は苦笑した。「書くとなれば徹底的に書かなければおさまりませんし、また徹底的に書くべきなのでしょうが、それだと勤め先の社内事情を天下に公開し、会社がやっているいろいろな不正を暴露することに」

「それこそがあなたの書くべきことなんじゃありませんか」鼻息荒く、保叉はいった。「それが小説を書く人間の覚悟というものです。文学は綺麗ごとではありません。芸ごとお稽古ごとでもありません。ままごとでもなければ寝ごとでも世迷《よま》いごとでもない。かといって丁半の賭けごとでもなければ儲け仕事でもない。地獄へ堕《お》ちることなんですからね。そのためには揉めごとや馘首《くび》になることやその他のあらゆる心配ごとは抛棄しなくてはいかんのです。そんなことを気にしていては作品からリアリティがなくなってしまう。それをお書きなさい。あなたなら書けます。あなたの知性、あなたの教養、あなたのあの文章であなたの会社での体験を書けばきっといいものができるでしょう。なあにたかだか六百部しか刷っていない同人誌、新聞が批評にでもとりあげない限り作品があなたの会社の人の眼にとまるなんてことはあり得ないし、そんなに会社がこわければペン・ネームにすればよろしい。現在の自分の体験を書いている限り書くことがなくなるということもないから、加瀬君みたいになるわけもない。リアリズム修業は体験を書くことから始まるのです。リアリズムの基礎さえできてしまえばあとは恋愛小説だろうとなんだろうと自由自在に書けるのですよ。思いっきりお書きなさい。今ここで、他の同人には内緒で、それが完成した時には『焼畑文芸』に必ず掲載すると約束しておいてもいいですよ」

挑発であることを知りながらもすでに市谷は、書こうと心に決めていた。

ACT 1／SCENE 4

夜、十一時頃、山中道子から電話がかかってきた。保叉の家の電話は差し込み電話である。昼間は店に置き、夜だけ書斎に置く。それを知っている同人たちは、保叉とながい話をしようという場合必ず深夜に電話をかけてくるのである。

「もしもし。わたし山中道子ですが」

切り口上気味の彼女の声を聞くなり、はや、保叉はうんざりした。山中道子は同人雑誌の世界に最近一大勢力として擡頭《たいとう》してきた主婦作家のひとりなのだが、お嬢さん育ちで夫が会社の重役、そのため我儘で、自分の思い通りにならぬことがあるとすぐヒステリックになり、わめき散らすのだ。

「今日、お手紙と一緒に、作品が送り返されてきましたけど、あの作品、どうして次の号に載せてくださらないのですか」

「手紙に書いた通りですよ」と、保叉はいった。「何度も注意したことが、まだなおっていない。これはあなたの作品に限らないんだが、初めからしまいまでずっと出づっぱりの主人公がのべつ他人の批評をする。あれはよくありませんよ」

「どうしてよくないんですか。だって、そういう小説って、よくあるでしょう」

「そりゃあ、主人公に魅力があればいいですよ。ところがあの作品の場合主人公に、自分自身はどうなのかという反省がないでしょう。自分が他人からどう見られているかという想像すらしていない。これはつまり、自慢していることになるんですよ。他人はこうであるが、それにひきかえこのわたしは、という」

「だってあの主人公は作者自身なんだから、しかたないでしょう。保叉さんはわたしに魅力がないっておっしゃりたいわけね」

「ぼくはあの作品の話をしているんです」

「全然駄目だっておっしゃるの」

「全然とはいわないが、まあ、よくないですね」

「あら。だって、小説って主観的なものでしょう」

　ちょっと唖然とし、そのついでに保叉は彼女に、自分がどんな馬鹿なことを口走ったか自覚させようとしてしばらく沈黙した。

　だが、そんなことを自覚できる女ではなかった。保叉をやりこめたと思ったらしい。

「保叉さんはいいと思わなくても、他にいいと思ってくれる人は必ずたくさんいます」

命令口調で彼女は言った。「載せてください」

「あのね。ぼくは同人の作品に限りずいぶん点を甘くして評価しているつもりなの。だけどあの作品はどう見ても、誰が見てもよくないんだよ」

「そんなこと、どうしてわかるんですか」

「手紙にも書いたでしょう。家庭の幸福をね、手ばなしで書かれては読まされる方が迷惑するんだ」

　山中道子は沈黙した。電話の彼方の夜の底、保叉も一度行ったことのあるあの広い応接室の隅の暗がりにうずくまり、山中道子が受話器を耳にあて、眼をぎらぎら光らせ、唇を嚙みしめている様子を保叉は想像した。

「ねえ。いったい、どうしたら載せてくださるの」突然、山中道子の声と口調ががらりと変り、甘く切なげになった。「わたしに、どうしろっておっしゃるの」

保叉はどぎまぎした。「ど、どうしろって。それはつまり、ぼくとしては、いい作品を書いてくださいとしか言えないよ」

「いくらいい作品を書いても、ちっとも載せてくれないじゃないの」涙声になってきた。「あの作品を載せてくださるのなら、わたし、何でもします」

「そんな」保叉は絶句した。山中道子の、胴のくびれのまったくない、肥ってちんちくりんでなま白いからだを想像し、ごく、と唾をのんだ。「そんなあなた、なんでもするって言ったって。そんな無茶な」

「お友達は、俳句の雑誌に何度も載ってるのよ。わたしは小説が一度も載らないから、ほんとにあなた、小説なんか書いてらっしゃるのって笑われているんです」おろおろ声が半オクターヴあがった。「今度の号に載りますって言っちゃったの。追いつめられているの。保叉さんはわたしに首をくくれっておっしゃるの」

「あなたは文学というものを勘違いしている」ここで強く言っておかなければと思い、保叉も声を高くした。「小説は世間態《せけんてい》や名声欲で書くものじゃない。心得違いもはなはだしい」

「嘘よ。何さいい恰好ばかり言って」またもや彼女の声は一転し、鼓膜をつんざくきいきい声になった。「あなただって自分の小説を文芸雑誌に載せてほしいと思ってる癖に。いくら潔癖なポーズして見せたって、本心はちゃんとわかってるんだから。他人に説教じみたことが言える柄ですか。ずっと前に二回だけ新人賞の候補になっただけじゃないの。たったそれだけのことでどうしてそんなに偉そうにしなければいけないのよ。雑誌を自分ひとりのものにしてさ。同人雑誌は同人みんなのものじゃないの。どうしてわたしの意見も聞き入れてくれないの。高い高い会費ばっかりふんだくって。会費とっときながら、なぜそんなに威張るのよ。だいたいあなたなんかにわたしの作品、わかるもんですか。県立の大学を中退してるくせに。うちの主人なんか東大出てるのよ。きい」

程度の差こそあれ、作家志望の主婦を同人に加えるとある段階で必ず一度はこうしたヒステリーを起す。この山中道子はその段階をなかなか通過できないというだけである。ヒステリーを起したあと二、三日してから菓子折などを下げて謝りにくるのも毎度のことだ。今夜はこれだけひどいことを並べ立てたのだから、もしかすると豪勢な洋酒のセットぐらいは送ってくるかもしれんぞ、えんえんと続く山中道子の罵声を聞きながら保叉はそんなことを思って苦笑した。

ACT 1／SCENE 5

死と真実

徳永 美保子

その内功するわたしの不条理感覚は暑熱の中で波濤の如くに主体性を浮上させつつあった。すべての客体は物に動じぬ不適な面構で外部からわたしの認識の起元を理性に求める認識論上の立場をとっていた。しかしわたしはまるで梅雨明けの空のように対象を論理的法則の中に決定づけたくはないし、位置づけたくもない。客体が客体としての思想的価値を持つならわたしは主体として彼らの中に不条理を見てしまうのだからそれは死だ。死。それは甘美な包装された魔性のデコレーション・ケーキ。わたしの子宮からある一定量と一定の温度と一定の色彩を保ちつつ一定の間隔で流れ出る月径の停止を想像できるただひとつのその死は快ろ良い。

原稿用紙をぱらぱらとめくればこのような文章がさらに十数枚分続いているらしいので、徳永重昭はそれ以上理解可能な文章を求めて読み続けることをあきらめ、顔をあげた。眼の前にとり澄ました表情で座っている保叉一雄が、徳永には娘の美保子同様、自分の言ったことばに対して絶対にまともな反応を示すことのない人間のひとりに違いなく思えた。なぜなら彼の娘の書いたわけのわからぬその文章を、この保叉という男はあろうことかあるまいことか、読みこなした上に相当深く理解している様子だったからである。この気ちがいじみた文章を書く彼の娘にしろ、その彼の娘がいつも先生先生と噂している、そしてこのような奇妙な文章を解読することができるらしいこの保叉という男にしろ、太平洋精機総務部人事課課長代理の徳永重昭にとってはいずれも驚くべき人間であり、それはもうテレビの「万国びっくりショー」に出演させてもちっともおかしくないと思えるほどの並はずれた特殊能力を持つ人種に見えるのだった。

「あのう、ところどころにそのう、死であるとか、死が甘美だとかこころよいだとか書いておりますが、これはつまりそのう、娘が死を考えているということでしょうか」徳永は口ごもりながら保叉にそう訊ねた。自分が「文学音痴」であることはのべつ娘から指摘されていていやというほどよくわかっているし、「彼らのことば」をまったく知らない以上、この男の前では妙な虚勢を張らず、たとえ俗物と蔑《さげす》まれても正直に親馬鹿ぶりを示して同情を買った方がいい、と、彼は考えたのである。

保叉は当然といった口調で答えた。「そうですよ」

一瞬ぎく、として眼を剝いた徳永に、保叉はあいかわらずの無表情さでつけ足した。「ただし、お嬢さんが自殺することを考えている、ということではありません。死という不条理な現象を哲学的に考えようとしているんです」

「ははあ」徳永は少しほっとして肩を落した。彼は保叉が、予想に反してどうにか自分にわかるようなことばで返事してくれたことにもやや安心した。「するとまあ、親のわたくしとしては、安心していてもよろしいわけで」

「何です」保叉は怪訝《けげん》そうな顔をした。「何を安心なさるのですか」

「つまりその、父親としては娘のことが当然心配なわけですから」

「ですから、娘さんの何がご心配なのですか」

徳永はまた不安になってきた。自分が「彼らのことば」を知らぬと同様、「彼ら」の親玉であるこの男にも自分のことばがよくわからないのではないかという気がしてきたのである。「ですから、娘が死ぬとか、そういったことがその、父親としては心配なわけでして」

「ですから、なぜそれが心配なのか」保叉は急に絶句し、まじまじと徳永の顔を眺めましてから、やっとわかったという様子で大きくうなずいた。「ああ。ああ。それがもしご心配なら、常に心配していてくださった方がいいでしょう。わたしの言ったことばだけで安心なさるのは少し早いように思います。わたしはそういったことに関して保証するという立場にはない人間ですし、人間はいつ死の誘惑に駆られるか、いつ死に襲われるかわかりませんからね。だけど、そんな心配は、もともと、しはじめると限《き》りがないんじゃないでしょうか」保叉は歌うような調子で続けた。「父親として、とおっしゃいますが、娘さんとあなたとは別人ですからね。つまり生物として別の個体ですからね。当然死も別べつ。お父さんがいくら心配なさっても、たとえば娘さんはお父さんが自分の身を死から守るようには守れないし、また守らないし、そもそも身を守るとか守ろうとしないとかいったことに無関心かもしれない。そうじゃありませんか」

ひとつひとつの単語はわかるのだが、言葉全体としてはやはり、何を言っているのかさっぱりわからない。「ははあ。そんなものでしょうか」と言いながら、何かの解答を求めて徳永は保叉の書斎の中を眺めまわした。

書棚には雑誌や本がぎっしりであった。うすっぺらな同人誌らしいものが白っぽい背表紙を見せてたくさん並んでいる他には、主に日本の文学者の本が著者別にきちんと整理されている。川端康成。三島由紀夫。太宰治。有島武郎。徳永は愕然とした。自殺した作家ばかりではないか。それ以外の作家の本もあるにはあったが、今の徳永にはそれらの作家の名はほとんど眼にとびこんでこない。

この男が娘に死とか自殺とかいった考えを誘惑的に吹きこんでいるのではあるまいか、

と、彼は思った。だからこそおれの質問をはぐらかしているのだ。きっとそうだ。いやもう、そうに違いないぞ。

「娘は未成年です」眼の色を変え、徳永は保叉ににじり寄った。「十七歳です。まだ高校生です。どうか、一人前の大人と思わないでください。社会の一員として、成人として、娘を、わたしの娘を、未成年者として護ってやっていただきたいのです」

保叉は突然立ちあがり、書斎の一部にまとめてある書類綴やスクラップ・ブックの中から会則を印刷した紙を一枚とり出してきて徳永に渡した。「未成年者が入会してきた場合は、必ずこれを保護者に読んで貰うようにしているのですが、あなたはこれをご覧にならなかったのですか」

「ちょっと拝見。いいえ。このようなものは娘から見せてもらいませんでした」徳永は会則を読みはじめた。「えっ。月三千円の会費ですか。娘は月五千円だなどと言っておりましたが、くそ。悪い娘だ。えっ。会費以外に掲載料というのが要るのですか。一枚につき五百円も」

「勿論です。作品が載らない会員に対して不公平になりますからね。ただしお嬢さんの作品はまだ一度も載ったことがありません。その原稿でもおわかりでしょうが、今までの作品はすべて未熟でしたからね。これからはどうかわかりませんが」

「すると、たとえば百枚も書けば、五万円も払わなければならないわけですか」

「印刷代が五十万円ほどかかります。それぐらいは払ってもらわなければなりません」

「あのう」徳永が会則から顔をあげ、眼を丸くして保叉の顔をうかがった。「会則のこのところに『同人にして満二十歳未満の者はこれをすべて満二十歳と看做《みな》す』と書いてありますが、これはどういう」

ここぞとばかり、保叉は胸を張った。「わたしは未成年同人の保護者でもなければ教育者でもありません。それどころか悪魔かもしれない。つまり文学というのは反社会的、反道徳的、反常識的な思考を必要としますので、われわれは仲間うちにいる未成年者への影響といったことなど考えてはいられないのです。昔から世の常識的な良家の保護者が文学を悪とし、自分たちの家庭の子女が文学に走るのを恐れる原因も、実はここにあるのです」

「ではあの」徳永はおろおろ声で言った。「文学というのはつまりその、あの、あのあの、悪いことですか」

「世間で悪とされていること、善とされていること、そうした区別、そういった観念をまずとっぱらったところから文学が始まるのです」

「わたしは娘に、佐藤愛子さんだの曾野綾子さんだの、ああした立派な女流作家になってほしかったのです」徳永は頭をかかえこんだ。「美保子はああいう突拍子もない娘ですし、わたしは貧乏だし、とてもいいところへ嫁にやれる可能性はない。あいつは学校の勉強もあまりしないので成績が悪く、いい大学へ入れそうにもない。それならいっそのこと作家にでもなって、新聞に小説を書いたりテレビに出たりして社会的な名士になってくれた方が、あいつにとっても幸福だし」

「あなたも安心だし」保叉はにやにやと笑った。「さあて。幸福ねえ。幸福とか不幸とかいった世俗的な観念こそ文学をやる人間の敵なのですがねえ。今の親御さんにはよくあなたのような人がいて、文学者をすべて教養と常識のある社会的名士と思い、子供が文学をやり出すと喜んだりします。実はさにあらず。文学をやるためにはまず、地獄の底まで堕ちる覚悟が必要なのです」

「地獄」徳永はふるえあがった。

「そうです。地獄です」保叉は神がかりを思わせる眼で宙空を睨んだ。「しかもそれは本人だけにとどまらない。家族の人たちも地獄行きです。ひとりの文学者が世に出た時その周囲は多くの犠牲者で満たされると思ってください。あなたのご家庭の皆さんにもその覚悟が必要ですよ。まずあなたに必要です。勿論あなたが無疵《むきず》ですむ筈はない。もし娘さんが発表可能な水準の小説を書きはじめた時、あるいは世に出た時、あなたはいちばん先に彼女のペンにかかって槍玉にあげられ血祭りにされるでしょう。なんといっても作家の最も身近にいて作家から最も観察されやすいのはその作家の家族です。当然人間としての弱みや欠点をとことん追求される対象になります。家族のひとりが小説を書き出したということは、つまりそういうことなのです」

ううん、ううんと便秘のように切なげに唸りながら会則に眼を落していた徳永が、また驚いて顔をあげた。「ここのところに『同人間の恋愛行為はそれぞれ各同人の意志及び責任下に於て行うこと』と書かれていますが、ここ、これはいったい、どういう」

「ああ。それですか」保叉はうす笑いを洩らした。「最近は余暇をもてあました家庭の主婦が小説を書きはじめたため、入会してくることが多くて、こういう人が男性の同人とよく恋愛関係に陥ります。ご主人はたいてい会社の重役や部課長といったエリートで、こういうご主人はだいたいが面白味のない人です。文学のこともよくわからない。そこで話のあう男性の同人とつい深い仲になってしまうのですな。これがご主人にわかり、ご主人がかんかんに怒ってわたしのところへ怒鳴りこんでくるという例がたいへん多い。わたしに怒ってもしかたがないのに、ということは、あなたにももうおわかりでしょうがね」

「ちょっと待ってください」徳永は首を傾《かし》げた。「とするとつまりこの項目は、未成年者にも適用されるわけですか」

「当然でしょう」保叉は声を高くした。「というより『焼畑文芸』同人に未成年者は存在しないのです。成人ばかりです。成人でありながら恋愛体験も性体験もないというような同人は、小説を書く人間としてはあきらかに未成熟ですから、われわれがそういった人たちの処女なり童貞なりを守ってやろうなどとする筈がありません」

「ではむしろあなたがたはうちの娘の処女を破ろうとするわけですか」

「お嬢さんならもう性体験をお持ちかもしれませんよ」保叉は無表情に戻り、そう言った。「特にうちの同人には自由恋愛至上主義者が多いようですから」

「うちの娘の相手は誰です」徳永は鼻息を荒くした。「ど、どこの男ですか」

「相手が誰でどんな男かということは問題ではないのです」と、保叉は言った。「お嬢さんがその性体験をどのように自己の文学上に開花させるかこそが唯一の問題です。しあわせにも、もしすでに性体験をお持ちなら、それはお嬢さんの文学活動の上に大きなプラスとなるでしょう。万一お嬢さんがまだ処女のままならこれは不幸なことで、文学者としては大きなマイナスであるとしか言いようがありませんな」

「こ、こ、子供ができたらどうなります」徳永は声をふるわせた。「避妊法さえ知らぬうちの娘が、もし妊娠して、赤ん坊を産んだら」

「避妊法を知らなかった場合は、赤ん坊が産まれます」平然として保叉は答えた。「それがどうかしましたか」

「だって、大変ではありませんか」

「そうですよ。赤ん坊が産まれるということは実に大変なことです。自然の驚異です。すばらしいことですね。おお。赤ん坊」

「何がお赤ん坊です。困るではありませんか」

「ぼくは困りません。むしろ祝福します」

「赤ん坊などというものを、あの娘がまともに育てられると思いますか」

「いい体験になるでしょう」

「だって、育てられなければ死んでしまうのですよ」

「赤ん坊を死なせる。これは女流文学者にとって得がたい貴重な体験です」

徳永は啞然とし、異星人を見る眼でしげしげと保叉を見つめた。保叉も、何をそんなにあわてふためいているのかさっぱりわからぬという表情で徳永をじろじろと眺めまわした。

話が通じないことをいやというほど思い知らされて徳永が帰って行くと、保叉ははじめて声を出し、くすくす笑った。ああいう俗物を相手にするにはこれに限る、と、保叉は思った。ああいう非常識な言辞を弄してびっくりさせておけば、たとえ娘が妊娠してもあきらめてしまい、まさか怒鳴りこんではこないだろう、と、そう考えたのである。文士を気どる人間が社会的責任を免れようとする時に装うごく一般的な態度であったが、保叉はそうは思わず、自分が見出した文学者的処世術だと思っている。それが通用したのは相手の徳永が文士とまったくつきあいのない平均的常識人だったからであり、実は保叉こそ典型的俗物文士のポーズを借用しただけなのだということに、保叉自身はまったく気づいていないのだった。

ACT 1／SCENE 6

「とにかく、君は自意識をなくすべきだ」大垣義朗は熱弁を振るい続けた。「文学をやっている者に自意識がなくてていいのかと思うだろう。なくていいのだ。自意識過剰の文学者というのはすでに古いタイプの文学者なんだからね」

大垣のことばを、徳永美保子が、陽あたりのいい二階の大垣の書斎の窓ぎわでかしこまって聞いている。彼女は十七歳で、色が黒くて小柄だが、自覚しているのかしていないのか一応顔立ちはまずまずで表情や態度などにも若さ相応の魅力がそれなりにあふれている。本人は自分が同年輩の女生徒など相手にできないくらい高い文学的教養の持主だと思いこんでいるが、大垣に言わせれば要するに彼女は自分が今までに乱読した哲学書や文学論などに頻出したことばを頭に詰めこんでいたり口にくわえていたりしているだけであって、当然のことながらそれらはまだ彼女の人格と結びつかぬまま彼女の中の別の場所にごろんと転がって存在する。

「そういった自意識が事物の本質をぼかしてしまう。そうじゃないのかね」

「つまり、物ごとの本質なんてものは個人の自意識で把握できるようなものじゃないってことなのね」

徳永美保子のせいいっぱい背のびをしたけんめいなあいづちに、大垣義朗はわざと眼を見はり、大きくうなずいて見せた。「そう。そうそうそうそう。そう。つまりそういうことなんだね」

的を射たあいづちだったことに自分で安心し、美保子の口もとに誇らしげな微笑が浮かんだ。

その笑みを見逃がさず、こいつはいける、と、大垣は思った。こういう、軽蔑されることをひどく恐れている、大人ぶった女子高校生なら、簡単にものにできる。今日できる。赤児の手をねじるようなものだ。「それでなくてさえ現代は自意識の時代なんだからね。誰でもがあらゆる感情、つまりあらゆる欲望やうぬぼれを評価する。値ぶみするんだ。だから今さら文学をやる人間たちがそれをやったって読者はもう、なんとも思わない。だって食傷しているんだものね。自意識で苦しむっていうのは不幸なことでね。今の文学をやる人間たちは一度原始時代に戻らなきゃいけないよ。原始時代の人間はね、自分のすることや感じることになんの説明も理屈もつけなかった。今の文学はいったんそこまで戻って、すること感じることを、なんの説明も理屈もつけないで書くことから始めなきゃいけないと思うよ」

「あなたの文学が、やっと理解できたわ」美保子は大垣と対等になろうとしているらしく、胸を張ってそう言った。

そんなに簡単に理解されてたまるか、と大垣は内心苦笑しながら思った。お前のような小娘が、「文学海」の同人雑誌評で作品を二度もとりあげられたことのあるこのおれと対等になんかなれるものか。おれと対等に話すことでおれ並みの作家になれると思っていたら大間違いだ。おれはお前の作品なんか、てんで問題にしていやしないのだからな。いや。そもそも「焼畑文芸」なんてものさえ問題にしちゃいないんだからな。

大垣は最近文壇へデビューした新人たちのほとんどが、同人誌によってではなく各雑誌の新人賞によって登場している事実に気づき、その傾向が偶然ではないと考えていた。したがって大垣もここ一、二年、近ごろの若い作家志望者たち同様、同人誌にはほどほどにつきあっておき、野心作でもって新人賞に応募するといったことをくり返していた。同人誌に加入している理由は文学的雰囲気に浸りたいためと女友達を得たいためであった。

「人間はね、人間と幸福との間に自意識っていう障害物を作り出して不幸になってるんだよ。君は学生運動をしていたそうだが、おそらく他の連中の馬鹿さ加減にあきれてやめたんだろう。ずいぶん悩んだ筈だ。こういう連中と一緒にいるのは自分の品位につりあわないいんじゃないかと思ってね。そうだろ」

それぐらいのことは、美保子の書いたものを読めば誰にでもすぐわかることだったが、美保子は大垣に自分の秘密を言い当てられたと感じ、顔を赤くした。

「そしてやめてしまった今は、卑怯だったのじゃないかと苦しんでいる。それが君の不幸だったんだ。つまり君は馬鹿じゃなかったからね。他の人間のようには」

大垣のことばに、美保子はまた胸をつき出して虚勢を張った。「でも、今はもう、違うわ」

「そうかい。いや。そりゃまあ、そうだろうとも」

大垣の同意にやや軽蔑めいたものを感じ、美保子はあわてて喋り出した。やっと自分にいちばん年齢の近い、文学を語りあえる、しかも文壇からも認められているらしい青年とめぐりあえたのである。今日は彼の家に招かれた最初の日だ。今、軽蔑されて交際を断たれては大変、なんとかして自分の頭の良さや彼との共通点を示さなければならないのだ。「苦しむなんて、馬鹿なことよ。そうよ」次のことばがうまく出てこない。だが、彼女がどう喋ったところで結局はいつも大垣が言っていることの延長か言い換えになってしまう。彼女自身はそれに気づかず、自分がどれだけ大垣に影響されてしまっているかもよく自覚できていない。「いかにも人生に不満足だっていう顔をして、いかにも自分だけは人生以上の高いところに立っているみたいに思っていたって、やっぱり馬鹿げたことだわ。だって、あの、人間ってあの、人生以上の高みには絶対に立てないんですものね」

おれのせりふだ、と思って大垣は苦笑した。実際にはそれは大垣のせりふですらなく、あるロシアの作家のせりふなのだが、さほど高名な作家ではないから大垣がいくら盗用したってばれる心配はなく、だから大垣にとってそのせりふは大垣自身のせりふと同じことなのである。「そうだよ。だからほんとは、こんなことを喋っている時間だって無駄なんだ」彼は平然として言った。「性交しようか」

「お茶を飲もうか」と言うのとさほど変らぬ口調だったため、美保子はしばらくきょとんとしていた。彼のことばの意味がゆっくりとわかりはじめた時、彼女が最初に思ったことは、「よく意味がわからなかったため、驚愕せずにすんでよかった。もし仰天していたら彼に軽蔑されていただろうから」であり、次に思ったことは「どういう反応をすれば彼から軽蔑されずにすむか」であった。むろん、憤然として席を立ち、帰ってしまったりすれば、そこいら辺にいくらでもころがっている卑俗な女子高校生と同一視され、軽蔑されてしまうであろう。

「そうね」早鐘のように打つ動悸が大垣に聞こえないかと心配しながら美保子は平静を装い、さばさばした調子で上着を脱ぎはじめた。「人間は何ごとからも自由でなきゃいけないんですものね」

　思う壺ではあった。しかしこんなに早く欲望が満たせるとは思っていず、もう少し何やかや、やりとりがあることと予想していたため、突然美保子の、上着の下に隠されていたブラウスの胸の膨らみを見せられて大垣はごく、と唾をのみ、その音を聞かれはしなかったかと心配し、急にうわずった声で喋り立てた。「そう。そして奔放にだね、なんの恐れもなく、誰に憚《はばか》ることなく、得ることのできる限りはありとあらゆる享楽に耽《ふけ》るべきなんだ」立ちあがり、ズボンを脱ぎはじめた。

「そうなのよね。別に野蛮人に戻るわけじゃないんだわ。わたしたち」自分を納得させようとするように美保子は途切れることなく喋り続けながらブラウスを脱ぎ、スカートを脱いだ。処女喪失の感傷が少しでも表にあらわれると彼が笑うだろうからと思い、彼女はけんめいの努力で無表情を保ち続けた。「そりゃあ原始時代っていうのは人間が肉体だけで生活していたんだから、野蛮だったことは確かだわ。でも、わたしたちインテリ同士の場合は行為としてあらわれることは同じであってもその意味するところは違うんですものね。だいたい現代っていうのはあれでしょ、肉体が精神に圧倒されてちぢこまってしまってる時代でしょ。それは原始時代よりももっと馬鹿げているわけでしょう」

「うん。うん。そうだよ。そうだとも」もはや大垣は彼女のことばなど聞いてはいなかった。うわの空であいづちを打ち続けながらも、情欲で、のどをぜいぜいいわせなま臭くなった息を吐き、彼は美保子のからだを畳の上に押し倒し、その上へのしかかっていった。「そうだそうだまったくだよ」

「だから未来的な進歩した考えのわれわれ知識階級にとっては獣欲なんてものはあり得ないし、逆に禁欲主義というものもあり得ないわけね。あ。ぐ」下腹部の激痛に思わず身を反り返らせた美保子は、すぐなんでもなかった風を装って憑《つ》かれたように喋り続けた。だが彼女の眼尻には、じわりと涙が滲んでいた。「そうよね。恋愛を享楽するということはすばらしいことなのよね。もっともっと貪《むさぼ》り、味わえばいいんだわ。だって、それが精神の自由を得るきっかけとして機能する時、現代人すべては」彼女は喋った。喋り続けた。喋り続けずにはいられなかった。享楽どころか、初体験の苦痛を嚙みしめる余裕さえなく、ただ出血だけが心配だった。出血すれば処女だったことが彼にわかり、軽蔑されるからだ。「だから何も恐れることはないのよね。諦める必要だってないんだわ。なんの制限もいらないのよ」

「うん。うん。そうだよ。ああ」

「そうなれば恋愛の形態だって偶然と結合の連なりになって拡がって行くんだわ。それはすばらしいことで、そこにこそ視野の狭窄《きょうさく》によって蝕《むしば》まれた現代の人間が新しい精神的自由の価値を見出すことのできるひとつの大きな突破口が」

「ああ。ああ」

「完全な燃焼に到らなかったための肉体の熾《おき》が精神を束縛する時は主体的な自己が見失われてしまって直感がくすぼった欲望のために曇らされてしまうから、その場合は」

「あ。う」

終ったことに気づかず、美保子はまだしばらく喋り続け、大垣義朗が自分の傍らへ大きな溜息と共に横たわってはじめて身を起し、そっと股間に手をやった。さいわいにもたいした出血ではなかった。だが、どうあと始末をしていいのかわからなかった。大垣がそれ以上話し続ける気をまったくなくしているらしいので美保子は立ちあがり、服を着ながら言った。「わたし、帰るわね」鈍痛があり、じっとしていることができなかった。早く家に戻り、家庭医学の本を読み、なんとか処置しなければ、と、彼女は思った。

「ああ。さようなら」面倒臭そうに大垣は言った。

やさしい言葉を望むのは弱い無教養な女だ、と美保子は思い、大垣の部屋を出た。

美保子の軽い足音が階段を降りて行ってすぐ、今度は鈍重な足音が階段を軋《きし》ませて登ってきた。母親の足音に違いなく、大垣はあわててズボンを穿《は》いた。

「お前はまた、今の娘さんに悪いことをしたのだね」槇は顔色を曇らせ、まるで腰を抜かしでもしたような様子で肥ったからだを畳にどんと落した。

「悪いことじゃないさ」大垣は笑った。「いいことをしたのだ」

「いたいたしくて、見てはいられなかったよ」槇は眉をひそめ、かぶりを振った。「びっこをひきながら帰って行きなさった。あの娘さん、生娘だったのだよ」

「ああ。そんなこと、知っていたよ」けけ、と大垣は征服欲に満ちて愉快そうに笑った。

「痛そうにがに股で帰って行きやがった。処女だったのだ」

　槇は息子を睨みつけた。「いったい何人、娘さんをたぶらかしたら気がすむんだい。この不良が」

「不良、か」大垣は苦笑して母親に背を向け、机に向かった。母親のいつもの決まり文句だった。次のせりふもだいたい決まっている。「大学へなんぞやるんじゃなかった」か、あるいはまた「早智さんの時みたいな騒ぎになったらどうする」のどちらかである。

　大垣は県立大学の文学部を卒業後高校の国語の教師になったが、たちまち問題を起した。日高早智という教え子を妊娠させてしまったのである。彼は馘首《くび》になり、それ以来家でごろごろしている。百姓だった父親はとっくに死んでいて、母親の槇が田畠を売った金で荒物屋を開き、親子ふたりがどうにか生活できるだけの金を稼いでいるのである。

「ああいう生意気なちんぴら女子高生をみるとむかむかして、思いっきりいためつけてやりたくなるんだ」槇が何か言い出す前に彼は大声でそう言った。「良家のお嬢さまの、温室育ちの、世間知らずの馬鹿が。本で読んだ知識だけで生意気に他人の作品だの、社会だの、男性だのの批判を黄色い口でまくしたてやがって。くそ。孕《はら》んで堕胎して辛い思いをしてひいひい泣きやがれ。苦しめ。死ね。馬鹿」

「今にきっと、何か大変なことが起るよ。ああ」溜息をつき、槇が言った。「きっと、どえらい騒ぎが起るよ」

「そりゃ、起るだろうさ」うそぶいた。「おれが傑作を書いて文壇にデビューするんだ。そりゃもう、えらい騒ぎになるぜ。けけけけけけ」

「また、今の娘さんのことを書くんだろう」

「そうとも。リアリズムでな。次つぎと女を変えることがおれの創作のエネルギーになるんだ。ひひひひひひ。さあて」机の上に拡げてある原稿用紙を、ぱあんと平手で叩いた。「書くぞ。邪魔しないでくれ。さあさあ。早く出て行ってくれ。下で誰か呼んでるぜ。客じゃないのかい」

ACT 1／SCENE 7

会社から帰ってくるなり自分の部屋にとじこもり原稿用紙に向かう日がこれでもう四日続いている。なぜだろうな、と、市谷京二は時どき思った。「赤い鱗」を書いている時、これほどまでに熱中したことは一度もなかったからである。市谷自身にもまだはっきりとは自覚できていなかったのだが、彼が小説を書き出したそもそもの理由というのは、じつは、このまま大組織の中に埋もれてしまいたくない、なんとかして個性的な方法で世に出たい、あわよくばあの大組織から脱出したいという、ただそれだけの外因的な衝動がきっかけであった。ところが今は違っていた。まさにその大組織というものを描写してみたい、いや、その描写が自分の力でいったいどこまでできるものか試してみたいという内発的な衝動までがそれに加わっているのだ。

彼が小説を書いている、ということを市谷の家族は誰ひとり知らない。もし知られたら馬鹿にされるだろう、と、市谷は思っていた。父も、兄も、実業家肌の人間である。母親にしろ、文学とはなんの縁もなさそうな女である。特に父親など、もし市谷が今書いている小説の内容を知ったとしたら眼を剝くであろう。市谷の父親は現在市谷が勤務している大徳産業の相談役をしているのだ。さいわい家族すべてはプチ・プルのインテリ家庭にありがちな、互いのプライバシーに干渉しないという習慣を持っているので、市谷が部屋にとじこもっていても何も言わないし、皆共通して勤勉でもあるから何か調べものでもしているのであろうと想像してなんとも思わない。市谷は思う存分創作に没頭することができた。

ん。なんでこんな女が出てくるんだ。いらんいらん。こんな女なんか、いらんじゃないか。主人公に恋人がいなきゃならない理由なんてひとつもないんだからな。テーマにも関係がない。枚数がふえるだけだ。いかんな。まだ「赤い鱗」の時の尻尾が残っているぞ。小説とくるとラブ・ロマンスがなきゃいかんと思うのは悪い癖だしな。これはやめるか。とするとだな。この総務課内部のごたごたを主人公に喋る人物がいなくなるわけで。そうだ。このせりふはそれじゃ、誰が喋ればいいいんだ。男性社員がそんなにお喋りということはあり得ないから不自然になるしな。まてまて。この女は残しといてもいいんじゃないかな。だいたいこの女のモデルは総務のネットワーク女史だからな。そうか。女だからというので恋人にしてしまったのが安易だったわけで。女は女でいいわけで。あの女をそのまま出すか。不細工な女だからお喋りであったとしても不思議ではないし。ちょっと危《やば》いなあ。ま、読まれることはないだろうけどなあ。だがやるとすればあの女の性格描写、難しいぞ。あんな性格、ちょっと他にないからな。しかし、あんな女の性格描写やって何になるのかな。テーマになんの関係も。いやある。あるある。あるぞ。あれは畸《き》型《けい》なんだ。どうして畸型になったかというとあんな大組織の中にいたからだ。いや。畸型だったからこそあの大組織の中でネットワークなどと噂されながらもあそこまでのしあがれたのかな。どちらだろう。あっ。あっ。やっぱりあれは組織の犠牲者だ。あの精神の歪《ゆが》みかたは大組織の中の生存競争で生き残れるような歪みかただ。そうだ。彼女の性格描写をやりながら組織や機構の力が人間精神を歪めていく過程も書けるわけであって、これはこの章の白眉になる。そういえば彼女の持つネットワークが個人を攻撃しデマを流す時それはすべて会社にとってプラスになる攻撃のしかた、デマの流しかたしかしないではないか。しかしちょっと危《やば》いなあ。まあ、読まれるなんてことはないだろうけどなあ。さら。さらさら。さら。さらさらさらさら。さらさらさとはないだろうけどなあ。さら。さらさら。さら。さらさらさらさら。さらさらさ

らさらさらさら。さら。あれも書かなきゃな。さらさら。さら。さらさらさらさら。おかしなもんだな。なぜだろうな。それぞれの人物の言ったことやしたことを思い出したり書いたりしているうちに、それが組織だの機構だのの全体像と必ずどこかで結びついてきて。組織というものの描写をしているうちに、自分でも組織の本質、なんてことを考えているんだろうなあ。ふだんなに気なく見聞きしていることを一貫したストーリイのある文章に書きなおすというか、再構成するというか、そういう作業をしている間に、だんだんその意味するところや本当のことがわかってきたりして。この、裏が読めてくるというこれがだいたい小説を書く醍醐味ってやつなのかなあ。おかしいなあ。どんな瑣細《ささい》なことでも、実際にあったことは全部必ずテーマのどこかへ落ちついてしまってストーリイの支柱の一本になるもんなあ。これはやっぱり、小説がうまく運んでいるってことになるんだろうなあ。「赤い鱗」書いてる時にはこんなこともちろんなかったし、おれ、こじつけはやってないものなあ。待てよ。あのレクチュアのことは書くべきかな。どうでもいいかな。あっ。書いた方がいい。三日目がひどかったもんなあ。あれ、講師は節税などというきれいな言いかたしてたけど、はっきり言って脱税の手口教えたんだものな。あんなこと教えていいのかね。さらさらさらさらさら。さら。さらさら。さら。さらさらさらさらさらさらさら。あっ。こんなこと書いていいのかね。危《やば》いなあ。これ、やっぱり脱税だもんなあ。誰も読みやしないと思うけど。発行部数六百部って言ってたな。六百人が読むってことも可能性としては。この市の人口、いくらだっけ。大徳産業の関係者、この市に多いものなあ。千人。いやもっといるぞ。危《やば》いなあ。おいおい。それどころか商業誌に転載されたらどうするんだ。だって、それ目標にして書いてるんだろうが。ま、そんな心配ないけどな。そうなったらそうなった時の。危《やば》いなあ。これ、フィクションだと言って突っぱねること、できるんだろうなあ。だけどこれ、やっぱり大徳産業ってこと、すぐわかるものなあ。えらいことになってきたなあ。ここやっぱりあのスーパー勝山を倒産寸前に追いこんだことも書かなきゃならんしな。ここで書かなきゃ、この女の、このせりふの意味がなくなるわけで。小説としても重みがなくなるし。乗っ取りだもんなあ。専務が自殺してるんだものな。まったくひどいことをするよ。おどろいたねどうも。書いていて今気がついた。二年も前から計画していたんだよ。あきれたねどうも。ひどいもんだ。こうやって第三者的に書いているといろいろわかってきて義憤に燃えるな。なんて。そんなこと言って。あの乗っ取りに関してはおれも加害者だものなあ。あの仕事、側面からだけどおれも端役で一枚加わっていたものな。しかしまあ、書いているうちにいろいろと考えちまうなあ。ふだん、いかに何も考えないでぼさっとしてるかってことだな。加害者のひとりがこんなこと書いていいのかね。書いたらおれの罪だけが消滅するってもんでもないだろうにな。いや。するのかな。どうなんだろ。そう思ってる作家は多いみたいだな。ま、ちょっと身勝手だな。どっち

にしろこれは書かなきゃな。さらさら。さら。さらさらさらさら。さらさらさらさらさ
ら。さら。さらさら。さらさらさらさらさらさらである。であった。である。どっ
ちだろうな。であるだろうな。違うかな。この「労使間の」は「労資間の」にした方が
感じが出るな。まてよ。社長あれ資本家だっけ。あれ、やとわれ社長だものな。あっ。
そのこと書かなきゃな。「労資」でいいや。資本家の走狗だから。さら。さらさらさら。
さらさらさら。さらさらさらさら。さら。さらさらさらさらさらさら。さらさらさ
らさら。さら。さらさら。さら。危《やば》いなあ。これスーパー勝山のことだってこと、すぐ
わかるもんなあ。これ、誰か読むかなあ。やっぱりペン・ネームにしといた方がいいか
なあ。ペン・ネームての、しかし、好きじゃないんだな。この場合、卑怯だし。市谷京
二って名は好きだし。それに、誰かが読んだとした場合、ちょっと調べたらおれが書い
たということぐらいはすぐに。それに商業誌に転載された場合、やっぱりおれの名前が
ばっちり出た方が課長や奈村を見返してやれるわけで。うん。そういう気持もあるんだ
なおれには。どっちかに覚悟すべきなんだな。あっ。課長や奈村のことを書かなきゃ。
あの二人がいちばん非人間的な奴らで。いやがってるおれに納品ストップ無理やりやら
せたことも。あいつら平気な顔して。しかしまあひどいところだな大徳産業ってところ
は。入社してまだ間がないおれにさえ、これだけ会社のやった悪業がわかるということ
は。うん。もっといろいろ悪いことしてるに違いないわけで。組織の末端でこれだもん

な。上の方じゃ何やってるかわかったもんじゃ。過去に遡ったらもっといろいろ。あ。社長の女性関係。あれ書くか。これ実際おれ目撃してるもんな。だけどこんなこと書いてもテーマに関係ないし。イエロー・ジャーナリズム的で。いやいや。これ、社長の非人間性の表現だから。そう。あの子に手をつけといて、男性社員と結婚させたんだものな。部長に媒酌やらせて。課長を通じておれにまで話持ってきたもんな。おれの親父が実力者でなかったらあの女おれが押しつけられていたかも。あの大橋可哀想だったなあ。あいつはおとなしいから。さらさらさら。さらさらさらさらさらさら。さら。さらさら。さらさらさらさらさらさら。さらさらさら。さら。さらさらさらさらさらさら。さら。さら。さらさらさらさらさらさら。さら。危《やば》いなあ。こんなこと書いていいのかねえ。社長の悪口だもんなあ。自分が今勤めてる会社の。ひどいもんだなあ。だけどむこうのしてることの方がもっとひどいわけで。おれはそれを告発。覚悟を決めなきゃな。だんだんひどくなってきて。いちばんひどいところを書いてる途中で覚悟を決めたりして。あはは。笑いごとじゃないんだなこれ。保叉さん、載せるって約束したもんな。載るんだよなあ、これ。会社の誰かがこれ読んだら、えらいことになるなあ。あ、会社のやつが読まなくても、題材が題材だから地方新聞あたりがとりあげるかもしれんぞ。この市は大徳産業と特に関係が深いし。だってこの雑誌、地方紙にも送るんだろ。そしたら記事になって。いや取材に来るかも。わあ。おれ馘首《くび》かなあ。親父怒るだろうなあ。あ。いかん。親父にまで迷惑かけることになるなあ。だけど、そんなこと心配してたら何も書けなくなるし。新人はやはり、こういうユニークな社会的題材でもって登場した方が有利なわけだし。万一この小説でもって文壇にデビューできたら、もう会社なんか馘首《くび》になったっていいわけで。そう。だいたいそれが最終目標なんだろうが。だけど親父に悪いなあ。相談役やめさせられるかなあ。だけど親父にはあんな会社の相談役、ほんとはやっていてほしくないという気持もあるし。あ。親父に聞けばもっといろいろ、会社が裏でやってる悪いことたくさんわかるだろうな。そんなこと聞けないし。訊ねても教えてくれないだろうし。あ。そうだ。ここへ派閥争いのこと持ってくるか。この辺、描写が不足だもんな。会話ばかりで。あの騒ぎで課長が二人、左遷されてるものなあ。二人だとややこしいな。単純に、一人に統一して。結局、いい人間ほど左遷されるわけで。さらさら。さら。さらさらさらさらさら。さらさら。さら。さら。さら。さらさらさらさら。さらさらさら。危《やば》いなあ。おれがこれ書いたこと会社に知れたらえらい騒ぎになるな。どえらい騒ぎだ。組合ったって、頼りにならないしな。御用組合だしなあ。おれ、ひどい目に会わされるぞ。そういう場合に作家としてはどう対処すればいいのかな。何か開きなおりかたがあるんだろうな。そうか。弾圧されたら、そのことまた書けばいいんだ。そうだ。厭がらせをされたり、左遷されたり、馘首《くび》になったりすれば、それをまた第二作として書けばいいわけで。そうしていれば当分題材に困ることはないわけで。しかしそれだと、どんどん世間が狭くなるな。なるほど作家というのは地獄だな。覚悟を決めなきゃあな。自己暗示でもかけて。こいつは書かなきゃいかんことなのだ、と自分に。そう。実際そうだものな。書かなきゃいかんことなんだ。さらさらさら。さら。さらさらさらさらさら。さらさら。さら。さらさらさらさらさら。さらさらさら。さら。さら。危《やば》いなあ。大丈夫かなあ。さらさらさら。さらさら。さら。さら。さらさらさらさら。さら。さら。さらさらさらさらさら。さらさらさらさら。さら。さらさら。

ACT 2

ACT　2／SCENE　1

これは文学的キャバレーだ。はじめて「焼畑文芸」の合評会に出席した市谷京二は、会が始まって五分と経たない間にそう悟った。同人の全員がこの合評会の雰囲気を全身で享楽していた。享楽主義者にとって遊んでいる時間こそが彼の生きている時間であると同様、自称文学者たちにとって自分たちを互いに文学者として認めあえるこの合評会という機会こそが、文学者としての享楽を満喫できる唯一の時間なのに違いないと市谷は思った。彼らは彼らが大部分の時間を過している日常の社会では白眼視され、うさん臭く思われ、時には正気を疑われたりする文学用語、文学的言いまわし、文学的レトリック、文学的受け渡し、文学的話題による会話を享楽的に満喫していた。

さっきから喋り続けているのは鍋島智秀という、高校の国語の教師で、市谷は四十二、三歳のこの男とすでに二度顔をあわせていた。保叉と初めて会ったあの喫茶店での編集会議の時が一度めで、退勤途上で会って近くの喫茶店に入り一時間ほど喋ったのが二度めである。鍋島は校務分掌で図書室を担当していて、市谷の想像したところではどうやらこの男自分の好みで図書を購入し、その好みを生徒に押しつけているようであった。特にベスト・セラー作家の本だの、生徒からの希望の多いミステリーやSFなどは大嫌いで、彼によれば五木寛之などは粗雑な作家であり、野坂昭如などはいい気な作家であり、筒井康隆に至っては乱暴極まる作家でマンガよりひどい等など、まあそういったようなことを教室でも言うものだからそれぞれの作家のファンを自認している生徒たちからはずいぶん憎まれていると、日本の近代自然主義文学への自分の偏向をある程度は自覚しているらしく笑いながらそう語ったことがある。本人自身が書くものもがりがりの自然主義小説であって、いまだに田山花袋の「田舎教師」を金科玉条にしているのだが、市谷が最近急に興味を持ちはじめてあちこちから取り寄せた同人誌をずっと眺めわたしたところではこの鍋島タイプの高校教師というのは同人誌作家の中に比較的大勢いるようだった。

「その奥さんはどうやらおれを同人誌作家だと知っているらしくて、おれに対してだけはどうも、わざと文学的な、気のきいたことを言おうとする傾向があってね。『この犬は自分を犬だと思っていないんですよ』などと陳腐なことを言って見せるんだね。だいたいそういったせりふは家庭的にせりふだって聞かされたのは二度や三度じゃない。だいたいそういったせりふは家庭的に孤独な愛犬家なら誰だって言うことだろ。おれがそれにどんな返事のしかたをすればいいと思う。むこうは文学的な返事を期待してるんだろうが、おれが自分の思う通りのことを言ったとしたら確実にあの奥さんは怒るよ。『それなら逆にあなたは、ご自身が犬ではないかと疑ったことが一度でもありますか』と聞いてみたとしたら、あの奥さんは気ちがいを見る眼でこっちを見るに決まってるんだ。『おありにならないでしょう奥さん。当然です。それと同じでこの犬には自分が犬であることぐらいわかっている筈です。そりゃもちろん、いつかは人間になれるとぐらいは思っているかもしれません。しかし少くとも現在の自分が人間でないことぐらいは知っていますよ。犬だって馬鹿じゃないんですからね。殊に屋内で飼われて人間並みの立居振舞いができるようになったほどの利口な犬なら尚さらでしょう』まあ、おれがそう言ったとしてもあの奥さんはそれを文学的な気のきいた応じ方とは思わんだろうね。失礼なと思うだけなんだ」

「と、あなたは思った。そして優越を感じた、と、そう言うわけね」鍋島をやりこめるつもりでそう言い、言うなりやりこめたつもりになって山中道子は高笑いした。自己中心的な彼女のことだ、さっきから鍋島が座の中心になって喋っているのをこころよく思っていなかったのだろう、と、市谷は思った。

「そうだよ」鍋島は平然として答えた。「でも、文学精神の優越を感じただけだからね。誰かさんみたいに亭主の学歴で優越を感じたり、ダイヤの指輪の大きさで優越を感じたりはしないよ」

全員がわっと笑った。「焼畑文芸」最新号に載った山中道子の小説を読み、誰もが同じことを感じていたらしい。

山中道子はいきり立った。「何よ。あなたこそ、たかが文学精神の優越を感じたと言いたいだけでそんなになにながながと喋りまくった癖に」

「いつそんなことを言った」鍋島は彼女の露骨な反感など歯牙にもかけず、他の連中に笑いかけた。「なに、おれの言いたかったことはだね」

「何が言いたかったのよ」軽視されて苛立ち、山中道子はなおも鍋島に子供っぽく挑みかかり、口を尖らせてせっついた。「さあ。早くおっしゃいよ。何が言いたいのよ」

彼女を無視したまま鍋島は真顔に戻ってまた喋りはじめた。「これはこの奥さんだけの錯覚じゃなく、われわれにもあると思うんだがね、どうも文学的ということと気がいているということを混同する傾向があるんじゃないかな。つまり文学的な表現というのは、ユーモラスな、ややもってまわった、人の意表をつくものでなければならんという考え方だな。しかしこれはおかしいんだ。結果としてそうなるのはかまわないけど、本来は物ごとを真面目に、まっすぐ、自分に正直に考えるということじゃないのかね」

まだ鍋島が何か言おうとして口ごもっているのを構わず、山中道子はまた嘲笑を投げつけた。「なあんだ。やっぱり、たったそれだけのことなの。へえ」

鍋島の眼鏡が光った。「今回の掲載作品の中にもずいぶんおかしなものがある」彼は山中道子を睨みつけた。「ま、続きはこのあとの合評でゆっくりやらせてもらうよ」

鍋島を怒らせたのはまずかった、と、さすがに山中道子も悟ったらしく、黙りこんでしまった。鍋島が他人の作品を批評する時の辛辣さは市谷もすでによく知っていた。

「や。遅くなって」鱶田平造が入ってきた。

この地方名士の名はあちこちで見かけて知っていたが会うのは初めてだったから、市谷はゆっくりと鱶田を観察した。粗末な和服の着流し姿だったので、たかが文筆業ではたとえ地方名士と言われる身分になってもやっぱり生活は苦しいのだろうな、と、市谷は思い、ちょっと期待はずれの感を味わった。それでもその着物がそもそもいいものか安物かもよくわからない最近の若い連中に対して、こうした着流し姿がやはりある種の威圧感をあたえるであろうことも充分想像できた。いい洋服を持っていないのだろう、と市谷は考えた。洋服の良し悪しは誰にだってわかるし、これだけでっぷり肥っていれば既製品では間にあわないだろうからな。

同人たちは鱶田平造を上座に据えた。狭い六畳の座敷で上座も下座もなさそうなものだが、一応は保叉の机の隣り、小さな裏庭に面している縁側を背にした席が上座ということになっているらしかった。蔭では鱶田の悪口を言っている同人も、直接鱶田に会った時は常に敬意をもって対している様子であった。中央文壇で認められなかった場合にそなえて今から鱶田のあとがまを狙っているといわれている鍋島など、今までの態度をがらりと変えて急にへりくだり、まことに巧みにお愛想などを言いはじめた。

「先生。『焼畑市報』拝見しました」

「あ。そうかい。あれ、読んでくれた。そうかい」嬉しそうにすぐ相好を崩してしまうところは無邪気で、人柄は悪くなさそうである。

「あれ、いつまで続くんですか。あ、そうですか。もっと続けていただきたいですねえ。面白いから」

「揃ったな。始めようか」鱶田が来るのを待っていたらしく、今まで他の同人誌の主宰者たちから来ている批評の手紙などを整理していた保叉が顔をあげた。

「茶が出とらんな」鱶田が聞こえよがしの大声で言った。「ソクラテスの妻は茶も出さんのかあ」

全員がくすくす笑い、保叉が苦笑した。

市谷はびっくりした。保叉の妻が不愛想な女であることは知っていたが、どうやらその不愛想さが同人の間で公然と冗談のたねになり、保叉の前でさえ平気で口にされるほど日常化してしまっているらしい。いったい保叉の妻はどんな気でいるのだろう。たとえ「ソクラテスの妻」の意味を知らずとも客から笑いものにされて平気でいられる筈がない。市谷は保叉夫婦の間のどろどろとした憎しみあいを想像した。

市谷はまた、同人の女性たちの鈍感さにもいささか驚いた。女性は三人来ていたが三人とも客でございという顔でおさまり返り、男たちと一緒になって笑っている。同じ女性である保叉の妻を笑っているのだから女権論者というわけでもないらしい。大勢客が来ていて主婦ひとりの時は立ちあがって手伝うというくらいの常識さえなく何が文学だ、と、市谷は思った。おれはこんな女どもとは結婚しないぞ。

「わたし、駄菓子だけど、少し買ってきたわ」

それでもさすがに時岡玉枝という主婦の同人がひとりだけ、紙袋の中から手土産をとり出した。保叉の原稿用紙三、四枚の上に駄菓子が盛られ、集まった十人ほどの同人の間に配られた。

時岡玉枝という主婦は三十歳前後で色の白い、ちょっと肉感的な女性だった。主人が何をしている人か市谷は知らなかったが、本物と思えるルビーの指輪をし、セリーヌのスーツを上品に着こなしているところから、相当裕福な家庭の主婦であることが市谷には想像できた。

大垣義朗という、いかにも文学青年といった風貌の男が、自分の前に置かれた駄菓子をさっそくいくつか手づかみにしてばりばりと音を立て、むさぼり食った。わざと粗暴に振舞っている、と市谷は思った。そうした態度が女性の関心を惹くとでも思っているのか、食べながらもちらちらと時岡玉枝をうかがったりしていて、その眼つきには貪欲さが見えた。

大垣にべったり身をすり寄せ、恋びと気どりで座っているのは徳永美保子という最年少の同人で、文学少女らしい白粉気のない顔をし粗末な服を着てはいたが、せいいっぱいの背のびで年長の同人たちと対等に議論しあおうとする姿勢だけはあからさまだった。

「まず表紙からやろうよ」鍋島がにやにや笑いながら言った。

合評会で表紙の絵まで批評するのかと思い、市谷はちょっとびっくりした。

全員が手もとの最新号に眼を落し、ほとんどが嘆声とも溜息ともつかぬ声を出した。

「いつまで続けるの。これ」馴れなれしい口調で大垣が投げやりに保叉へ訊ねた。

合評会のたび、くり返される話題に違いなかった。

「しかたがないんだよ。これは」保叉は困りきった表情をして見せ、頭を掻いた。「創刊号以来ずっとだものね。今さらもう結構ですなんて画伯に言えなくなっちまってさ」

「勝手に変えてしまっていいんじゃない」と、山中道子が言った。

「そんなことしたら怒るよあの人。逆上癖があるし、地方紙に顔がきくしね。それに、特に毎回依頼してるわけじゃなく、あっちから勝手に送ってくるんだ」

「いつまでもこんな古くさい墨絵の風景じゃやねえ。最近は山ばっかりだろ」鍋島が言った。「もっとモダンにしたいなあ。『日通文学』とか『文芸生活』とか、あの辺の表紙はいいよ」

「動労の『機関車文学』もいいですよ」土井正人という、車の整備員をしている若い男が真面目な顔でいった。

「『AMAZON』もいい」と、大垣が言った。

「しかし、あの辺はみな、プロが描いてるんだろ」

「画伯だってプロでしょう」

「あれ、プロかねえ」大垣がせせら笑った。「日展に通ったこともないし。この焼畑近辺だけでだろ。あの人のこと画伯だなんて言ってるのは」

「画伯って、どんな人ですか」市谷は左隣りの土井正人に小声で訊ねた。

「お爺さんの日本画家です。この辺の地方紙にときどきカットなどを」

「表紙には版画がいいわねえ」と山中道子が言った。

「駄目だよ。またあんたの友達の、あのなんとかいう女の人の版画だろ」鍋島が一言の下にはねつけた。「永瀬義郎の下手糞な模倣だ」

山中道子がまたいきり立ち、あら、だって芸術は模倣からとかなんとか言いかけたので、鍋島は大声を出した。「それより画伯をことわる方が先決問題だよな」

「鱶田さんお親しいんでしょう。最初頼みに行かれたのもそうだし。ことわってもらえませんか」

「いやだよおれは。わっはっはっはっは」

全員さんざ画伯の絵の悪口を言いあった末、ついに早く死ねばいいのにと誰かが言って大笑いとなり、結局まあ当分しかたがないということで表紙の批評はけりがついた。

表紙裏は焼畑駅前スーパー・マーケットの凸版写真入り広告、一ページめは県内某同人誌作家が自費出版した長篇小説の広告というちぐはぐさで、その次が見開きの目次である。

「迫力ありますねえ。この目次」と、土井正人が言った。

「目次だけはね」鍋島智秀がいった。「ちょっとした中間小説雑誌並みのバラエティと迫力だ」

「この、市谷君の作品、タイトルをゴチックの大きな字にしたり、二百八十枚なんて謳《うた》ったりする必要あったんですか」大垣義朗が苦にがしげにそう言った。「商業主義的でいやだな」

市谷の右隣りにいる時岡玉枝が、くすっと笑って耳打ちした。「自分が長い作品を書いた時は、そうしてくれって主張する癖に」

保叉は大垣の発言を無視した。「さっそく鱶田さんの随筆から合評を始めよう。早く合評を終らせておかないといかんのだよ。あとで『群盲』の牛膝《いのこずち》さんが来るから、面白い話を聞く時間がなくなる」

「おっ。久し振りだな。牛膝君、この辺へ来てるのか」

「そうなんだよ」保叉は鱶田にうなずいた。「文芸講演会の随行で歳徳市まで来たんだ。一時間ほど抜け出して来てくれる」

「焼畑だけにしかない民話が、ひとつもないということを初めて知りました」膝の上に開いた鱶田の随筆のページから眼をあげ、鍋島は言った。「本当ですか」

「よその地方にもある民話や伝説と同じもの、もしくはヴァリエーションばかりだ」鱶田はうなずいた。「歴史が浅いからしかたがない」

「こういうものは批評の仕様がないんだよなあ」大垣がにやにやしながら、ちらりと鱶田をうかがい、またページに眼を落した。「例によっての、鱶田さんのもの、としか言いようがない」

「でも、それを『焼畑文芸』と象徴的に結びつけているところに作者の冷たい眼が光っているんじゃないの」山中道子が言った。「『焼畑文芸』の同人までが、どこにでもあるような小説ばかり書いていてはいけない。独自性がなければならないという結論。これ、やっぱり感動したわ」

鱶田の書いたものならいくら褒めても誰からも反対されないことがわかっているので、山中道子は口をきわめて絶賛した。

「そうね」徳永美保子が負けじと口を出した。「今の山中さんの発言、表現は陳腐だけど、なかなか的を射てると思うわ」

なにを生意気な、と山中道子は美保子を睨みつけ、他の同人たちは美保子の背伸びが面白くて微苦笑した。鱶田は眼を細め、時おり満足そうな鼻息を洩らしながら同人たちの批評に聞き入っている。

「ぼくは逆に、この文章から鱶田氏の絶望を感じたんだがね」保叉が言った。「ここには、焼畑に民話や伝説がないのと同様、今のこの『焼畑文芸』からは、どうせいいものは生まれないに違いないというあきらめみたいなものがうかがえるよ」

「まさか」鱶田はわははは、と笑った。「深読みしすぎだ」

「作者は意図してないかもしれないがね」保叉はにやにや笑った。「別の言いかたをすれば、お前らに独自の文学が創造できてたまるものかといったような、われわれ同人に対する絶望が見られる」

市谷はまた衝撃を受けた。文学者というものは文章に対してそこまでひねくれた読みかたをしなきゃならないのだろうか。

「次へ移っていいですか」鍋島がそう訊ねた。保叉がうなずくと鍋島は、待ち兼ねていたように山中道子の小説の最初のページをぱんぱんと手の甲で叩き、大声を出した。

「ぼくは理解に苦しむんですがね。保叉さん。どうしてこういうものを小説の巻頭へ持ってきたんですか」

突然鍋島が突拍子もなく高い調子で非難しはじめたため、作者の山中道子を含めた全員がしばらく唖然とした。

「これじゃこの雑誌を読んでくれる人たちゃ、批評しようとする評論家の先生たちが、この小説に驚きあきれて、ここのところで雑誌を投げ出してしまいます。ぼくは今回はわりあいいい作品が揃ったと思う。しかしせっかくそのいい作品群が全部、この小説を巻頭に持ってきたというただそのことのためにまったく読まれずに終るというおそれがおおいにある。その責任は作者よりもむしろ保叉さんにあるんじゃないですか」

「情実だけで採用したわけじゃないよ」苦虫を嚙みつぶしたような顔で保叉は答えた。

「そりゃまあ彼女から酒の一、二本を貰ったりしたが、そんなことで点を甘くしたりはしない。編集会議の時、君にも事情は説明しただろう。唯一の情実としては、まあ、本人の前だが、この作品を収録してやらぬ限り、山中君の小説が二度と載る機会はないのではないかと」

「それは聞きましたよ。だけどぼくは今、そんなことを言ってるんじゃない。掲載の順番を言ってるんです。あの会議の時これを巻頭に載せようという話はなかった」

「ちょっと待った。鍋島さん」なおも言いつのろうとする鍋島をとどめて、大垣が言った。「ぼくにはむしろ保叉さんの今のことばが聞き捨てならないんだ。『この作品を載せないと二度と載せる機会はない』と予想できるような人の作品を、そもそもなぜ載せたかの方が問題です」

のっけからこの激烈さでは、このあとどうなることかと思い、市谷は自分の心臓を心配した。でんぐり返るのではないかという予感がしたのだ。たとえば会社の営業会議か何かで本人を前に置いたままこんなどぎつい言辞を弄して相手の成績を咎《とが》めたりしたら大変な騒ぎになる。おそらく殺しあいだ。いったいこの連中、文学者を気取っていながらこのことば遣いの無神経さはどうだ。表現を柔らげるということを知らないのではないか。それとも表現を柔らげるといった行為が世俗的馴れあいであるという前提的思考の下に語彙《ごい》の激烈さを競いあっているのか。市谷は一人おいて自分の左側にいる山中道子の方をそっとうかがった。白くまるまっちい手だけしか見えなかったが、和服の膝の上で握りしめられた彼女のその手は痙攣かと思える振幅でぶるぶるぶるぶるぶるぶるぶるぶるぶる顫えていた。

「そういう情実が許されるというのは、同人誌らしくてかえっていいのじゃありませんか」山中道子の隣席にいる関係でか、土井が真面目さを表情にあらわしてそう言った。「同人誌は修練の場なんだし、未熟な者を道場に出すということだってあっていいのでは」

「それは、たかが同人誌だからという考えにつながるよ」土井の発言をことともなげに一蹴し、大垣がまた保叉に言った。「ぼくは今の、誰でもかれでも同人にしてしまうという制度に前から反対してるんです。そりゃ一応、保叉さんのお眼鏡にかなった人ということになってはいるけど、保叉さんは原稿を書いて持ってきた人間ならばほとんど同人にしてしまうでしょう」

「そんなことないさ」保叉はかぶりを振った。「今月になってからだって、箸にも棒にもかからぬ原稿を持ち込んできた学生を二人、ことわってる」

「大垣君は、よその同人誌みたいに同人の下に会員とか会友とかいうのを作れって言うんだろう」鍋島が言った。「それは無意味だって前に議論した筈だぜ。同人が創作に打ち込めなくなる。邪魔なだけだ」

「君は編集会議に出てこなかった」保叉は大垣を睨みつけた。「あれがいかんよ」

「やれやれ」うんざりしたように大垣は拡げたままの雑誌を畳に叩きつけた。「こんな作品、しらふじゃ批評できないな。保叉さん。彼女から酒二、三本貰ったんだろ。それ飲ませてよ」

　開きなおったポーズを見せて言っているとはいえ、大垣のあまりのずうずうしさと意地汚さに市谷は眼がくらむ思いだった。

「出さないで」鋭く、山中道子がそう叫んで大垣を睨んだ。「あなたなんかに飲ませようとして持ってきたんじゃないわ」

　全員が失笑気味の笑いを洩らした。品性下劣な応酬でさすがにいや気がさしはじめている様子だった。

「ある意味でこの小説を巻頭に持ってきたのは、かえってよかったかもしれんよ」鱶田が鷹揚《おうよう》さを見せて言った。「たしかに低俗ではあるが、無邪気なので救われている。その低俗さと無邪気さへの興味で読み続ける読者もいるだろう」

　そんな読者はろくな読者じゃない、と市谷は胸の中でつぶやいた。

「ぼくもそう思ったんだ」保叉がほっとした顔つきで言った。「友達とブレスレットのセンスを競いあう、というただそれだけのことを三十枚にも書けるこの人のこのブレスレットへの執着は、むしろ無邪気だと、そう思ったんだ」

「無邪気というより、子供っぽいんだ」大垣が顔をしかめた。「しかもその自覚が作者にない」

「ブレスレットへの執着というより、むしろ友達の女性から、自分のブレスレットを選ぶセンスのなさを笑われたことに対して執着しているんだ」鍋島が言った。「で、けんめいにその友達を否定しようとする。ただそれだけに三十枚費しているわけだ。悪口だな。単なる悪口なんだよ」

ついに山中道子が叫んだ。「そんなこと、どうしてあんたにわかるのよ」

大垣がにやりとした。「批判は虚心に聞けよ。作品を読んで貰えた上に批判までして貰えるんだぜ。反論したり怒ったりするなんて、もっての外だ」

「何を言われても黙ってなきゃいけないっていうの」

「君の場合は、そうだ」鍋島が山中道子を睨み据えた。「作家として、君にはわかっていないこと、自覚できていないことが多過ぎる。どんな非難をされても全部その通りだと思い給え。そしてもっと悩むべきだ。君はちっとも悩んでいない」

「どうぞご勝手に。はい。どうぞご自由に」山中道子は開きなおり、ちっとも聞いていないというポーズをとってそっぽを向いた。「いくらでも、好きなだけ非難しなさい」

それがいかんのだと言いたげに鍋島と大垣は憫笑《びんしょう》を浮かべて顔を見あわせ、黙りこんだ。

「他のひと、どうですか」保叉が一座を見渡した。「市谷君。黙ってないで何か喋ったらどうです」

「そうですね」咳ばらいをした。膝の上の雑誌にあわてて眼をやり、頁を繰った。褒めようとした。褒めるべきことは何もなかったし、褒めることが何もない時の褒めことばも思い出せなかった。「誤字が多いようですが」しかたなく、いちばん無難そうな批判をした。「この『ドアをカイホウしたままで』のカイホウは、解き放つの解放ではなく、開け放つの開放でしょう。『イジョウなし』はアブノーマルの方の異常ではなくて状態の状という字を書く異状の方だと思います。『キョウソウで買い漁り』というのは、別に駈けっくらをしたわけではないのだから走る方の競走ではなく、争う方の競争の筈ですね。字の間違いではありませんが『胸が煮えくり返った』という言いかたはない筈です。『はらわたが煮えくり返った』という言いかたなら」

「そういう間違いがいっぱいあったのです」苦い顔で保叉は言った。「できるだけ校正の時に直したのですが、あまり多いものだからつい眼が届かなくて」

「原稿を見せてくれませんか」と鍋島は言い、しぶい顔をしたままの保叉から山中道子の原稿を受け取った。「これはひどいな。第一行目から間違っている。『コロがるように』の転がこの頃の頃になっている。平均して二行にひとつ、何か間違いがある」

「文章もひどいよ」大垣が雑誌を見ながら言った。「一ページ目の『そごうの三階の特選品売場の舶来雑貨のケースの中で見つけたブレスレット』というのはひどすぎる。『の』が五つ連続していても平気という神経は、作家としてはもちろんのこと、常人としても少し異常だ」

山中道子がけたけたけたと笑った。一同驚いて彼女を見ると、さっきから自分への批判を聞き流すポーズにけんめいで、わざと荒あらしく駄菓子をつかみ大きな音を立てて嚙み砕いたり、茶を下品にずるずるとすすりこんだりしていた山中道子が、今度は隣席の土井正人に何ごとか話しかけ、自分で自分の話に笑いころげているのだ。

「おいおい君」年長者としての義務感から、しかたなく鱶田が注意した。「みんな君の小説の話をしているんだ。もっと身を入れて聞いたらどうかね」

さすがに少し顔を赤くした山中道子は、開きなおった様子を露骨に見せ、わざときちんと座りなおした。

「この作品に対してわたしは、この場でこれ以上合評が続行されること自体ナンセンスだと思うのよね」

徳永美保子が何ごとか喋ろうとして口を開いた瞬間から市谷はすでに慄然としていた。本人にさほどの気はなくともひどく過激に聞こえるようなことか、さもなくば焦点のずれた変なことを言うにきまっていたからだ。誰か彼女の子供っぽい発言を封じ、山中道子のヒステリー発作を未然に防ごうとする大人はいないのかと思って座を見まわしたが、誰もが困ったような表情で黙りこんでいるだけである。

「つまりこの作家の主観というのは実存的主観ではないわけだから、この作品には作品だけではなく日常に於ても実存精神の決定的欠落があるわけなのね。そういう作者に批判は根本的に無意味なのじゃないかしら」

保叉が咳ばらいをしたほかは喋る者もなく、座が少ししらけた。市谷はややほっとした。徳永美保子が、ことばの用い方こそ乱暴だが、どうにか意味の通じることを言ったからでもあり、彼女の発言内容を山中道子が理解し、それが自分の作家的資質に対する全面的否定であることを悟って逆上するには少くともあと二、三日は必要だと思えたからでもある。喋った徳永美保子自身はきょとんとしていて、自分が難しい用語を意味もよく理解していないまま羅列したために座がしらけているのだということにはまったく気づいていない。

徳永美保子の発言とはなんの関連もなく、ただもうひたすら座を和やかにしようとしてか土井が言った。「しかし、このタイトルのつけかたはなかなかいいんじゃないでしょうか」

なるほどそういう褒めかたもあったかと思い、市谷はちょっと感心した。

しかし大垣が、たちまち猛然と反撥した。「駄目だだめだ。なってない。滅茶苦茶だ。この小説では『ブレスレットの苦さ』の『苦さ』というのは主人公が友人に対して苦にがしく思ったというだけの意味しか持ち得ていないよ。つまりこれはブレスレットにまつわる苦い思い出ではない。作者は小道具がブレスレットであってても他のなんであってもよかったんだ。作者が苦にがしく思っている友人をやっつけるためのきっかけになるものならね。私怨小説だ。むきになって他愛のない口喧嘩をしている子供と同じだ。おれの方が偉いんだぞ。おれのお父ちゃんの方がお前のお父ちゃんより偉いんだぞ。おれの家の方がお前の家より大きくて金持ちで」

山中道子が立ちあがった。般若《はんにゃ》の顔になっていた。「もうこれ以上のぶぶぶ侮辱は。かかかかか下層階級の。百姓の。人間の誇りが。いえわたしにだって。何さ。もう侮辱は許されないわ。いいえ許しません。帰りますわたし帰ります」泡を吹いていた。「何よ表面的なことばかり言って。わたしの小説があんたたちにわかってたまるもんですか。もっともっと奥深い、重要な意味があるのよ。実はこれはね、もおっともっと難しい作品なのよ。あなた方が考えているよりも。それはあなたたちにはわかりません。生まれつきわかりません死ぬまでわかりませんぜえったいにわかりませんエエエエエエエエエエエわかりませんとも」彼女は部屋を出ようとして一歩踏み出し、湯呑茶碗を蹴倒してよろめき、折り曲げた指さきで土井正人の顔面を鷲づかみにして身を立てなおし、歩こうとして駄菓子を踏み潰し、また倒れそうになって今度は市谷の頭髪をつかんだ。

「ああいてててててて」市谷は悲鳴をあげた。

「こんな同人誌、やめてやるわ」

市谷の毛髪を七、八本指にからみつかせ、足音荒く部屋を出て行く山中道子に聞こえよがしの大声で大垣は言った。「自然淘汰だ。こうやって次第に同人の粒が揃っていくんだよな」

ACT 2／SCENE 2

和服の前がはだけているのにも気づかず、保叉の家の店さきからとび出した山中道子は学校通りを商店街に折れ、怒りにまかせて突き進むように歩いた。悪いことに彼女は怒りながら歩いていると知らずしらずに大股になり、少しがに股になる傾向があった。和服はますますはだけた。眼尻が吊りあがり頰は引き攣《つ》れ、鼻孔が開いていた。怒りで胸苦しく、鼻孔だけの呼吸では間に合わず、唇をわずかに開いて口で呼吸し、しかも歯をくいしばり髪を振り乱しているものだから歯を剝き出しているようにも見え口が耳まで裂けているようにも見えた。前方から来る通行人が彼女を見て仰天し横っとびにとび退《の》いた。ふたり連れの女子高校生のひとりがすれ違いざま山中道子に肩をあてられ、胸を押さえて痛いわあと洩らした呟きが災厄のもと、何やら鬼の如き凄絶なものに睨みつけられた上、鬼のことばと思える呪いの文句を頭ごなしに浴びせかけられて可哀想にふたりとも以後数日は毎夜うなされることとなる。

いつか見返してやるわ。何よ百姓あがりの田舎者が。あんな大垣みたいなちんぴら、わたしが超一流の女流作家になった時はもう、洟《はな》もひっかけてやらないんだからね。何さ教師くずれのルンペンが生意気にも、題名が悪いだって。わたしの題名のつけかたのうまさに嫉妬してさ。死ね。あんな口の汚い、おまけに口のいやしい礼儀知らずのこけ猿が作家になんかなれるもんか。作家ってのは文化人でなきゃなれないんだからね。育ちが悪くちゃ、文壇づきあいなんかとてもできないんだからね。そうよ。わたしの家庭みたいに、言ってみりゃ貴族階級でなきゃ駄目なんだからね。あの馬鹿はそんな世界のこと何も知らないだろうし、そう聞いたって否定するだろうけど、今だって貴族階級ってのははっきりと実在するんだからね。わたしはエリートなのよ。生まれつき超一流の文化人なのよ。そう運命づけられているのよ。あんな卑賤な生まれの人間にわたしが批判できてたまりますか。何よなによ何よ。あの徳永美保子というらす馬鹿の女子高生は。ものの言いかたも知らない癖に大垣にやられちまって体験したと思って、そのよさにびっくりしてのぼせあがって、もう一人前になれたと思いこんで。それぐらいの体験で女になれたと思うなんてちゃんちゃらおかしいわ。あたしなんかもう何千回もやってるんだからね。大垣なんかにされちまって可哀想なもんよ。よくないにきまってるんだもんね。うちの主人の方がずっといいんだもんね。あの鍋島の馬鹿はまた、たかが高校教師の分際で偉そうに何よ。うちの親戚には東大教授がいるのよ。どんな非難をされても全部その通りだと思えですって。けっ。馬鹿ばかしい誰が思ってなんかやりますか。あんなやつの言うこと聞いてたら作家になれるどころか馬鹿になっちまうわ。でかいでかい猥褻《わいせつ》な疣《いぼ》を顎にくっつけやがって。あんな猥褻な疣のあるやつが作家になんかなれるわけないよ。そうよ。死ぬまで同人誌作家だよ。あの市谷とかいう新米が。小説がよくわからないもんだから眼を皿にして字の間違いばっかり見つけやがって。どうせ会社じゃ下っ端で、せいぜい字の間違いを訂正する程度の事務でもやらされてるんだろ。何さ二枚目ぶって。うちの主人の方がもっとずっと男前なんだからね。どいつもこいつも表面的なことばかりしかわからない癖に。そうよ。わたしの小説がわからないんだから可哀想なもんよ。みんな精神的な片輪よ。わたしが超一流の女流作家になった時にやっとそれがわかるんだわ。その時になってせいぜい口惜しがったらいいわ。自分たちに才能がなかったってことを思い知りなさい。わたしにはあるの。それがお前たちにはわからないの。くそっ。何よなによ。それなのにわたしの小説を子供っぽいって。子供っぽいのはお前らじゃないか。

ふたたびぐわっと胸のうちに怒りが燃えさかり、山中道子は立ちどまった。眼がくらくらとしてぶっ倒れそうになった為もあるが、前方約五メートル、魚屋の前をもの欲しげにうろついていた脱毛のはげしい赤犬の野良公が親爺に追い払われてこちらへやってくるのを見た為でもある。赤犬の顔が大垣義朗に似ていたのだ。両足を大股に開いてふんばり、山中道子は両の握りこぶしをぶるぶるぶるぶると顫わせた。彼女は、もし自分が超一流の女流作家になったところで、彼らが自分の前にひれ伏すどころか、とりもなおさずそれを理由にしてますます自分の悪口を言いあうであろうことに気がついたのであった。彼らはそういう連中なのだ、と彼女は思った。今までにもいわゆる流行作家だのベスト・セラー作家だののことを彼らは口を極めて罵倒していたではないか。

「文学性はゼロだな」

「うまくマスコミに乗ったね」

「商業主義に志を売ったわけだ」

「もはや金の為にしか書いていない」

「テレビ・タレントと同じだ」

「完全にジャーナリズムに毒されている」

「次つぎと投機的な作品を書いて人気を落すまいとけんめいだ」

「山師だねまるで」

それどころか世に認められた彼女に対しては、山中道子は自分のおかげでどうにか文章が書けるようになっただの、おれたちが特訓で揉んでやったためになんとか読めるような小説を書くようになっただのと言いふらすだろう。そうなのだ、必ずやそういうことを言う連中なのだと山中道子はひとり歯嚙みをしながら合点し、すでに女流作家となった自分が罵倒されたように感じ、無念さにほとんど身もだえしそうになった。ちょうど眼の前を赤犬が通り過ぎようとしていて、子供用の小さなバットを握った小学生が通りすがりに赤犬の鼻づらへバットの先を突きつけたため、いつも子供たちに苛められつけているらしい赤犬が大袈裟にきゃんきゃんなきながら逃げて行くのを彼女は眼を見ひらいて眺めた。そうだ。ああいう連中は犬と同じなのだ。彼女はそう思った。ぶん殴ってやらなければわからないのだ。馬鹿にされたらされただけこちらが損をするわけで、すぐに殴り返してやる以外あの子供っぽい低能どもに復讐し思い知らせてやれる機会はないのだ。

彼女は小学生からバットをひったくろうとした。

「ぼく、あの犬を一度もぶたなかったよ」

動物愛護協会のこわいおばさんとでも思ったか、子供はけんめいに弁解したが、彼女はかまわず、ねじるようにしてバットをとりあげた。「寄越しなさい」

まわれ右をすると、山中道子は右手にしっかりとバットを握りしめ、ますます大股になっていく足どりで保叉文具店へ引き返しはじめた。

ACT　2／SCENE　3

さっきから土井正人の作品に対する批評が続いていて、土井はそれらをすべて座布団の下へ隠した小型のテープ・レコーダーに録音していた。最初土井がコードのついた小さな金属を遠慮がちに座の中央へ置くのを見て、市谷は一瞬何だろうと思ったのだが、すぐにマイクと気がつき、なるほどと感心した。感心はしたものの、土井が家に帰ってからひとりそのテープを何度もくり返し聞きながら、この合評会の時の自己満足や不満や腹立ちをねちねちと心に再現させている様子を想像すると、なんとなく陰湿さが感じられて不気味であった。

「土井君は文学をやる人としては、少し真面目過ぎるんじゃないの」保叉がにやにや笑いながらそう言った。「だからこの小説も、テーマはいいし、着眼点はいいし、文章もだんだんよくなってきているけど、ただ、面白味がないんだなあ」

「そう。こういうものとしては少し平板だね」と、大垣もいった。「職場文学というのはこうなり勝ちなんだよ。ものの見かたが一面的にね。だからこのままだと土井君はずっと同人誌にしか発表できない生真面目な職場作家で終ってしまうおそれがあるよ」

「しかし、人間が真面目だからといって叱られても」土井は苦笑した。「どうしたらいいかさっぱり」

「自分のことを言うわけじゃないがね」と大垣が言った。「いやなやつがいい小説を書くんだよ」

皆がげらげら笑った。市谷が思っていた通り大垣にはやはりひねくれた文学青年という演技を自らに課している傾向があるようだった。

「別段、そんなに無理して悪いことをなさる必要もないと思いますわ」

やんわりと時岡玉枝がそう反論した時、店の方で保叉の妻の大きな悲鳴があがった。

「あっ。何するんですか。ちょっとお待ちになって」

「どきなさい」

山中道子のただならぬ血相に驚いた保叉の妻がとどめるのを押しのけて座敷へあがり、中の間を横切った彼女は、バットを振りかざして奥の間へおどりこんできた。「この赤犬が」

大垣の頭上に振りおろされたバットの先端は、彼の頭蓋骨を砕く寸前に壁ぎわの本棚に当り、「焼畑文芸」のバック・ナンバーを数十冊畳に落した。

「何するか。やめろ」口では威勢よくそう怒鳴りながらも大垣は隣りにいる徳永美保子の背後にまわりこんで難を避けようとし、彼女のからだを楯にしてその尻のあたりへ頭をかかえこみながらうずくまった。

とびついていって彼女から兇器をもぎとろうとする者がないままに、山中道子はまたバットを振りあげた。「このどぶ鼠のどん百姓の」

大垣を狙った彼女の第二撃は徳永美保子の肩にあたった。

「ぎゃあああ」徳永美保子がひっくり返り、わめいた。「痛いいたい痛い」

彼女の大声で山中道子が少したじろいだ。すでに立ちあがっていた市谷と土井はその隙《すき》を見て左右から山中道子の肥ったからだを抱きすくめた。

「離しなさい。いやらしい。離しなさい」山中道子はまたあばれはじめ、座の中央へ仰向きに倒れた。

土井がバットをもぎとり、市谷が彼女を押さえこんだ。彼女ははげしく足を蹴りあげた。蕪《かぶ》のような大腿部が根もとまで剝き出しになった。

「やめないとパトカーを呼ぶよ」

市谷が耳もとでそう言った途端、山中道子のからだから力が抜け、彼女は泣きはじめた。「おおおおおああああああ」

「もうすんだか。もう大丈夫か。誰かやられたかい」裸足で庭へ駈けおりていた鱶田が、転んだらしく和服の膝のあたりを土だらけにし、縁側の彼方でのびあがり、おそるおそる様子をうかがいながら訊ねた。

「ああ。もうすんだよ」

そう返事した鍋島の軽い口調がまたもや山中道子を刺戟し、激昂させた。「すんだとは何か。まだすんどらんのよ。わたしはお前も殴り殺しに戻ったんだからね」

　猛烈な力で市谷をはねのけ、土井から奪い返したバットを力にまかせて横ざまに振るえばそれは鍋島の顔面に命中し、とび出した鍋島の両の眼球が部屋中ぴゅんぴゅんとびはねるかと思えたがあいにくそうはならず、彼女はあいかわらず市谷に組み伏せられたままである。ただし彼女の火を吐くような罵声と、今にも立ちあがりそうなあばれかたに驚き、鍋島もまた裸足で庭へ逃げた。

　疲れてぐったりしてしまい、またひいひい泣きはじめた山中道子を、時岡玉枝が慰めた。「さあ。今日はもう、お帰りなさい。ね。タクシーのあるところまで送ってあげるわ」

　わたしのあの小説、評判になるのよ、賞をとるのよ、わたしは受賞するのよなどと泣きながらもまだくどくどと訴え続ける山中道子に、そうよそうよそれに違いないわなどといい加減なあいづちを打ちながら時岡玉枝は彼女を抱きかかえるようにして外へ連れ出した。

「うん。骨は砕けていないようだな」さすがに気遣いを見せ、大垣が呻《うめ》き続ける美保子の肩をしらべてそう言った。「まったくひでえ女だ」彼女を楯にして自分の身がわりにしたおのれのひどさには気がつかないらしい。

「ま、少しぐらい痛んでも、若いからすぐ治るだろう」庭へ駈けおりたことがいささか恥かしいらしくて、無理に咳ばらいをしながら鱶田が言った。

「そうだよ。すぐに治るなおる」鍋島も庭からはいあがってきながら保証した。

本人の痛み具合も訊ねず、まったく無責任な大人たちだと思い、市谷はあきれた。

保叉が台所へ行き、濡れたタオルを持ってきて美保子に渡した。「今、もう一枚を冷蔵庫で冷やしてるからね。あとでとり替えたらいいよ」

こんな騒ぎにも保叉の妻は、彼女からはおよそナンセンスに見えるであろうこのドタバタが自分とは無関係であることを示したい為か、座敷へまったく顔を出さない。

男たちの手であたりが片づけられ、また合評が続けられた。

「大垣君のこれだがねえ」鱶田が呻いた。「わしにゃわからんよ。こういうものは」

「そんなお歳でもないでしょう」大垣はにやにやした。

「おや。ぼくの合評はもう終ったんですか」土井が不満そうにそう言いながら、座布団の下からテープ・レコーダーを出し、マイクを片づけはじめた。「変なものを録音した」

「この大垣君の作品だが、シュール・リアリズムの手法で描かれた心象風景と、ここのこのエロチックな描写のなまなましさが水と油だ」鍋島が言った。「セックスの部分だけリアリズムでやっている。そいつがよくこなれていない」

保叉は大垣に向きなおった。「大垣君。君、やっぱりもうちょっとリアリズムの基礎を勉強したらどうだろうね。まだ若いんだしね」

「いやあ」大垣は笑いで胡麻化した。「いかにもリアリズムの基礎を勉強しました、というデッサン的な小説では、どこの賞も取れないよ」

突然話をマスコミ的評価に持っていってしまうのが彼の逃げかたらしい。そういえば「饅頭と寿司王」なる大垣のその作品は、最近文学賞をとった二、三人の若い作家のそれぞれの傾向をすべて模倣した代物のように市谷には感じられた。ある時は色彩感のある絵画的な細密描写、またある時は即物的な性交描写、はたまたある時は感動のない冷静な主人公による徹底した客観描写、然してその実体はというとどうも何も残らないのではないかという気がしてならないのである。

「これは私小説ですか」と、土井が訊ねた。

女子高校生との性交渉が実際の体験なのかどうかを知りたがっているのであろう、と、市谷は思った。

「そうだよ」平然として大垣は答えた。

保叉だけはにやにやして、他の男たちはちょっと複雑な表情で、大垣と、その隣りの徳永美保子をじろじろ眺めた。女子高校生というのがこの色黒で小柄で無表情な徳永美保子という娘のことだということは誰の眼にもあきらかだった。

「ふうん」感心したように土井が唸った。それは羨やましげにも聞こえたが、どちらかといえば未成年者を犯すといった乱暴な行為などとても出来そうにない自分に絶望しての溜息のようでもあった。

「ひどいことをするなあ」鍋島は露骨に顔をしかめた。彼は高校教師である。もし彼がそんなことをすればたちまち馘首《くび》であろうし、仮に徳永美保子が自分の教え子であれば、いや、たとえそうでなくても本来ならば教師である以上は彼女を諭《さと》し、大垣を非難しなければならない立場にあるのだ。

「でもこの号の小説の中ではいちばん、文学空間が外部に向かって開かれているわね」自分が問題になっていることに気づいているのかいないのか、あいかわらずきょとんとした顔で同人たちを見まわしながら徳永美保子はそう言い、大垣の作品を持ちあげるような発言をした。

　市谷は彼女にいたいたしさを感じた。いずれ大垣が彼女を捨てるであろうことは眼に見えていたので、今は大垣を信じ切っているらしい彼女がその時どれほど深く傷つくか、計りがたいものがあった。文学少女として誇りだけは強く持っている様子だから、大垣を責めるよりはむしろ自殺する方を選ぶのではないかとも思えた。

「そう。今徳永君が言ったのと同じ意味になるかもしれんが、同人雑誌のよさは、文壇小説にはない生活の実感がこもっている作品が多いところにあるという人もいる。しかしこの大垣君の小説にはそういったものがまったくない。それがかえって面白いね」

保叉が変な褒めかたをし、それが大垣作品への評のまとめになった。市谷には遠まわしに頭でっかちだと指摘しているようにも受けとれた。

「では次に移るか」と保叉がいった。

「大垣君の作品の合評、いつもいちばん早く片附いてしまうね」鍋島が皮肉な言いかたをした。

「そりゃ、やっぱり批評が難しいからだろうね」鱶田は正直だった。「こういう作品は難しいよ」

「いやあ。強《あなが》ちそうではないと思うんですが」鍋島は何か言いたそうにしばらくためらった。

ははあ、と市谷は思った。以前鍋島は市谷に大垣のことを話したことがある。合評会などで酷評され自らが傷つくことのないよう、意識的にか無意識的にか、わざと難解な小説を書くようになりはじめているというのだ。一種の韜晦《とうかい》なのだがこれは同人誌に長くいた者が辿りやすい傾向で、文壇に出てもまだその癖から抜け切れない作家も多いという。文壇ジャーナリズムに毒があるのと同様、同人誌にも結構染まりやすい毒があるんだな、とその時市谷は思ったのだが、鍋島は今、そのことを言おうかどうしようかと考え、迷っているに違いなかった。

「鍋島君の作品だが」保叉が喋りはじめた。「これもまあ、そういう言い方をしちゃまずいけど、いつもと同じ学校を舞台にした小説だ。鍋島君の作品に対して毎回技巧的だとか小手先芸だとかいう批判が出る。実生活を題材にしていても、土井君の体あたりのような熱気のある作品と違って非常に表現力ゆたかな、精緻なものだ」

「完成されちまってるんだよな」唇を歪め、大垣が厭味な言いかたをした。「毎回言うことだけどさ」

「学校の先生には、こういう作品を書く人が多いね。みんな頭はいいし教養があるからだろうな」そう言ってから鱶田は、ふと気がついて座を見まわした。「おやおや。これも前に言ったことと同じだ」

「そうなんだ。いつも同じ批評になるから、今日は一度、初めて出席した市谷君に喋ってもらおうか」

保叉に指名され、市谷はあわてて鍋島の小説が載っているページを繰った。こういう作品は苦手であった。生活感情がよく表現されてはいたが、それは常識の範囲内にとどまっていて、読後の感動はまったくなかったのだ。

「まあ、勘弁してください」と、市谷は笑いながら言った。「あまり貶《けな》すと今度はぼくの作品が酷評されることになりますからね」

「何を言うんだ。君は貶されるのを怖がってるのか」突然、大垣が強い調子でそう言い、市谷を睨みつけた。「貶されるのを恐れるあまり、他人の作品の批判を遠慮していると、しまいにはよそのどこかの同人誌の合評会みたいにべたべたした仲間褒めだけになってしまうんだ。傷の舐《な》めあいだ。進歩がなくなる。同人誌の合評会ってやつは罵詈《ばり》雑言《ぞうごん》の投げつけあいでなきゃいけないんだよ。文学の世界じゃ世間並みのお愛想や逃げ口上は通じない」

「いえ。別段その、逃げ口上というわけではないのですが」

「そらそら。そのあいまいな、大臣の答弁じみた口ぶりがいかんのだ」何故か大垣は、市谷のひと言ひとことにからみついてきた。「会社の上役と会議してるわけじゃないんだからな。のらりくらりするなよ。君がいくら世間的に世渡り上手でも、ここじゃそういった態度は通用しないぜ」

市谷はさすがにむっとした。「悪口の投げつけあいばかりでも、あまり発展的じゃなさそうですが」

「何をからまれてるの」戻ってきた時岡玉枝が敏感に険悪な雰囲気を察知し、にこにこ笑いながら大垣と市谷の顔を見くらべた。

「どうでした。彼女の様子は」保叉が訊ねた。

「まだ泣いてたけど、タクシーに乗せてきたわ」と彼女はいった。

「何か言ってましたか」鍋島が眼を細くして訊ねた。

「こんなことぐらいで同人誌をやめちゃ駄目よって言ってあげたの。そしたら、やめるもんですか、超一流の女流作家になって皆を見返してやるまでは絶対にやめないわって、そう言ってたわよ」

「やれやれ」鍋島が溜息をついた。「あなたはまた、どうしてそんな余計なことを言ったんです」

「ああいう人がいるのも面白いじゃないの」時岡玉枝はくすくす笑った。

彼女のおおらかさに、市谷は好感を持った。

「お邪魔します」三十一、二と思える顔色の悪い男がのっそりと部屋に入ってきた。

「これは牛膝《いのこずち》さん」保叉が相好を崩した。「さあさあ。こちらへどうぞ」

「いやいや。わたしは飛び入りですからここで結構」牛膝は敷居ぎわに空間を見つけ、時岡玉枝と徳永美保子の間へ腰をおろした。

「皆さん。『群盲』の編集をしていらっしゃる牛膝さんです」保叉が全員にそう紹介した。

「牛膝です」彼は生真面目に頭を下げた。「さあ。わたしに構わず、どうぞ合評会を続けてください」

だが、そういう牛膝の態度や表情からは、どうせおれを意識せずにはいられまいという傲《おご》りがありありとうかがえた。市谷は以前、下請業者である中小企業の若い社員たちを集めて説明会を開いたことがあり、その時の自分の態度や表情もおそらくはこんなものであったろうかと想像した。強い立場にいる人間が弱い立場にいる人間たちに立ち交った時の気取り、衒《てら》い、エリート意識を押し殺そうとするためのわざとらしいへりくだった態度、さらには反感を予期しての警戒心などが一流文芸出版社の編集者である若い牛膝の全身からはっきりと透けて見えていた。

「今、鍋島君の作品の合評をやっているんですがね」保叉が牛膝にそう言ってから全員を見まわした。「誰か他に意見はありませんか」

「わたしは鍋島さんのこういった一連の作品、結局文学史的には不毛だという気がするんだなあ」徳永美保子が突然大声で溜息まじりに言った。

市谷はどきっとした。おそらく牛膝の存在を意識してのことだろうが、彼女の子供っぽさを差し引いても先輩の作品に対してずいぶん無思慮な発言だった。自信を持って断定的に言い切ったところから、大垣が彼女に向かって洩らしたことばの受け売りとも考えられた。

鍋島はたちまち不機嫌になった。彼はじろり、と美保子を横眼で睨み、低い声で唸るように言った。「ちょっと生意気過ぎないか」

美保子は平然としている。

彼女がまた何か言い出しそうな気配を示したので、大垣があわてて横から口を添えた。

「まあ、不毛というと言い過ぎだし、事実鍋島氏の学校の教え子たちの中にはこの一連の学園もののファンもずいぶんいるそうだけど、このままだといくら手法が完成されていっても、結局は同人誌どまりではないかと思うんだね」

「それがぼくと大垣君の考え方の決定的に違うところだろう」急に鍋島が熱心に喋りはじめた。

「君は『同人誌どまり』であることがいけないという前提で言ってるんだ。しかし商業誌にとりあげられることが同人誌に小説を書く唯一の目的じゃないという人間もいるわけだし、商業誌にとてもとりあげられそうにない作品だからといって、その作品の本来の価値が下がるものじゃないよ」

あきらかに開きなおりであり、今この場では牛膝が代表している文壇マスコミに対しての反撥であった。市谷がさりげなくうかがうと、牛膝はにやにやして畳を見ていた。

「するとつまり鍋島先生は、最初から同人誌に載せることだけを目的として小説を書いてるわけですか」土井が首を傾げながら質問した。

「ああそうだよ」鍋島はいつになく気負っていた。「その通りだ」

「するとそれはたとえば鍋島先生の学校だのこの地方だのといった、ごく少数の読者だけを対象とした、極めて趣味的なものということになりますが」

土井の真面目な質問は、はからずして地方名士としての鱶田平造のあとがまを狙っている鍋島への皮肉になっていた。

「読者が少数だから趣味的とは限らんだろう」自分のことのように感じたのか、鱶田が助太刀した。「書いている本人にしてみれば、読者が多いか少いかは問題ではなく、自分の世界を確立しようとして書いているんだ。趣味的、などといった、遊び半分を思わせることばはよくないよ。自分との戦いだ。作家にとって、書くことはゲームじゃなく、生きることなんだからね。単に、書かなければ自分が見失われると感じるから書くんだ。もちろん読者がひとりもいなければむなしい作業ということになるが、読者がひとりでもいる以上は断じて自己満足なんかじゃない。そうじゃないかね鍋島君」

「ええ。まあ」鱶田の大上段に振りかざした大仰な言いかたに気恥かしさを覚えたのか鍋島は苦笑してあいまいにうなずいた。

「ま、それはたいへん立派なんだけど」大垣はにやにやしながら厭味な言いかたをした。「そういう自負は、偉大な失敗作を書くという大変な無駄にもつながってくるんじゃないかなあ。同人誌によく載ってるだろ、ほら、ああいった数千枚のスカタンの大河小説を書かせるのは、そういう世捨てびとみたいな、高踏と孤高を誇る姿勢だと思うんだけど」

「話が合評から離れて、変な具合になってきたな。でも、その話なら、ちょうど牛膝さんがお見えになっているから今ここで、もっと議論を続けてもいいね」保叉がそう言ってから、意味ありげに牛膝へうなずきかけた。「あるいは牛膝さんが見えているので話がこうなったのかもしれないけどね」

その通りだ、と市谷は思った。

「時岡さん。今日は一度も発言していないよ」保叉が時岡玉枝をうながした。「あなたはどう思いますか」

「鍋島さんの姿勢は、おっしゃってる限りではたいへんビューティフルで優雅で、どちらかというとわたしの考え方にも似てるんだけど」彼女は女性週刊誌的な言いかたをした。「でも、正しい評価を受けたいというお気持はぜんぜんないのかしら。わたしなど、商業誌に転載されないってこと自体がわたしの作品に対する評価だと思うから、もっと頑張ろうという気になるんですけどね」

「あなたのいう評価は文壇ジャーナリズムの評価でしょう」牛膝をちょっと気にしながら鍋島は言った。「でもそれが唯一のものじゃない。ぼくは保叉氏だの、県内で同人誌を主宰している二、三人の友人だの、そういった人たちの評価の方をより信じるし、その人たちからいい批評を貰うことがぼくの書き甲斐のひとつにもなっているんです」

「今の文学状況というのはマスコミが作っているんだからね。所詮、われわれの文学とは相容《あいい》れないものがある」鱶田が強いことばを吐きはじめた。「文学とマスコミが共存できる筈はないので、つまりは今、文壇ジャーナリズムからは文学が失われているといってもいいだろう。そういうものに本当の文学が評価できる筈はないんだよ」

市谷は牛膝の前で鱶田がこれほどはっきり文壇ジャーナリズム不信の念を表明したことに驚いた。まだ中央への夢を失っていなかった頃文壇ジャーナリズムからないがしろにされた恨みが突然噴き出たのであろうかとも思えた。

しばらく前から牛膝の態度に、おれにも喋らせてくれという様子がありありと見えはじめていたのだが、今や彼は、早く喋らせろと言わんばかりに身を大きく上下に揺すっていた。

「牛膝さん。いかがです。この辺でひとことあなたのご意見を」

見るに見かねて保叉がそう言うと、牛膝はしばらく考えこむふりをしてから顔をあげた。「そうですか。それではひとことだけ」

何がひとことだけなものか、と、あとで市谷は思ったものだ。牛膝はそれから約一時間、ひとりで喋り続けたのである。

「そもそも小説を書く、というのは自分以外の他人に読ませる為に書くのであって、そうでないのなら書く必要はありませんね。自分ひとりの為に書くのなら日記でいいことで何も小説という形式にする必要はない。小説という、自分以外の他人にとって日記以上にわかりやすい形式で書いたということがすでに、他人に読んでほしいという願望のあらわれなのですからこの点で議論の余地はないと思うんです。その証拠に完結した小説の原稿をそのまま誰にも見せず、自分ひとりで馬鹿みたいにかかえこんでいる人はあまりいません。いてもそれは発表する機会がないか、いずれ書き改めようとしているかのどちらかであって、時おり取り出して自分ひとりで読み返して泣いたり笑ったり感動したりして、それで満足している気ちがいみたいな人はいません。発表するには未熟で恥かしいからという、現代では数少いそういった奥床《おくゆか》しい人でさえ、知人の誰かには読んでもらっている筈です。したがってさっきおっしゃったような、自分の世界の確立とか自分との戦いとか、または書くことが即ち生きることだといったようなものは小説を書く動機としてはすべて、他人に読ませたいという動機に次ぐ二次的なものです。それらはみな読者が存在するという前提条件によって成立する動機だからです。小説を書く以上あくまで読者がいちばん重要な問題であって、作者以前に読者が存在するといっていいくらいです。当然、作者が読者を選ぶのではなく、読者が作者を選ぶのです。おれは読者を選ぶなどという作者がいますがナンセンスです。その読者は選ばれたのではなくあべこべに作者を選んだのです。優秀なひとにぎりの読者で満足だとか、数人のあるいはたった一人の読者の為に書くのだ、などということばもナンセンスで、これはその作者を選んだのが数人のあるいは一人の読者に過ぎなかったということに過ぎません。その読者たちが本当にすべて優秀かどうか、これだって自分の読者はすべて優秀だと思いこみたい作者の世迷いごとで、作者にそんなことがわかる筈はなく、もともと作者には関係のないことで、読者がたまたま優秀であろうが低劣であろうがそのどっちでもなかろうが、作者には文句は言えないのです。ただ、優秀な読者をできるだけたくさん得ようと努めることはできます。大勢の人に読んでもらえばいいのです。少数より多数の中に優秀な読者が多いことは確かですからね。一人より十人、百人より千人、一万人より十万人というわけです。換言すれば生原稿よりは活字、同人誌よりは商業誌、小部数の自費出版よりは大出版社からのベスト・セラーということになります。同人誌作家の人たちはよくベスト・セラー小説を馬鹿にしますが、そこにはそもそも最初から、さき程申しました小説を書く一次的動機と二次的動機をとり違えた、いわば価値の本末転倒があって、それが原因なのですね。いい小説を書こうとする努力は多くの優秀な読者を得ようとする努力と不可分離のものであって、このどちらかが欠けている人にはそもそも小説を書く資格がない。過去現在を通じていかなる大作家もこのふたつの努力を共に怠らなかった。というよりむしろ彼らにはひとりでも多くの読者を獲得したいという常人に数倍する並はずれた強い願望、それはもう、ほとんど焼けつかんばかりの想いがあり、その気ちがいじみたエネルギーが彼らに大傑作を書かせたといえるのです。大作家に限らず職業作家になった人すべてはこうした強迫的ともいえる衝動を持っていたのです。盆栽作りを楽しむようにこつこつと小説を作ること自体が楽しみで、限られた人にしか読まれなくていいと思っているような人はもうそれだけで小説を書く資格を失っています。つまり小説を書くのを道楽だと思っている人はすでに小説を書くのに必要なエネルギーの大半が欠けているわけで、こういう人の書いたものは小説の形はしていても小説ではない。文学のようで文学でない。それは何かといえば何でもない。小説を書こうという精神に欠陥があるからです。是が非でも商業誌、否が応でも文学賞という気迫がない。たとえ地道な努力や地味な題材による小説でも、それ故にこそ文学賞を受賞しベスト・セラーになり得る場合があるのですからね。賞やベスト・セラーを狙って書くことが発想の純粋さを妨げるなどと言う人がいますが、逆です逆です。たとえ同人誌作家といえどもその初心はといえば多くの読者に読まれ正当な評価を受けることが目的であった筈なのに、人によって違いますがある長さの期間文壇ジャーナリズムから認められなかった場合たちまち不貞腐《ふてくさ》れてただちに商業誌への応募などをやめ、それどころか応募する者を馬鹿にしてそんなものは徒労だ時間の浪費だそんな無駄はやめろと言い、たまたま身近から文学賞を受賞した者が出れば口を極めて罵倒し、名声など副次的なものだ、文壇ジャーナリズムに文学はない、わしは好き勝手をやる、ジャーナリズムとの結びつきは欲しない、わしは別のルートで文学理念をうちたてる、時流には乗らない、東京文壇にはない新しい文学を書くのだなどとほざきはじめやがるのだ。糞くらえ。あ失礼。うんこを食べなさい。それこそ初心を忘れた不純な発想です。文学に別のルートなどあるわけがない。現代に生きていながら現代感覚を持たないという、信じられないような精神障害者がいて、そういう人の書くものが時流に乗らないのはあたり前です。その人だって生きている限り肉体的には時流に乗っているのですからね。本当に東京文壇にない新しい文学が生まれたりしようものならたちまちそれはベスト・セラーになっているのです。ところが不幸なことに同人誌というのはえてしてそういった馬鹿なことばかり言う欠陥のある人たちが牛耳っている場合が多いのです。マスコミで作られる文学状況を突き破るのだと称して同人誌が商業誌的になるのを極力警戒し、センセーショナルな作品を作品本来の価値でなくいかにもマスコミ受けを狙った商業誌に載りそうな作品だからという理由だけで非難し、土着の思想こそ同人誌の道とばかりに地方色ゆたかな作品は必要以上に褒めて優遇し、本業に根ざした文学こそ同人誌作家の文学だというので職場文学的な作品ばかり書くよう奨励する。さらに文壇予備軍といわれるのが厭さに同人誌は文壇予備軍ではないと宣言し、文壇予備軍的な性格を同人誌から追放しようとしていますが、こういういかにも世を拗《す》ねたかに見えるひねくれた考え方がますます、同人誌の中から職業作家を生み出しにくくしているのです。最近デビューした新人のほとんどが同人誌出身でないことをひと眼見ればこれは歴然としています。同人誌に加入した新人はたいてい、同人誌によって、小説を書く為に必要不可欠の一次的動機を悪と決めつけられ、これによって文壇にデビューしようとするエネルギーを奪われてしまうからです。これは出てくる新人をできるだけ早く骨抜きにしてしまって文壇に登場させまいと足を引っぱる古手同人たちの陰謀でもあるわけですが、本人がそれに気づくのはたいてい同人誌の毒にどっぷり首まで浸ってしまってからなのでもはや間に合いません。ところが文壇ジャーナリズムを悪くいうこういった同人誌の古株連中、自分の小説を世に出したいという気持がまったくないかというとそうでもない。あるのですあるのです。なにしろ小説を書いている以上は多数の読者に読んで欲しいという一次的動機が完全に失われたわけではありませんからね。そもそもそれがなければ小説など書けるものではないので、やっぱり心の底では燻《くすぶ》り続けているのですよ。で、こういった連中がその気持をどのように歪めて表現するかというと、おれの死後おれとおれの作品の上に、必ずや世に認められる日が訪れるであろうと、こう言うのです。自分が死んだあとのことだからいくらでも無責任なことが言えるし、また他人にそう言いふらすことによって自分を納得させでもしなければ小説を書くエネルギーを完全になくしてしまう。まったく人間の心理機構というものは便利にできているもんですな。はははははは。はは。ははは。は。こういう連中の持ち出してくるのがいつも決まって梶井基次郎なのです。彼を見ろ。一生同人誌作家として報いられることなく死んでしまったが、作品は死後評価され、近代文学の流れにひとつの展開を付加したではないか。わしの作品もそうなるのだ。な、な、何を言うとるのか。あんな人は例外であって、そもそも死んだのが三十二歳の時です。まともに生きていて作品を発表し続けてたなら、あんな天才的な作家です、必ずやあと数年で世に知られ、多数の読者を得ていたでしょう。文壇ジャーナリズムを甘く見ちゃいけない。文壇ジャーナリストこそ最高で最優秀の読者なのですぞ。いいものは見逃しません。たとえ農民文学であろうと職場文学であろうとプロレタリア文学であろうとです。いいものはいい。悪いものは悪いのです。梶井基次郎だって、死ぬ一年前ではありますが生前すでに武蔵野書院から作品集が出ていたくらいだ。だいいちそこいら辺の地方同人誌のうす馬鹿どもとは人間の出来が違う。あの人はわたし同様東大出身です。同人誌作家とは言えその同人誌たるや中谷孝雄、外村繁、北川冬彦、三好達治、飯島正という、錚錚《そうそう》たる人たちが集まってやっていた『青空』ではありませんか。そんな凄い同人誌など今はもうどこにもありませんよ。どだい何もかも比較にならんのです。死後名声を得るだろうというが、その名声は誰によって得るつもりか。文壇ジャーナリズムによってしか得られないではないか。誰が得させてやるものか」口から泡を吹きはじめた。「死んだって無名のままなのだ。それを思い知らせてやるぞ。生きている間にそのことを思い知らせてやる。苦しめ。泣け。悲しめ。初心を忘れた罪だ。純粋さをなくした罪だ。ひねくれて文壇を馬鹿にしたばかりに、もう死んでも浮かばれないのだぞ。お前らの書いたものはすべて永遠に反古《ほご》だ紙きれだ日の目を見ないのだ。いい気味だ。ひひ。ひひひひひひ。ひひひ。ぐ」興奮のあまり牛膝は眼を吊りあげ上半身を硬直させて畳の上へ仰向きに倒れ手足をひくひくと痙攣させた。

「水を持ってこい」

「顔が泡だらけだ」

「大丈夫ですか。牛膝さん。牛膝さん。大丈夫ですか」

「何でもないなんでもない。大丈夫です」皆の介抱で息を吹き返した牛膝は、ただちに起きてまた正座した。「どうぞお構いなく。抛っといてください。大丈夫ですから。もう少し喋らなければならないことがあります」喋りはじめた。「つまりそうした中途半端な気持、生半可な努力では名声を得るどころか文壇の端っこへ首を出すことさえ無理だということを申しあげたい。才能さえあればデビューでき、あとはほいほいと居心地のいい文壇を泳ぎまわっていればいいなどと思っていらっしゃるのなら大変な間違いです。一般の人たちがそう思いこんでいるのはマスコミや文壇ジャーナリズムによってそう思いこまされているからです。あなたがたの為に特に真実を申しあげるならば文壇は決して居心地のいいところではありません。むしろ極めてきびしい、そして恐ろしいところです。地獄のようなところと申しあげてもよろしい。というと驚かれることでしょうが、逆にいえばそうあって当然とは思いませんか。在野の作家志望者が大学生高校生を含めれば二百万人近くもいて、さらにその中に才能があり、文壇に登場したいという焼けつくような想いに胸を焦がしありとあらゆる手段方法でデビューを画策している人が何十万人もいるというのに、実際には文壇内のどこかに位置を占めている作家は数百人なのですからね。それら数百人の作家がどのような精神的苦痛と肉体的苦痛に耐えて他の数十万人を押しのけかきわけ文壇に浮上し得たか、その猛烈さこそ想像するにあまりあるではありませんか。彼らの並はずれた文壇内の地位への渇望とエネルギーと忍耐力があってはじめてそれは可能だったのですよ。彼らがどのような試練を経て職業作家となり得たか、その過程の凄さなどというものはおよそあなたがたの想像を絶することばかりです。彼らはまず、いったん誇りを捨てねばなりません。作家としての誇りなどではなく人間としての誇りをです。文壇への足がかりを提供してくれそうな人物にはそれが作家であれ編集者であれ彼らの友人のそのまた友人であれ日参し這いつくばり土下座をし頭を地べたにこすりつけ泣いて見せ笑って見せ胡麻《ごま》を擂《す》り揺き口説かねばならんのです。このわたしの前にも過去何十人かの作家志望者が土下座をしましたが、その中には現在プロ作家になっている人も四、五人おります。あえて申しますがたとえばあなたがたにそんなことができますか。あっ。あっ。今、いやな顔をなさった方が二、三人いらっしゃる。もおお駄目。もう駄目です。そこでいやな顔しか出来ないような単純さしか持たぬ人がどうして作家などになれますか。どうして小説などという屈折した複雑なものを生産できるでしょうか。むしろこういう話を聞いてもさもありなんと平然たる態度を持していられるぐらいの強く柔軟な想像力があってこそ作家といえるのです。わたしは不思議でしかたがない。せっかくわたしというものがこの同人誌と親しい関係にあるというのに、なぜ皆さんがたの中の誰ひとりわたしを訪ねてきて土下座しようとならないのか。土下座ぐらいなんでもないことではありませんか。わたしは土下座をして欲しいんじゃない。そんなことをして貰ってもなんにもならん。あなたがたの文学精神のことを言っているのです。土下座なんかしなくても新人賞に応募して受賞すれば文壇への足がかりぐらいは作れる筈とお思いでしょうがそうはいきません。それからの試練が大変なのであって、それに比べりゃ土下座なんぞはほんの地獄の一丁目、事実新人賞をとりながらそれからの試練に耐え兼ね脱落して行った人は大勢います。あなたがたの周囲にもごろごろいる筈だ。いるでしょうそうでしょう。つまりそうした人たちは第二作第三作を発表させて貰ったり他の雑誌へ売り込んだりする努力、つまりは編集者や選考委員へのつけ届けに財産をはたいたり、財産のない人は血を売ったり、またはオールド・ミスの古手編集者に貞操を捧げたり、男色の老大家に尻を提供したりする文学的営為を怠ったから消えて行かねばならなかったのです。そう考えればもう、女流作家志望者が肉体を擲《なげう》たねばならぬことぐらい、あなたがたにも想像は容易でしょう。その通りなのです。また、文壇の一角に座を占めたからといってこうした苦役《くえき》が終るわけではありません。それまでに倍する苦労が待っています。ある作家は美人の奥さんを大作家の饗応の具に差し出さねばなりませんでした。SF作家の世界ではいまだに長老や仲人が初夜権を持っています。作家の多くがいわゆる罐詰と称し同じホテルに籠るのは実は同宿の長老大家におかまを掘らせる為です。文壇に出る為に美貌や財産を持っていることがいかに有利に働くかということ、またプロ作家に好男子が多い理由などもこれでおわかりでしょう。たいていの作家が、『受賞後もしばらくは食えなかった』と述懐しているのは、実は原稿料のほとんどを編集者たちに貢いでいたからですよ。こうしたことによって作家たちは文壇内で自らの文才を切磋《せっさ》琢磨《たくま》し次第に一流作家としての強靱な精神を養っていくのです。ほとんどの作家にとってこうした苦労は死ぬまでつきまといますし、それあってこそ作家としての屈折した心も維持できるのです。それをしも醜聞《スキャンダル》とおっしゃるのならそれでもいいでしょう。ではそういった美談であれ醜聞であれ文壇の裏話の本当のところをなぜマスコミは報道しないのかという疑問を皆さんはお持ちになるに違いない。学界や画壇や芸能界の醜聞はあれほど報道しておきながら、なぜ同じ文化芸術圏内にある文壇だけがマスコミの報道を免れているのか。お答えしましょう。マスコミに属するジャーナリスト、いや、マスコミ・ジャーナリストだけではなく最近あちこちから蛆虫《うじむし》の如く湧いてきたミニコミのジャーナリストといえどもやはり精神的あるいは生活形態的な文壇ジャーナリスト的性格を持ち、文壇とは何らかのつながりを持っています。だから報道しないのです。もし報道すれば自分たちが文壇ジャーナリズムによってある程度支えられている生活の基盤を大なり小なり失うことになりますからね。いいでしょう。それが醜聞であるとしましょう。なぜ醜聞があってはいけないのです。なぜ文壇に醜聞があることを意外とお感じになるのですか。なぜ学界、画壇、芸能界に醜聞があるのは当然でさほど不思議ではなく、文壇だと意外なのでしょう。まるきり反対です。考えてもごらんなさい。文壇こそ、学界、画壇、芸能界などといった世界の醜聞どころではない、その何倍もひどい、何十倍も多くの醜聞で満ちあふれていて然るべき世界なのですよ。学界や画壇や芸能界、こういう世界に登場するにはなが年の知識や技術の蓄積、生まれつきの才能、若さや美貌などのうちのどれかが必要であって、誰でもおいそれとデビューできるわけではありません。それにひきかえ日本人はひとり残らず字が書けます。手のない人でも口で書く。そこいら辺にごろごろしている一般大衆がたった一発でどんとひと山当て、同時に名声を得てやろうと考えた場合、さほど迷うことなく小説にとびついてくるのは理の当然。おまけに日本では字さえ書ければ誰にでも小説が書けるだの、誰にでも一作は名作が書けるそれは自分のことだなどという誤った常識がはびこっているので尚さら大勢の人間がうじゃうじゃと小説を書きはじめることになる。ほとんどは滓《かす》のようなものですがそれだけ大勢が書けば中には素質のある人もそれだけ多く混っているわけですから競争もそれだけ激しいものになる。書ける人ほとんどが書いているといっていいので、学界、画壇、芸能界みたいに野に埋もれた才能などというものはほとんどなく、地位を得るための競争率は他のジャンルに比べていちばん高いのです。絵ならば売り絵、芸能ならドサまわりということがありますが小説にはそれもない。いきおい戦いは凄絶となる。こういう凄絶な戦いがのべつ行われている世界に醜聞がないと考える方がよほどおかしい。それに現代ではいったん文壇内に地位を占めれば大変な高収入が得られます。これは毎年の文化人長者番付でおわかりの如くひとり当りの平均を考えれば学界画壇芸能界をはるかにひきはなす高額の収入です。猛烈な暗闘が行われるのも当然なのです。そういう戦いの中をくぐり抜けてきた作家はすべて海千山千、とび抜けて優秀な頭脳に加え処世の知恵だって並はずれていますから滅多なことでは一般大衆の眼にそうした裏面をさらけ出すことがない。これがたとえば世間知のない専門馬鹿が寄り集まった学界だの、知能指数が低ければ低いほどいい絵を描くとされている画壇だの、ヒステリー女の寄りあい世帯である書道界だの、子供ばかりの芸能界だのでは、教授の椅子や賞や免状や芸術院会員の空席や何やかやの奪いあいになりふりかまわず狂奔します。さすが文壇ではそういう目立った動きをひと前にさらす馬鹿はひとりもいません。芸術院会員の作家の椅子だっていつもひとつかふたつは空いたままだ。まことに賢明な人たちであって、こういう人たちに立ち交ることができるかどうか、あなたがたひとつ自分の胸に手をあててよく考えて見られたがよろしい。彼らの利口さを示すものはそれだけではなく、まだまだあります。たとえば……」

ACT　2／SCENE　4

「ああびっくりした」

　牛膝が喋りたいことだけ喋り終えてさっさと帰っていったあと、さすがの大垣もすっかり毒気を抜かれ、ハンカチで汗を拭いながらそう言い、溜息をついた。

「なんじゃい。あれは」鱶田がまだ茫然自失状態のまま牛膝の去った方をうつろに眺めて呟いた。「いったいあれは、どういうやつじゃ」

「迫力がありましたねえ」土井が感嘆して大声で言った。「ぼくは途中から顫えがきてとまらなくなった」

「君はまた、ずっと感じ続けてるって顔をしてたよ」大垣が時岡玉枝に言った。

　徳永美保子が興奮した面持ちで急に喋りはじめた。「つまり限りなく形而上的な問題は限りなく形而下的なものに近づいて行くってことなのよね。つまりそれは作家としての精神生活と日常生活の乖離《かいり》が」

「もうよせよせ」渋い顔をして鍋島が言った。「なんだか、合評会を続ける気をなくしちまったな」

「ほんとだ。飲みに行きたい気分だよ」保叉までが珍しく沈みこんでいた。

「合評会をやめて『チャンス』へ行くか」

「チャンス」は同人たちが飲みに行く小さなスナック・バーで、市谷も保叉につれられ、すでに三、四度行っていた。

「ま、しかしそういうわけにもいかんだろ」保叉が立ち直ろうとして姿勢を改めた。

「手っとり早く残りをやってしまおう」

「悪いけど、ぼくはこれで失礼する」鱶田がふらふらと立ちあがった。「気分がすぐれないのでね。どうも風邪気味だ。頭も痛いし」

「お大事に」

「お気をつけて」

「風邪なんかじゃない。鱶田さん、牛膝ショックなんだよな」鱶田が去ったあと大垣がそう言い、わっと笑って全員がやや元気をとり戻した。

市谷はこのまま合評会が続き、自分の作品がとりあげられ批判されることに対して、やってほしいようなやってほしくないような複雑な気持であった。さっきまでの調子が続くのであれば単に破壊的な非難ばかりでまともな論評は望み薄だが、牛膝の大演説によって雰囲気が変ったため、どのような意見が出るかちょっと推測できないようなところもあって期待は持てた。

「時岡君の『良妻十悪』は、悪妻ものの第二作です」と、保叉がいった。「一作めは、主人公であるブルジョワ家庭の妻が、社会的にはエリートである夫の人間的欠陥や、彼の欲望の醜悪さなどを批判的に眺めるというだけの作品でしたが、この二作めでは彼女が浮気をし、つまり夫を裏切るわけですな。浮気の相手の青年と夫とを、夫との性行為中に比較するその描写の部分が、いわばクライマックスになっています。さて、合評にうつります。ご意見をどうぞ」

「私小説ですか」と、土井が訊ねた。

市谷は噴き出しそうになった。

「この前のあなたのあの小説、ご主人は読まれましたか」大垣が真面目な顔をしてそう質問した。

奴さん、本当に知りたがっている、と市谷は思った。

「いいえ」微笑したまま、時岡玉枝はかぶりを振った。

「あたり前ですよ。だってあんな小説、ご主人が読んだら大変でしょう」なぜか憤然として土井が言った。「今度のこの小説にも出てくるけど、セックスの最中にご主人が演じる痴態、とり乱しかた、その一挙一動はおろか表情や声まで描写している。こんな凄いものを読んだらご主人きっとかんかんに怒ります。ねえ。そうでしょう時岡さん」

彼女はにこにこしている。

この土井という青年も彼女に惚れている、と市谷は判断した。

「われわれとしてはこの小説、時岡さんという人への興味を抜きにしては読めないわけですよ」鍋島が眼を細め、彼女をじっと見つめてそう言った。

あ、この男もだと市谷はなかばあきれながらそう思った。

「しかしまあ、すごい恰好するもんだねえ」

「本当にできるんでしょうか」

「やってる最中にこんな気障《きざ》なことを口走る男もいるんだな」

「たしかに、しらけるわなあ」

「ひひひひひひひひひひ」

淫蕩な雰囲気になり、合評会にあらずして女流ポルノ作家を囲むファンの集いになってしまった。何やかやとあげつらいながらそれが作者の実際の体験なのかどうかを白状させようとかかっているのである。市谷もつい、自分のすぐ右隣りにいる時岡玉枝のやわらかな肉体、白くすべすべしていてふくよかで、そのまま腕の中でとろりと溶けてしまいそうな彼女の抱き具合などを想像してしまい、思わずぞくりとした。

「おいおい。合評ではなくなってきたぞ」はっとわれにかえった口調で保叉が警告した。

「批評しなさい。批評しなさい」

「する気にならんのよな」大垣が投げやりに言った。「さっきのあの、牛膝が悪い」

「あんなもの、気にしなくていいよ」鍋島が故意にさりげなく言った。「どうせ出たらめだ」

「そうでしょうか」土井が背すじをのばした。「あれ、嘘でしょうか」

「おれたちをおどかしただけだ」

保叉が咳ばらいをした。牛膝の話の内容には触れたくない様子であった。「ではこの時岡君の作品は、つまりそういう興味だけで読めばいいものなのかね。どうですかね」

「性を描く文学の可能性というのは」徳永美保子が喋り出し、全員がまたちょっとうんざりした表情を示した。「性行為というものが反社会的であると同時に生物学的必然性を持つという二律背反性があって、この人のこの小説の場合は」

「やめろよ」大垣が少し強い口調で美保子を制してから、くずれた笑いを見せた。「お前さんにゃまだ、こういうものはわからないよ」

美保子はまったく表情を変えない。しかし市谷には、彼女が深く傷ついたに違いないと想像できた。そうでなくても時岡玉枝がさっきから、その小説の出来によってではなく女として男たちから興味を持たれていることが、美保子の感情を激しく動揺させていなかった筈はなく、さらにとどめを刺すように大垣から侮辱されたのだから、これが他の娘なら泣き出すか怒り出すかしているところだ。

「わたし、市谷さんの批評が聞きたいわ」突然時岡玉枝がそう言った。

市谷はどきりとして彼女を見た。彼女は流し目でちらりと市谷を見てから眼を伏せた。

市谷はどぎまぎし、座を見渡した。大垣が憤然とした表情で彼を見つめていた。「はははははははは」照れかくしに、市谷は笑って見せた。「いやあ。参ったなあ。ぼくにもその、まだこういったものはよくわからんのですよ」

「純情そうなふりをするな」怒気鋭く大垣が言った。

まずいなあ、と市谷は思い、心で嘆息した。

「そりゃあまあ、君なんかにはわからんだろうさ」皆に見つめられたので大垣はすぐに怒りを消し、歪んだ笑いを浮かべた。「こういうものを書いていたんじゃあな」市谷の作品の最初のページを開いたまま、彼は「焼畑文芸」をぱあんと畳の上に叩きつけた。

露骨な反感だった。市谷とてさほど温厚ではない。むしろ会社では気が短い男という評判さえ得ている。一瞬、怒りで眼がくらんだ。

「納得のいくように言ってくれませんか。できれば同人誌以外の社会でも通用する日本語でね」大垣を睨みつけた。

大垣は牙を剝いた。「言ってやる。『焼畑文芸』は大衆小説誌じゃないんだ。こういう企業小説まがいの粗雑なものを書かれたんじゃ他の同人に迷惑がかかる。主人公だけが正義の味方だ。まさに大衆小説のパターンそのものだよ。この主人公はあんたの分身なんだろうが、こいつの二枚目意識のいやらしさは鼻持ちならんね。あんたから二枚目意識をとっぱらわない限り、あんたは小説なんか書けないいな。この題名はいったい何ごとだい。『大企業の群狼』。けっ。活劇の多い産業スパイ小説のタイトルだ。要するに娯楽映画のセンスなんだな。意識が低いんだよ。意識がね」

大垣は酷評のしかたを心得ていた。高いところからそうまで頭ごなしにやられたのでは反論もできず、市谷は黙りこんだ。たしかに、思いあたる点もあり、耳に痛い点もあった。しかし不満も多かった。反論したかったが、自分の作品の長所を自分で主張することになるのでどう反論していいかわからなかったし、それに対する応酬のしかたも大垣なら知り尽しているに違いなかった。

座がしらけたので、保叉が大声でとりなした。「さてと。いつの間にか市谷君の作品に話が移ってしまったわけだが、ぼくはこの作品、大垣君が言うほど悪いものとは思わんのだがね。鍋島君。どう思う」

しかめっ面をしてしばらく考えこんでから、鍋島は大きく溜息をついた。「たしかに、大垣君の言うようにタイトルも悪い。内容的にも欠点がある。はっきりいってこの作品、ぼくの好みじゃない。しかし、残念ながら面白い。体験が十二分に生かされているんだ。処女作にしては実に驚嘆すべきもの、といっていいし、そして何よりも力作であるということ。これはもう否定しようのない事実で、圧倒されない読者はいないだろう」顔をあげ、全員を見まわした。「直廾賞をとったとしても、ちっともおかしくない作品ですよ」

ACT 3

ACT　3／SCENE　1

市谷京二のところへ文藝春愁から電話がかかってきた。

「ああもしもし。こちらは『文学海』の加茂と言います」

「はいはい」

「ええと『焼畑文芸』に書いていらっしゃる市谷さんですか」

「書きました」

「あなたの『大企業の群狼』を同人誌推薦作として掲載したいのです」

「それはどうも」

つい最近まで「文藝春愁」の芥兀賞受賞作掲載号しか買っていず「文学海」とは無縁だった市谷も、「焼畑文芸」に加わって以来「文学海」の同人誌評がいかに権威あるものかをいやというほど聞かされている。まして推薦作として掲載されることがどれほどたいへんなことかも知っている。胸が躍った。だが躍っている胸ほどには嬉しさのこもったことばが素直に出てこない。会社での業務連絡と同じで、相手の口調が事務的なものだからついこちらの応答も事務的なそっけないものになってしまう。

「ああもしもし」加茂という男は市谷の受け答えの淡泊さがやや不満らしく、念を押しはじめた。「こちら文藝春愁ですよ」

「はいはい」

「で、あのわたしは『文学海』という純文学雑誌の」

「ようく存じあげております」ていねいに答えれば答えるほど厭味になってしまう。

加茂が黙ってしまった。若い男のようだった。市谷が何か訊《き》くのを待っているらしい。何を訊こうかと市谷は思った。掲載月号はいつですか。選者の先生はどなたですか。いやいや。もっと重要な質問が何かあった筈だぞ。

「こういう世界のことはよく知らないのですが」

「どういう世界ですか」

「つまりわたしは組織に属していて」

「それは知っています。たいへんな組織ですね」

「で、わたしはいわばその組織の内部であの作品を書いたわけでして」

「組織の外部で、でしょう」

「いえいえ。わたしは内部で書きました」

「それはどちらでもいいんじゃないですか」

「いや。やはり組織が作品の発表の場をあたえてくれたわけですから、その組織にはひとこことわっておいた方が」

「ことわる必要はないでしょう。どうしてですか」

「どうしてですか」

「いったいあなたは、何が言いたいのですか」加茂がいらいらして語尾をはねあげた。

「だって組織を告発したんでしょうが」

「あっ」市谷はあわてた。「あなたが組織と言ってるのは、わたしの会社のことだったのですか」

加茂もあわてた。「あっ。あなたのいう組織とは『焼畑文芸』のことですか」けたたましく笑った。「あれ、組織ですか」

「一応組織でしょう」

「じつは今日、昼間一度あなたに電話したのです。出勤されていて留守でしたが」

「それは母から聞きました」

「その前に、あなたの家の電話番号を訊くため、『焼畑文芸』の保叉さんに電話したのです」

「あの作品が『文学海』に掲載されることを彼に話したのですか」

「話した、というより、どういう用件なのだといって根掘り葉掘り訊かれましたよ」舌打ちでもしたそうな口調で加茂はそう言った。「まああたしかにあの作品は『焼畑文芸』に掲載されたものなので、ひととおり説明し、諒解を求めはしたんです」

「そうでしたか。で、彼が何か言ったわけですね」

「あの人はいったい、どういう人なのですか」いまいましげに加茂は言った。「あの『大企業の群狼』は直廾賞になるべき作品だというのです。だから『文学海』に掲載されたりすると直廾賞候補になりにくいのではないかと」

「で、そういうものなのですか」

「そういうものでは全然ないのです。ところがあのひとは前にそういうことがあったからといって」加茂は声を低くした。「あなたはあの人と喧嘩していますか」

「いいえ。他の同人ならともかく、保叉さんに限って、ぼくの作品が掲載されるのを邪魔だてしようなどとする筈がありません。むしろぼくよりも一生懸命になってくれている人です」

「しかし、あなたの作品が掲載されるのを嫌っているようにしか思えませんでしたよ。さもなければなぜあんな余計な口出しをするのですか。自分の方がこっちよりも文壇事情に通じてでもいるかの如く」憤然として、加茂はことばを途切らせた。

相反する気持があるのかもしれないな、と、市谷は思った。同人の中から商業誌に進出する者があらわれてほしいという気持は充分ありながら、いざあらわれたらその同人を妬《ねた》ましく思う気持がつい出てしまい、それがちぐはぐな態度となってあらわれるのではないだろうか。

「うーん」市谷は唸った。「で、納得させていただけましたか」

「面倒で、する必要もないと思いましたが一応は説得しました。でもまだ納得していないようでしたよ。変な人ですなあれは」

「じゃ、あとでもう一度ぼくから電話しておきます」

　掲載月号とか、原稿料ではなく転載料として僅かな金額しか支払えないことなどを口早やに告げたのち、加茂は電話を切った。掲載は次号だった。転載料は驚くほど安かった。二百八十枚という枚数にはかかわりなく一篇としての転載料が、市谷の一カ月分の給料の三分の一にも満たなかった。むろん今の市谷にそんなことは問題ではない。

　受話器を置いてすぐ、保叉から電話がかかってきた。「もしもし保叉です。もう『文学海』から電話はありましたか」

「はい、今ありました」

　突然、保叉は黙ってしまった。転載に横槍を入れたため気が咎めているのだろうか、と、市谷は思った。

「どうもありがとうございました。保叉さんのお蔭です」

「いや。なあに」市谷が怒っていないと知ってほっとしたらしく、保叉は急に陽気に喋り出した。「おめでとう。よかったよかった。もう同人連中もみんなニュースを知っていて、喜んでいますよ」

同人の中でいちばん最後にニュースを聞いたのが自分であったらしいと知り、市谷はちょっとあきれた。

「どうです。出て来ませんか。みんなすでに『チャンス』に集まっている様子です。ぼくもこれから出かけますが」

「あ、そうですか」市谷も保叉につられて浮きうきと答えた。「もちろん、すぐ行きます」家にいたところで、どうせ何をしても手につかず、嬉しさのあまり眠ることだってできないに決まっていた。

それじゃ、と市谷が受話器を架台に置きかけた時、あ、ちょっと、というあわてた声がかすかに聞こえ、市谷はもう一度受話器を耳にあてなおした。

「なにか」

「君のことだからその辺はわかってると思うけど」と、保叉は言った。「みんなを奢らなきゃならないだろうから、金を少し沢山持ってきた方がいいと思うんだ。そりゃあとにかく人数も多いし、君ひとりに払わせるのは気の毒だし、できれば同人の会費の方から少しまわしたいとは思うんだけど、なにしろこの間雑誌を出したばかりなので、ちょっと今、苦しいんだ」

「そいつは参ったなあ」ポケットにいくらあったか思い出そうとしながら、市谷は笑いにまぎらせ、難色を示して見せた。「ぼくの方もこの間そちらに十四万円ほど掲載費を払ってしまったばかりで、ピンチなんですがねえ」

「それはちょっとまずいんじゃないかな」ひどく真剣な口調で保叉は声をひそめた。「一応、恒例みたいになってるしね。君をあてにして金を持たないで出て来てる同人もいると思うんだよ」

「三万円ほどあればいいですか」

「さあ。ちょっと少いんじゃないかな」

「でも、どうせ五、六人でしょう」

「君も含めて八、九人になると思うが」

そんなに集まってるのかと思い、市谷はげっそりした。だが、たとえ名目だけであってもとにかく自分を祝って集まってくれている以上、有難く思わなければなるまいと気をとりなおし、市谷はうなずいた。「わかりました。なんとかします」

母親からはすでに五万円ほど借りていたので、市谷は兄から二、三万円借りることにした。この分では現在八十万円ほどになっている定期預金も解約しなければなるまいな、と、彼は思った。

ACT 3／SCENE 2

「まずいことになったわね」市谷が「チャンス」にあらわれるなり山中道子が立ちあがり、彼にはなった第一声がそれだった。「処女作が転載されるなんて。あれはあなたの最上の作品じゃないわよね。あなたならあれよりもっといい作品がいくらでも」今までずっと彼に言うべきことを考え続けていたらしく、彼女の勢いに驚いてドアの前で立ちすくんでいる市谷に山中道子はまくし立てた。

「まあまあ。抑えて。抑えて」笑いながら時岡玉枝が山中道子に言った。「とにかく、すわらせておあげなさいな」

「抑えて、とは何よ」山中道子が玉枝を睨みながら腰をおろした。「わたし、思った通りのことを正直に言ってあげてるだけじゃないの。この人に」

合評会の常連ほとんど全員が集まっていた。カウンターには奥から順に土井正人、鍋島智秀、時岡玉枝。テーブル席には奥のテーブルに鱶田平造、保叉一雄、大垣義朗、徳永美保子。手前のテーブルには山中道子。他に客はいない。空いた席がそこしかなかったので市谷はしかたなく山中道子の隣りに腰をおろした。テーブル席には壁を背にしたソファがあるだけなのだ。店が狭いからだが、そのかわりいちばん隅の席にいても店内にいる誰とでも話はできる。

「たいへんなことになったなあ」カウンターの鍋島が向きを変え、市谷にうなずきかけた。「二百八十枚もの新人の小説が『文学海』に転載されるなんて、はじめてのことだぞ。たしか七六年の十一月だか、丁橋曲夫の『黄人』が載ったが、あれが二百枚で、今まで載った中ではいちばん長い小説だった。しかもあれは次の年に出版されて下半期の直廾賞候補になっている。同じ時に候補になった小錯柄広の『鍋色の市街』も七七年の秋の『文学海』に載っているが、あれは百枚ぐらいのものだった筈だ。七五年頃の柿山桃太郎の『逆刀』は二百枚以上あったが、これは『文学海』ではなく『別冊文藝春愁』に載っている」

同人誌に載せることだけが目的で小説を書いている筈の鍋島にしては、彼の軽蔑している文壇マスコミのことをいやに詳しく知っているので市谷は意外だった。

鍋島が喋っている間も山中道子はまだ何か言いたげに身をゆすっては市谷をうかがっていたが、カウンターの時岡玉枝が自分のボトルを持って立ちあがり、市谷の隣りに掛け、彼の為に水割りを作ってやりながら小声で「気のきかない人ね」と言ったものだから怒ってカウンターの方へ行ってしまった。市谷はほっとした。

自分の為に乾杯でもしてくれるのかと市谷は思っていたのだが、そんな気配はさらさらなく、ほとんどの同人はまるで他の用事で集まってでもいるかのような態度を見せ、ことさらに市谷を無視し、自分たちだけで話しあったりしていた。おめでとうと言ってくれたのはカウンターの中にいる通称悦ちゃん、文学や小説とはまるで無縁のこの店の女の子ひとりだけだった。保叉が自分のグラスを持って市谷の傍へやってきたが、これも市谷が金を持ってきたかどうかを訊ねる為だった。

「あの『文学海』の若い編集者は失敬な奴でね」言いわけのような口調で保叉が加茂の悪口を言いはじめた。「転載許可を求めようともしないで、だしぬけに君の電話番号を教えろですよ。若い人だから最近入社したばかりか何かでぼくのことも知らんのだろうが、ぼくにまでやけに恩着せがましかった」

詫びたものかどうかと市谷は考えたが、別段加茂のことで自分が保叉に詫びることはないと思い、話題を変えた。「上京して、文藝春愁へ挨拶に行こうと思いますが」

「そんな必要はない」何を馬鹿なことを、とでも言いたげに保叉は苦笑した。「あっちから来るべきですよ。君の方からわざわざ行くことはない」

「そうでしょうか」

「そうですとも。そんなことをしたら馬鹿にされ、あの時は有頂天になってとんで来やがったと、あとあとまで言われます」軽くそう言ってから保叉はにやにや笑い、声を低くした。「それよりもね、面白いことがあったよ。君のニュースをいちばん先に大垣君へ電話で知らせたんだ。彼にも他の同人に連絡して貰おうと思ってね。そうしたら彼、急に不機嫌になってさ、なぜおれにそんなことを知らせてきた、厭味なことをしないでくれって怒り出したんだ。ぼくはちょっと驚いた。あとで他の同人にも電話したけど、大垣君が連絡した同人はひとりもいなかった。彼、誰にも電話しなかったんだ」

「さもあらん」時岡玉枝がにやりとし、水割りをぐいと呷《あお》った。

ドアが開き、大学教授風の男と大学助教授風の男が入ってきた。ついでに猫まで入ってきた。

「やあ。来てくれましたか」大垣義朗が立ちあがり、二人を迎えて教授風の男を全員に紹介した。「この県の同人雑誌界の重鎮、『湯乃原文学』の小坂さんだ。ぼくがご招待したら、市谷君を祝うためにわざわざ来てくださった」

立ちあがった市谷を紹介しようともせず、大垣は市谷の眼の前で小坂と立ち話をはじめた。小坂は鱶田や保叉とも顔見知りの様子で、手をあげたりうなずきあったりした。小坂が助教授風の男を「湯乃原文学」の編集同人で作家の萩原君だと大垣に紹介し、二人が名刺をとりかわした。萩原という助教授風の男の名刺を横から盗み見て市谷はあきれた。肩書きでまっ黒だったのだ。

第五十七回芥川賞候補
第五十八回直木賞候補
第二十五回文学海新人賞
小説初潮短篇小説二回入選
「湯乃原文学」編集同人

作家　萩原　隆

裏面にもきっと何やかやいっぱい書いているに違いないぞと市谷は思った。

「あっ。あなたが萩原さんですか。これはこれは」大垣が十年以上前の芥川賞候補者の来訪を大仰に喜んで見せた。

保叉が、やっと市谷をふたりに紹介した。

「君がそうかい。よかったね」

「ありがとうございます」

「ま、頑張って」

ふたりの客人と市谷のその夜の会話はそれだけだった。

大垣はふたりの客人のために奥のテーブルに席をつくった。「さあさあ。今夜は痛飲しましょう。どうせ市谷君という、大企業に勤めている財閥の奢りだ」

一面識もない連中まで奢らなければならないかと思い、市谷はげっそりした。

「おっ。厭な顔をしたぞ」市谷の表情を見逃さず、大垣は歪んだ笑いを見せ、大声を出した。「そういうことでは作家になれないな」

市谷に散財させてやろうという意図の下にわざと他から人を招いたと勘ぐれなくもなかったが、市谷は黙っていた。

徳永美保子は市谷たちのテーブルにまで押しやられ、客人ふたりが保叉、大垣と奥のテーブルにつき、まるで久し振りに出会った大作家同士がやっているとしか思えないような会話をはじめた。

「君の最近作などは初期の作品と比べるとずいぶんパセティックな表現が多くなってきていて」

「あの駒子という女の描写が光っています。他の作家には、あれだけ複雑な性格を家族という血縁的なものの全体像の中で」

「そうそう。だから二年前の保叉・小坂論争が今の萩原・日野論争にまで尾を引いていて」

「君の異端者としての存在理由はあまり評価されないけど、実はあれこそ」

少しは大垣から教育されたらしく、今夜の徳永美保子はもはや小生意気な口出しをしようとせず、おとなしく話を聞いている。ただし情婦然としてべったり大垣にくっついているその姿勢はいつもと同じである。

「ねえ。保叉さんはああ言ったけど、ほんとは東京へ行った方がいいんじゃないかな」時岡玉枝が市谷にぴったりと身をすり寄せ、面白がっているような口調でそうささやいた。「保叉さんって、案外嫉妬深いところもあるから」

思いあたる一件がさっきあったばかりだ。市谷は考えこんだ。「そうかなあ。どうしよう」

やがて顔をあげ、土井や鍋島、それに大垣までが、話に熱中しているふりをしながらもちらちらと自分たちの方をうかがっていることに気づき、市谷はちょっとあわてた。時岡玉枝との親しげなひそひそ話が彼らの気に障るらしい。カウンターに席を移そうかと思っているところへ、奥のテーブルでひとり浮きあがり会話からもはずされていた鱶田がグラスを持ってやってきたので、市谷は安心した。

「で、東京へはいつ行くかね市谷君」

腰をおろしながら至極当然のように鱶田はそう訊ねた。人の良さまる出しの大声だったので、保叉が奥のテーブルで顔をあげ、眼鏡を光らせた。市谷が返事に困っていると、鱶田は怪訝《けげん》そうな顔をした。

「まさか行かない気じゃあるまいね。どうせ作品に手を入れたりしなきゃならないんだから、行ってその辺のところをよく打ちあわせしてこなきゃなるまいに」

「えっ」市谷はびっくりした。「作品を手なおししてくれとは言っていませんでしたが」

「そりゃあ、どうせ君がやってくるからその時に話そうと思っていたんだろう」鱶田は赤ら顔の中の目玉をまん丸にした。「だってね君、最近では推薦作だの新人賞受賞作だの、とにかく新人の作品が発表される場合はほとんど編集者との合作に近い形で、いうならば芥兀賞や直廾賞をとりやすい作品に作り変えられて雑誌に載せるんだぜ。それはもう、なかば常識みたいなものだと聞いたことがある」

「あのう、編集者の方からこっちへ来るということは」

「そんなことがあってたまるものかね」大きくかぶりを振った。「特に相手は文藝春愁だろう。編集者にだってプライドがある。そんなことは絶対にしないよ」

よせばいいのに時岡玉枝がわざと大声で言った。「ああら。だってさっき保叉さん、行かなくてもいいって言ったわよねえ」

「え。保叉君。が。え。ん。そうか」鱶田は保叉に視線を走らせてどぎまぎし、やがて鼻孔を膨らませて溜息をついた。「ま、そりゃいろんな考え方がまあ、その」がぶ、と水割りをひと口飲んでそそくさと席を立ち、彼はカウンターについた。「よう山中道子。女流作家。次はあんたの番かもしれんよ。わはははは」

「ねえ。ここ、出ましょうよ」玉枝が市谷の腰を小突いた。「面白くないでしょう。二人でどこかへ行かない」

「うん。うん」どぎまぎし、身を浮かせた。考えた。そう言やそうだ。ちょっとむかむかしているところだった。みんな好き勝手に振舞っている。こっちだってもうご免だという気持がさっきから強かった。時岡玉枝と二人きりになれた方がどれだけ楽しいかわからない。もはやこんな奴らにいつまでもつきあう必要はないではないか。悪口を言うならいくらでも言え。「ようし」

決断し、立ちあがった。こういう黝《くろ》い澱《おり》からは飛び立たねばならない。決断できるところがこいつらとおれの違いである筈だ。自分にそう言い聞かせ、保叉の前に立った。

「帰ります」

「おっ」保叉はびっくりして弾かれたように立ちあがった。おどおどしていた。市谷が自分に対して怒っていると勘違いしたようだった。「だって君、まだ、その」

「明日の勤めがありますので」嘘をつくつもりではなく、保叉に対して怒っているのではないことを示すためにそう言い、市谷は金を出した。「これだけ、お渡ししておきます」

ほっとしたように保叉は金を受け取った。「そうか、悪いな。でもせっかく皆、君を祝うために集まったのに君が先に帰ったんじゃあ」

帰り支度をしながら玉枝が陽気に笑い、顎でぐるりと店内を示した。「何言ってるの。ちっとも祝ってなんかないじゃないの」

「万歳でも三唱しろってのか」大垣が憤然として立ちあがった。玉枝と市谷が連れ立って帰るらしいと知り、嫉妬している様子だった。「そうかい。いい気なもんだな。気にくわなきゃ帰れ。そのかわり有り金全部置いていけ」

「いい気になってるのは貴様の方じゃないのか」市谷が一喝した。本当に腹を立ててもいたし、育ちの良さが一種の威厳となっているために自分の怒りの表情が人をたじろがせることを市谷は自覚していた。

おとなしいとばかり思っていた市谷からまともに反撃され、大垣は顔色を変えた。だが、すぐに臆病さを不貞腐れた笑いで胡麻化し、崩れた態度で腰をおろした。「もう直廾賞でもとった気でいるんだから厭になるよ。あははは」

市谷が玉枝と一緒に「チャンス」を出、似たようなバーが並んでいる路地を抜けて商店街へ出ようとした時、追いかけてきた大垣がうしろから声をかけた。

「時岡君」

数メートル離れたところに大垣は肩をいからせて佇《たたず》んでいた。歪んだ笑いはそのままだった。こっちへ来て堂々と話したらどうだ、と言おうとしたが、こんなところで殴りあいになっては体裁が悪いから市谷は黙っていた。玉枝が大垣の傍へ寄って行き、ふたりは三ことか四こと何ごとか低い声で話しあった。

玉枝が笑い声をあげた。「子供みたいな人ね」笑いながら彼女は市谷の傍に戻った。

「行きましょう」

挫折感と嫉妬で大垣はサーチライトのような眼をし、市谷を睨みつけていた。

「あなたと浮気するつもりならやめた方がいいって言ったわ」歩きながら玉枝は言った。

「もう少し残っていてくれ、あとで二人でどこかへ行こうですってさ。すごい自信よねえ」

市谷は首を傾げた。「自信というより、ライバルがあらわれたための焦りじゃないかな」

「じゃ、その焦りのためにますますわたしに嫌われることになったのだ」ひひひひひ、と、玉枝は心からおかしそうに首をすくめて笑った。「あなたなんかより市谷さんの方がいい、って、わたしもついはっきり言ってしまうことになったんだから」

「仕返しされるよ」

「そう言ったわ。ご主人に言いつけてやる、ですってさ」

あははははは、と、ふたりは声を揃えて笑った。これから二人でいささかうしろ暗い行為をすることになるであろうという予感が、市谷と玉枝の気分を浮わつかせていた。

事実二人は大垣が予想した通りのことを他ならぬ大垣のつけてきた物言いがきっかけで

実行することになった。通りがかりのスナックでもう一杯飲んでから二人はラヴ・ホテルに入った。それまでに市谷は玉枝が自分より二つ歳上であることや、彼女の夫が意外にも県立大学の文学部教授で、今夜は他の県の大学へ講義に行っていて帰らぬことなどを知った。

市谷と玉枝が回転ベッドでからみあっている時、はからずも同じホテルの一室では炎のように燃えあがっている市谷への羨望と憎悪による胸苦しさからなんとか逃れようとして、大垣義朗が無理やりつれこんだ徳永美保子の瘦せこけたからだを責めて責めて責めて責めて責め苛《さいな》んでいた。

ACT　3／SCENE　3

おおさすがは文学の殿堂、外観こそシンプルだが文藝春愁ビルに一歩入れば広い玄関ロビーにいかめしい守衛さん美しい受付嬢、さらに何百坪にも及ぶ広い広い広い談話室、コーヒーが飲めてバーまで開いてまっ昼間から酒にありつけるという豪勢さ、なるほどこれでは地方から上京してきた文学青年など威圧されてしまって身が縮む思いに襲われるであろうなどと思いながら市谷が待つうち、ちょっとでも編集者に笑顔を向けて貰いたい思いでいっぱいの自信のない新人作家の期待などには絶対に応えてやらないのだと決意したかの如き頬のこわばりを見せて加茂がやってきた。

この編集者からはあまり好感を持たれていない筈であったし見渡せば談話室に他の客の姿はない。市谷は「群盲」の牛膝《いのこずち》のことばを思い出し、ここでひとつ土下座を試してやろうと考えた。まかり間違えて場違いなことを演じていると思われたところで、市谷自身の所属する大企業にだって相当風変りな人間もいれば、ちらと覗いた限りでは同人誌の世界にもそれに輪をかけた変な者がいる。まして気ちがいと紙一重の文士たちの集まるこの文壇マスコミの中心地、多少の奇矯《ききょう》さも目立たぬ筈と思ったのである。

市谷はソファから立ちあがり、すぐ横のふかふかのカーペットの上に膝をつき、両手を前にして這いつくばった。「市谷京二です。お見知りおきを」

さほど驚きもせず、どちらかといえばやや面倒臭げに加茂はうなずいた。「おやおや。そんなことを誰から教わりました」

市谷はさっと立ちあがった。「場違いでしたか」

「別段場違いでも人違いでもありませんよ。ただ、そうしたことを今後ずっとやられるお心算《つもり》だと少し気苦労なことになるかもしれません。いやいやつまりそれはあなたにとってだけではなくわたしにとってもの話なのですがね。いずれゆっくりお話ししますが。ま、とにかくお掛けください」

市谷と向きあってソファに掛けた加茂の手には「大企業の群狼」が掲載されている

「焼畑文芸」最新号が丸められ、握られていた。やっぱり書きなおしを要求するつもりだな、と市谷は思った。

「大徳産業の東京本社へでもお見えになったのですか」と、加茂は訊ねた。

「いいえ。本社には特に用はありません」

「では純粋に、ここへお見えになるためにだけ上京なさったわけですね」

「ええ。純粋に」

「そうですか。そうですか」加茂は何度もうなずいた。

加茂に負担をかけてはいけないと思い、市谷はあわててつけ加えた。「もっとも、友人に会ったり、本社に顔出ししたり、しようと思えばいくらでも用はありますが」

加茂がほっとしたように溜息をつき、身を乗り出した。「あなたがいわゆる田舎の文学青年タイプでないことはすぐにわかりましたから、こっちも安心してお話しできます。さすが大企業のエリートは違いますね。いやもう、一度掲載しただけなのに文豪気どりになってしまっている百姓がよく来るんですわ。なぜその後わしの家に一度も挨拶に来ない。小説を一度も頼みに来ないのはけしからん。しかたがないからわしの方から出てきてやった。文芸家協会に入ってやる。さあ文壇バーへ案内しろ」

「文壇バーというところへなら、ぼくも一度行ってみたいものです」市谷はにやにや笑った。「参考の為にね。金も少しは持ってきています」何に要るかわからないので定期預金を解約し、四十万円ほど持ってきていたのだ。

加茂は眼をしばたたいた。「ご案内してもよろしいが、決して愉快なところではないし、ぼくを奢ってもあまり役には立ちませんよ」

「ぼくの作品を推薦してくださった評論家の先生にはいずれ別のかたちでお礼をと思っています。といっても、せいぜい二、三十万円のことしかできませんが。あとでそのこともうかがいたいのです」

加茂は大きくかぶりを振ったり、うなずいたりして見せた。「いやいや。それは無論、あの先生ならさほど生真面目じゃなく、さほど難しくもなく、ちょうどその程度でいいでしょうけど、ぼくがいうのはそういう意味ではありません。あなたの作品が『文学海』向きではないので、よほど作風に変化がない限り今後二度と載ることはないのではないかと申しあげたかったのです。もし『フール讀物』にお書きになるお気持があるのなら、今日は校了日で誰もいませんが、この次にご上京なさった時、フールの編集者をご紹介しますよ」

「わたしもそれは以前からそう思っていました。ご紹介いただけるのはありがたいですね。でもとにかく今回は、もしお忙しくなければ今夜でも、加茂さんを奢らせて貰えませんか。ここではうかがいにくいこともまだたくさんありまして」さっきから近くのテーブルでイラストレーターと編集者が打ちあわせを始めていたし、ウエイトレス役の女子社員がすぐ傍を行き来していた。

「あなたを接待するぐらいの交際費が出ないわけではありませんが、せっかくですから奢ってください。ところで」加茂は「焼畑文芸」のページをぱらぱらと捲《めく》りながら軽い口調で言った。「どうします。書きなおしますか。あなただから訊ねるわけですが」

えっ、と市谷は背をのばした。「ははあ。すると是が非でも書きなおさなければならぬほどの欠陥はないのですか」

きらり、と、加茂の眼が光った。「欠陥とか、そういったものとはまったく関係のない話なのです。つまりこの作品は純文学的な描写と中間小説的ストーリイ展開で成立している作品です。したがってこのままでは『文学海』には載り得てもそれでもってあなたが純文学作家として認められるということにはならないのです」

「ですからそれは、さっきも申しましたように、ぼくの才能は中間小説の方に向いていると思いますので、『文学海』とか純文学作家とかにはこだわりませんが」

「最初は皆さん、そうおっしゃるのです」加茂がはじめて頬にやや意地の悪いうす笑いを見せた。「ところが中間小説で名が売れ、ある程度収入がふえてくると、決まって純文学雑誌に書きたがるのですな。つまり作家としてもっと尊敬されたくなってくる」

市谷は眼を丸くした。「全部の中間小説作家がそうではないでしょう」

加茂が肩をいからせた。「いやもう、全部といってよろしい。ふだんは劣等感からエンターテインメントの方が難しいのだなどと開きなおっていますがね。その癖時おりこっそりと純文学雑誌へ下手な原稿を持ちこんでくる。普段は純文学は面白くないだの何だの言っておきながら。誰が載せてやるものか。馬鹿が。けけけけけけ」ぎく、として真顔に返り、加茂は弁解した。「いや。あなたが必ずそうなると言っているわけじゃありません」

相手がまだ新人作家でいるうちに牽制しておくのであろうかと市谷は考えた。「その逆の場合、書きなおす必要はないのですか。つまり純文学的な部分がある為にその」少し口ごもった。「直廾賞候補にはなりにくいとか」

「それはありませんね。いよいよフールなどに書きはじめた場合は、まだ純文学の殻を尻尾にひきずっているとかなんとか言われるかもしれませんが、直廾賞候補作ならむしろそれぐらいの方が」さっきから少しそわそわしはじめていた加茂があたりを見まわしながら立ちあがった。「もうすぐ六時ですな。どこかで食事をしてから、比較的安くて、しかも作家がよく行くバーへご案内しましょう」

以前この談話室で何ごとか口走ったため、まずいことになった経験があるに違いない、と市谷は思った。

ACT　3／SCENE　4

二人で一時間ほど飲んで四、五万円といったところだろう。文壇バーといわれているクラブ「睫《まつげ》」に入り、その雰囲気を見て市谷はそう踏んだ。加茂と一緒だからもっと安くなるかもしれなかった。社用で上京した折にこうした銀座の高級クラブへも二、三度接待係として足を踏み入れていたから、だいたいの相場は見当がつくのだ。L字形に折れ曲っていて何十坪あるのか市谷たちが案内された隅のテーブルからはちょっと目測しにくいが、女性は二十数人うち美女が一割あばずれ一割昨夜客と寝たのが一割といったところであろうか、銀座でも極めて品の良い方に属すると思える店である。

女たちが来た。

「まあ加茂さん。いらっしゃい」

「加茂さん。お久し振り」

「あら加茂さん」

さしずめおれは葱《ねぎ》か、と市谷は思った。女たちが喋りはじめ、市谷も加茂もそれに調子をあわせなければならなくなり、そのため加茂と話せなくなってしまったが、どうしても聞かねばならないことは食事の間に聞き出してしまっていたので、あとはこの店で加茂を酔わせ、彼が何か口をすべらせるのを待っていればいいのである。

最近文壇バーへあらわれる作家がめっきり少くなり、大きな顔で銀座をのし歩いているのはSF作家だけだと加茂に聞いていたのだが、なるほどまだ時間が早いせいもあろうが市谷が顔を知っているような有名作家はひとりも来ていず、SF作家の姿さえ見られなかった。客の半数は社用族、あとの半数は自由業とか文化人とか言われる人種であろうと市谷は見当をつけた。

加茂が市谷を独身の新人作家だと紹介したせいか女たちの扱いが急によくなった。作家にさえなればたとえ新人でもそれほど高収入を得られるのだろうか、それとも彼女たちがおれをもてはやすのは作家という肩書きのせいか、あるいは青田買いか、などと市谷が考えていると、市谷の横のトラネという女が急に文学賞の話をはじめた。加茂がその話に乗り、やはり作家は芥兀賞か直廾賞をとらなければ駄目なのではないかという議論になった。貫禄が違ってくるのよ、と、カチコという女が言った。そうよそうよ賞をとってない作家はいくら肥っていてもどこか貧乏たらしいとトラネが言い、小説を読んでもどこかいじましいとカチコがつけ加えた。賞をとっていない作家をパトロンにしているらしいドドミという女が眼を吊りあげ、いいえそんなことはありません、滅相もございません、作家は賞をとるなり駄目になります、たちまち威張りはじめ、横柄でいやな奴になります、ひと晩でがらりと変ってしまいますと反論しはじめ、実際そういう作家がいたらしく、それはたしかにそういう人もいるけれどといったんは皆うなずいたもののの、受賞作家をパトロンにしているらしいメケハという女が眼を吊りあげて反駁しはじめた。作品と人物をごっちゃに論じてはいけないのではないかしら、作品に関していえばあきらかに賞をとった作家が優良上場株といったものだからまた議論が沸騰し、それは近くの席にいたママが眼をぱちぱちさせはじめたことにドドミが気づくまで続いた。

座がしらけて一、二分後、いささか酔っぱらった様子の加茂がぼそぼそと市谷に喋りはじめた。「いろいろな作家がいるけど、やはり大別して、賞をとらなくてもなんとかやって行ける作家と、賞をとらない限りどうにもならん人とがいますねえ。厳然として。言っちゃ悪いがあなたの場合ははっきり言うと後者なんだ。一応『フール讀物』にはご紹介しますが、もし仮にあなたが直廾賞候補になっても、受賞しない限りフールがあなたに原稿を依頼することはないと思うんです。ひとつはまだ純文学的で固いってこと、もうひとつはあの『大企業の群狼』であなたの書くべきことが全部書かれてしまっているように見受けられるからです。実際ぼくだって、この次の直廾賞を受賞するかしないかがあなたの運命のわかれ道だと思う。二度目のチャンスのない、非常にきびしいところにあなたは立っていると思いますよ」

「第二作が書けないだろうとおっしゃるんですか」市谷は凝然とした。「書いても第一作には及ばないだろうと」

「そうです。そして候補にもなりにくいでしょう。あれ以上ショッキングな題材をあなたが持っているとは思えない」

「だって、まだ第一作が候補になったわけでもないのに」

「なに。あれは候補になりますよ」とうとう加茂が口をすべらせた。「今期は他にいい作品がありませんからね。そういう意図で掲載するわけではないが、そういう意図がまるきりなくて掲載するわけでもありません」

では、もしそれで落ちたら大変ではないか、と市谷は思い、いても立ってもいられなくなった。なんとか「大企業の群狼」で直廾賞を受賞しなければならないのだが、その為にはどうしたらいいのだろうか。

「ではぼくは、ど、ど、ど、どうしたら」

「落ちついて」

「落ちついて」

「落ちついて」

女たちが市谷の背や胸を撫でさすりはじめた。

「どうすればよいかは、候補になってから頭のいい人にだけわかる仕組みになっている筈ですよ」と、加茂がいった。「どうしてもどうにかしたい場合はご相談にのります。ぼくは何もできないけど、相談役のような人物はいますからね。わが社だけではなく各社にいますから。ま、ご安心を」

市谷は思わずまた土下座をした。今度は何の抵抗感もなく、知らぬまに膝をついていた。市谷の振舞いに女たちはさほど驚いた様子もなく、さすがは文壇バー、馴れっこになっているのかママの教育が行き届いているのか彼女たちは市谷の行為をむしろ文壇関係者以外の客の眼から隠そうとするかのような素振りを見せた。

「ＳＦが来たわ」と、トラネが言った。

「早くお立ちになって」メケハが市谷にささやいた。「ＳＦが来たから」

市谷が顔をあげ、ソファに戻ると、またＳＦよと唇を歪めドドミが呟くうしろを五人の編集者に取り囲まれて、ＳＦご三家と呼ばれている中ではいちばん若い作家が奥の席へ案内されていった。若いといっても四十歳は過ぎていて、前髪など垂らし若造りをしているだけである。

「この頃毎晩ね」カチコが反感をあらわにそう言った。

加茂は担当しているジャンルが違うせいかＳＦ作家とも編集者たちとも面識がないらしく知らぬ顔をしている。

「可哀想に。初潮社と角丸書店の人たちよ」女たちがうなずきあった。「大変よねえ」

最初のうち機嫌よく飲んでいたＳＦ作家が、編集者のひとりにからみはじめた。「あんた、ぼくの話に相槌は打つけれど、聞いていないだろう。すぐわかるよ。腹の底じゃ

ＳＦ作家のぶつ文学論なんておかしくて聞けるかと思っている。いやいやいや駄目だ駄目だ駄目だ。そんなこと言ったって見え透いているんだ。相槌が大袈裟すぎるんだよ。それに見当違いのあいの手を入れている。入れる場所もずれている。聞いていない証拠だ。いやいやいや、それは聞いているかもしれん。では聞いていることにしよう。しかしそれはぼくの文学論を聞こうとか、それに反駁したり同調したりしようとかして聞いているのではなくて、ことば尻のどこかを捕えて話を原稿の方へ持っていこうとして聞いているんだ。あんたの会社の人は特にそれがひどいぞ。すぐに『なあるほど。ではそのテーマでひとつお原稿を』とくるんだ。『えー、それがお原稿になった場合何枚くらいに』とくるんだ。要するに中味なんかどうでもいいんだ。原稿を、できるだけ早く、それも多い枚数のものをふんだくろうとしてるだけなんだ。ＳＦという惹句《じゃっく》だけで買って行く読者が多いからというのでただもうＳＦ、ＳＦといって原稿を書かせにかかるけど、実はあんたたちはＳＦなんて子供の読むものだと思って馬鹿にしている。いいや絶対にそうだ。そうに違いないのだ。ああ、わかるとも。それぐらいわからないでどうする。ＳＦを馬鹿にしてるからこそそんな空虚な相槌が打てるんじゃないか。いくら眼を丸くして『なあるほど』とのけぞったり、いくら大きな溜息をついて『まったくです』といったり、いくら大きくうなずいて『ふん。ふん。ふん』などと身を乗り出したりしたところでそんなものはただの反射運動、腹の中じゃのべつ『原稿よこせ』『原稿よこせ』とわめき続けているんだ。いいやそうです。ぼくにはそれが聞こえるんだ。はっきり聞こえるんだ。本当におれと、作家対編集者のつきあいがしたくてやってくるんじゃない。本心ではこんな奴と小説の話なんかするのはご免だと思っている。ＳＦなどという、もはや小説とも言えん滅茶苦茶なものを書いてる人種とつきあうのはご免だと思っている。ＳＦなどというものは荒唐無稽でナンセンスなドタバタの劇画だと思っている。何っ。そりゃあ確かに自分ではそう言う。そうとも。おれが自分で言うのはかまわん。しかし貴様たちがそう言うのは許さん」力まかせにテーブルを叩きつけた。「他の作家にはそんなこと言わないだろうが。あんたたちはＳＦ作家を差別している。いいやしている。受賞した作家に対する時はそうじゃない筈だ。連中に対してはあんたたちの方から文学論を持ちかけるじゃないか。あきらかに連中を尊敬している。いいやおれはちゃんと見ているんだからな。そりゃ口さきでは同じように『センセイ』『センセイ』と言ってはいるが、他の作家に対して言う時はあれは確かに漢字の方の『先生』だ。ＳＦ作家にはカタカナの『センセイ』だ。馬鹿にして言う時の『センセイ』だ。馬鹿にしているのだ馬鹿にしているのだ。いいや聞こえないぞ。いくら同じように丁重に扱っていますといったって、差別されている方にしてみればすぐわかるのだ。声が違う口が違う眼つきが違う態度が違う」顔が違う腹が違うと言いながら彼は水割りのグラスをばりべりぼりばりと嚙み砕いた。「ぺっぺっぺっ。笑ったな。何がおかしい。被害妄想だと。よくも言ったな。最近売り出してきた新人ならいざ知らず、おれは二十年間その被害に会い続けてきたんだぞ。あんたたちにだって憶えがある筈だ。そら、眼を伏せやがった。よくもおれを苛めて苛めて、苛め抜きやがったな。忘れるとでも思ってるのか。今になってちっとやそっとちやほやしたぐらいでこっちの気がおさまるとでも思ってるのか。おれだけじゃないぞ。過去数年間、古手のＳＦ作家が三人も続けて死んだのはお前らに迫害されたからじゃないか。書いた原稿は突っ返すわ、受けとったまま没にするわ、なんの連絡もしてこないわ、いつまでも載せないわ、コント並みの扱いにしやがるわ、色ページに載せやがるわ、活字の号数は落すわ、勝手に匿名コラムに載せてしまいやがるわ、原稿料はピンはねするわ、寄越さないわ、泣くとしぶしぶコーヒー代にもならぬ原稿料を寄越すわ。やい。一枚二百円しか寄越さなかったのはどこのどいつだ。あれで死ななきゃおかしいぐらいのもんだ。あっ。思い出した。あの時は貴様だ」ＳＦ作家は彼自身よりもだいぶ歳上と思える半分白髪の初老の編集者に指をつきつけた。「くそ。く

そ。思い出したぞ。何か社会的大事件があるたびに、その事件をモデルにした諷刺的なＳＦを、などと頼んで来やがって、締切りは三日後ですというのでこっちがあわてて書いて渡してもいつまでも載せないで、訊ねると次の事件が起りましたのであれは没にした。く、く、く。野郎よくもあんな無茶苦茶をやりやがったな。いやしくも作家であるこのおれさまに。さあ。なんとか弁解してみろ。あんなことを言ったのと同じこの口

で」こいつめ、とわめき、SF作家は自分が縁を嚙み砕いたグラスを握り、ぎざぎざになった部分を初老の編集者の口に捻りながら押しあてた。

「ぎゃっ」口の周囲から血を噴き出させ、初老の編集者がスツールからころげ落ちた。

「ご勘弁を」

「勘弁なんかしてたまるものか。あの時はおれに会うたびに言いやがったな。SFなんかいい加減にやめろ。馬鹿にされるだけだから。く、く、くそ。今でもそう思っていやがるのだ」この野郎、こん畜生といいながらSF作家は初老の編集者の半白の頭髪を鷲づかみにすると、その顎を自分の膝で力いっぱい蹴りあげた。

「ぐわっ」のけぞった編集者の口からどっと血があふれ出た。「がほげほごほ」

「おれが候補になった時、なんて言やがった。駄目だよ。とれないよ。SFが賞なんかとれるわけないだろう。くそ。今でもそう思ってやがるんだ。お前らみな、そう思ってやがるんだ。とれなくていい気味だと思っているんだろう。SFなんかで文学の伝統を破壊されてたまるかと思ってやがるんだ。いいや思っている思っている。だから今度はブームだブームだなどとわめき立ててSF作家全員思いっきり酷使して出来るだけ早く潰すか若死にさせるかしようと謀《はか》ってやがるんだ。どうしても書けなくなるとこういう店へつれ出して浴びるほど酒を飲ませて廃人にしてしまおうとしてやがるのだ。こうやってちやほやするのは昔と違った形態の迫害なのだ。潰されてたまるかこん畜生。やるならやってみろ。お前らみんなぶち殺してやる」ビール瓶を握りしめて立ちあがった。

わっと叫んで逃げようとした編集者のいちばん運の悪いひとりが後頭部にビール瓶をくらい、昏倒《こんとう》した。

「いくら本が売れて、いくら評判になっても、誰もちっとも尊敬しやがらねえ」SF作家はわめき散らした。「逆に、売れなかった作品を文庫で売りまくってやったんだ、大きく宣伝してやったから名が売れたんだ、ありがたく思えなどと吐《ぬ》かしてやがるんだ。そうに違いないのだそうに違いないのだ。テレビじゃ始終SFブームの悪口を言っている。昨夜などはおれのことを喋り出しやがった。新聞にはでかでかとSFの悪口が載る。おれの名が馬鹿でかい活字で出る。家から一歩外へ出ると近所の主婦が脇腹小突きあって眼くばせする。あれはおれの悪口を言っているのだ。週刊誌じゃSF作家の結婚まで揶揄《やゆ》的に扱う。どうでもおれたちを誰からも尊敬させない腹なのだ。一方でおれたちにぺこぺこしなければならない意趣返しなのだ。復讐なのだ仕返しなのだ。誰もおれの才能を認めようとしやがらねえ。くそ。どうしてもっとおれを尊敬しない。どうして文壇マスコミはおれをもっと丁重に扱わんのだ」ぱあん、と、握りこぶしでテーブルをまっぷたつに割り、彼は泣き出した。「おれはもっと尊敬されたかった。なのにおれを尊敬するのは小中学生だけだ。どうしてくれる。便所が三つもあるでかい家を建て、ロータリー・クラブに入り、全国冷し中華愛好者協会の会長になった。だけどそんなものでは誰も尊敬してくれない。尚さら馬鹿にされるだけだ」泣きわめいた。「お前らのせいだ。お前らのせいだ。お前らの陰謀で賞がひとつも貰えなかったせいだ。くそ。お前らみんなCIAだ。全員叩き殺してやるぞ。そうとも。おれはどこからも勲章を貰っていないのだからどこに対しても義理はない。やりたい放題をやってやるぞ。覚悟しろ。死め」

がお、とわめいて彼は立ちあがり、まあ先生お気を鎮めてくださいととめる女たちの手を振りはらい、誤解です冤罪《えんざい》ですといいながら逃げる編集者たちに追いすがり、痛めつけ、手が届かぬ者にはグラスや灰皿を投げつけた。口が裂け、眼球が真紅になっていた。

店内にいる他の客同様難を避けて市谷と加茂はそれぞれのグラスを持ち、女たちと共にテーブルの下に身をひそめた。

「こういうことは毎晩のようにあるのですか」

市谷の質問に女たちがうなずき、加茂が答えた。「こうしたことが文壇バーの存在理由のひとつにもなっているわけですね。一方編集者もこうした災難に対していちいち会社から補償金が出るわけではありませんが、そのかわり一般のサラリーマンよりは高給を得ています。もっとも、作家になれば誰でもこういう滅茶苦茶ができるというわけでもない。それぞれにランクがありましてね。それに苦労してきた度合いでも乱暴の許容度が違ってくる。あのSF作家もその辺はよく心得ていて、許容限度よりはやや控えめにしているようです。もちろんこういうことをやる必要のない、幸福な満ち足りた作家もいましてね。それはそれでまた別に、というか、逆にというか」

グラスの破片がとんできて、二人は首をすくめた。

「それにしても」市谷は溜息をついた。「たとえ作家になっても、賞をとれなかった場合はああいうなさけない状態になるのですねえ」

たとえどのような手段であっても、受賞を逸して悔いを残したりしない為にはあらゆることをやらねばなるまい、と市谷は改めて決意した。

ACT 3／SCENE 5

「大変だたいへんだ」大変男と呼ばれている総務の寺奥が仕入課の部屋にとびこんできた。「大変だよたいへんだ」彼は市谷を見て立ちすくみ、絶句した。「あ。う」

販売課の市谷が仕入課に来ているとは予期していなかったらしい。

何が大変なんだどうしたと皆からせっつかれ、あーいやーそのーまー何でもないなんでもないと胡麻化して、寺奥はこそこそと出ていった。

「なんだあれは」

「どうかしているな」

奴さん、「大企業の群狼」を読んだな、と市谷は判断した。「文学海」は昨日が発売日で、今朝は各新聞に大きく広告が載り、市谷の名も20ポのゴチックで大きく出ていたのだ。好奇心以外の原理で行動したことが一度もない寺奥はさっそく「文学海」を買って読み、おそらくはつい今しがた読み終えたのであろう。仕入課へ大変駈けをしてくるまでにも、すでにあちこちの課へ大変をかけてきているかもしれなかったし、もしかすると重役にだってもうご注進に及んでいるかもしれなかった。今はおそらく販売課へ大変駈けをしているだろうと市谷は信じた。今そこに市谷がいないことは確実だからである。課長や奈村も明日にはあの小説を読んでくるだろう、市谷はそう思い、いよいよ腹をくくらなければと心に決めた。

商品の仕入値を確かめるため会いにきていた男から、突然おい市谷君と野太い声をかけられ、市谷はぎくりとした。

「君に電話だ」

腹をくくったばかりなのになさけないぞと自分を叱りつけながら市谷は受話器を受けとった。

電話は地もとの新聞の文化部記者からだった。「今度書かれた先生の作品のことで、ぜひ先生にお眼にかかって先生から直接お話を」

声から判断すれば自分より歳上としか思えず、「先生」を連発されて市谷はちょっといい気分になった。

記者は取材を急いでいた。地方紙の文化欄そのものが常にニュース不足なのかもしれなかった。

三時に会社の近くで会う約束をして電話を切り、市谷は自分の課に戻った。寺奥が大変をかけて去った直後らしく、つい先刻とは雰囲気ががらり変っていて、すでに課の全員が市谷の書いた小説の内容をあらまし知っている様子だった。

彼らが自分を見るその眼によって市谷は、彼らにとって今の自分がどういうものなのかをたちまち悟った。そもそも大企業に勤めるエリート社員たちにとって小説を書くなどという人間が異星人並みの他種族であるところへもってきて、そいつが同じ会社にいたというのだからまったくもって会社の値打や性格までが一変したようにさえ感じられるほどの不条理きわまる情況であり、その上そいつの書いた内容が「自分たちの会社の悪口」なのだから、その男の書いた小説も、その男の不可解な行為も、その男自身も、そして自分たちにとっても、これはもうとんでもない話とでも表現するよりほかないのだ。同僚の奈村は市谷を見て立ちあがり、心から不思議がっている表情でしげしげと市谷の顔を観察した。悪事を働き、それが皆に知れ渡っていることを承知していながら尚かつ平然としていられる市谷の気持が不可思議この上なく不可解きわまるといった表情だった。市谷が自分の席に着くなり奈村はいそぎ足で他の課員たちのデスクをもどかしげに迂回《うかい》し、市谷の方へ近づいてきた。その様子はまるで、市谷が上役から糾弾される前に彼がなぜそんな悪事を働くことになったのかその真相を同僚としてよく聞いておいてやろう、きっと何か人に言えぬ事情があった筈だ、自分にならあるいは打ち明けるかもしれないから、その理由が自分に納得のゆくものであれば弁護してやらなければという決意に衝き動かされてでもいるように市谷には見えた。

「大変なことをやったそうだな」深刻そうなひそひそ声で奈村は市谷に話しかけてきた。他の社員たち同様むろんこの男にも小説が認められ「文学海」へ掲載されるということがどれだけ大変なことかはわかっている筈がないので、彼の謂《い》う「大変」は「大変な悪事」という意味でしかない。心配そうな顔はしているもののそれは市谷の身を案じてではなく自分がどういう具合に書かれているかを案じてのことであろう。

市谷はわざと奈村に気圧《けお》された表情を装い、驚いて見せた。「ええっ。何がだい」

わかっているではないかと言いたげに苛立ち、奈村はさらに顔を近づけた。「だって小説を書いたんだろうが」

「やあ。広告を見たのか」市谷は明るく大声でそう言いながら照れた様子で頭を掻いた。「ありがとう有難う。いやあお蔭様でね。でもあんまり大袈裟に言わないでくれよ。そんな、大変というほどのたいしたことじゃないんだから。あははは」

ぎく、として奈村は身を引いた。気ちがいを見る眼をしていた。市谷には彼の驚愕が理解できた。あっ。こいつは自分が小説を書いたことをおれたちが祝福すると思っていやがったのだ。罪悪感などまったくないのだ。立派なことをやってのけたと、本気でそう思っていやがるのだ。ということはつまり、会社への忠誠心など今迄だって全然持っていなかったのだ。この会社の社員でありながら社員としての誇りを、それはもう、かけらほども持っていなかったんだ。こいつの精神構造はどうなっているのだ。無法者なのか。やくざなのか。いやいや。性格破綻《はたん》者だ。精神異常者に違いない。

驚きでやや白痴化した顔を奈村は他の課員たちに向け、今のこいつには何を言っても無駄なのだという自分の結論に対する共感を求めた。それから市谷に向きなおり、あらたまった口調で言った。「まあ、あとでゆっくり」重おもしく頷き、今度は別の決意をこめた足どりでゆっくり自席に戻った。市谷に、自分がどれほど大それたことをしたか思い知らせてやるぞという決意に違いなかった。

ACT 3／SCENE 6

市谷が会社の近くの喫茶店で会った諏訪というその記者は文化部記者にはとても見えない商人じみた中年の男で、市谷は話しているうちにますます彼を文化部記者だとは思いたくなってきた。

「とにかく焼畑から作家が出るなど、初めてのことだと聞きました」市谷の経歴をメモし終ってから諏訪はそう言った。

「とんでもない。焼畑には他に作家がたくさんいますよ。そんなこと言ったら怒られますよ」

「ああ。作家と自称している人はどこにでもたくさんいるでしょうがね」諏訪は鼻で笑った。「焼畑文芸」をはじめ県下の同人誌などほとんど読んでいないに違いなかった。続いての質問も「どうやって小説の修業をなさいましたか」「あの小説をどういう手蔓《てづる》で『文学海』に売り込まれましたか」「小説は誰にでも書けるとお思いですか」など、小説の内容よりも一般受けを狙った記事になりそうな質問ばかりだった。

「ところで」と、三十分ほど質問を続けたのち、諏訪は言った。「お書きになったその作品というのは、だいたいどういった内容の小説ですか」

市谷はあっと思い、のけぞった。「作品を読んでこられなかったのですか」

「すみません。ちょっと時間がなくって」諏訪は平然としていた。大徳産業を告発した内容に驚いて取材に来たのではなかったのだ。「うちの新聞にときどきコラムなどを書いている鱶田という人が部長にあなたのことを話したそうです」鱶田平造のことであろう。「わたしは部長に言われてすぐとんできましたので。ところで『文学海』は今、お持ちでしょうか」

　市谷はうんざりした。雑誌も買わずにやってきたのだ。

「いいえ。今は持っていません。発売日の二日前に届いて、そのまま家に置いてあります。あんなもの、会社へは持ってこられませんからね」

「どうしてですか」諏訪は不満そうな顔をした。「そんなに謙遜なさらないで、大威張りで持ってくればいいでしょう。大変なことなんですから」

「いやいや。見せびらかしたくない為ではなく」市谷は苦笑した。「ま、あの小説をお読みになればわかりますよ」

「さあ。読んでいる時間があるかなあ」ますます不満そうな顔つきで諏訪は腕時計を見たりした。「それにこの辺の書店には純文学雑誌などあまり置いてなくて」

「松井書店へ行けばありますよ。東旭町の」

「ああ。まあ、あそこまで行けばねえ」諏訪は面倒臭げだった。あきらかに、小説など好きではないのだ。

　いつ店に入ってきたのか、ジャンパーを着た左翼活動家風の若い男が市谷の横に立ち、声をかけてきた。「市谷京二さんでしょうか」

「そうですが」

「ああよかった。大徳産業へうかがったらこちらだろうということで」そう言いながら彼は名刺を出した。いそいで来たらしく、鼻息を荒くしていた。「わたくし、朝日新聞の島津と言います」

名刺によれば島津はこの地方の支局の社会部記者だった。天下の大新聞朝日の、それも社会部がいったいなぜ、と市谷は思った。

「今度書かれた小説のことで取材させて頂きたいと思いまして。あのう、今、よろしいでしょうか」島津は市谷と諏訪を見くらべた。

諏訪は露骨に迷惑そうな顔をしたが、市谷は、自分の作品を読む気もない男からこれ以上取材されてもしかたがないと思い、大きくうなずいた。「いいでしょう。ちょうど今、こちらが取材に見えていたところです」市谷は島津に諏訪を紹介した。

諏訪は島津と名刺をとり交しながら厭味すれすれにへりくだって言った。「こちらは今だいたい取材を終ったところですが、しばらく横であなたの取材ぶりを拝聴させてもらってよろしいでしょうか」

ひねくれた言いかたに、島津はちらと軽蔑の眼で諏訪を見た。「これはどうもお邪魔をして申しわけありません。それはもう、それでよろしければ」腰掛けるなり島津は喋りはじめた。勢いこんでいて、荒い鼻息は必ずしもいそいで来たせいだけではなかったようだった。「早速ですが『大企業の群狼』拝見させていただきました。大変な力作だと思います。それに、文句なしの傑作ですね」

「これはどうも」

「しかし、あなたの会社の人たちにとってはあの作品、単に傑作で片附けることはできないと思います。実はあのようなことが行われていることは、われわれだって知らぬわけではなかったのです。しかしこうした地域社会の中で取材活動を続けて行く為には、ある程度のことまでは眼をつぶっていなければならない。ところがあなたは企業内部から会社を告発された。ぼくはその勇気に驚いたわけですが」島津は頭を掻いた。「いやこれは。演説する気はなかったのですがつい興奮して」多血質のようだった。

「勇気と言えるかどうか。ぼくとしては大徳産業を告発するつもりはなくて、単に作品に社会性を持たせるため企業悪というものを追及」

「むろんそうした普遍性も充分あの作品には認められます。しかし個個の具体例を見ればこれは大徳産業のこととしか思えないわけで。先程も言いましたようにわれわれも少しは知っておりますから。そこで、ぼくのうかがいたいことは、あの作品を書かれたあなたに対して会社側はどのような態度を」

「いいえ。まだそこまでの反応はありません。何しろあの雑誌昨日発売されたばかりですからまだ読んだ人はあまり」

「それなら」島津はますます鼻息を荒くし、ポケットから「文学海」を出して表紙を手の甲で叩きながらいきごんで訊ねた。「これを会社の人たちが読めばどういう反応を示すと市谷さんは予測されますか。いや。そもそもそれを予測しないで書かれた筈はないと思うのですが。つまり、会社をやめさせられてもよいという覚悟の上で」

「とんでもない。そんな覚悟はおろか、会社の示す反応さえあまり考えていませんでした。あなたも小説を一度書いて見られたらおわかりになると思いますが、小説を書いている間というものは小説の世界へのめりこんでしまって現実がどうなろうと知ったことじゃなくなるんです。小説をよくする為には利用可能な現実の出来ごとすべてをぶちこんでしまって、それが日常的現実に及ぼす結果やわが身にはね返ってくる報いなど、たとえ馘首《くび》になろうがどうなろうがどうでもよくなってしまうんです。いわゆる文学のデーモンによるものかもしれません」

さっきからふたりの話をいらいらしながら聞いていた諏訪がついにたまりかね、叫ぶように言った。「なんですか。いったいそれは何ですか。企業悪だの、会社を告発しただの、馘首になるだの、そんなに大変なことなのですか。いったいあなたはどんな小説を書いたのです」

島津が一瞬眼を剝き、次に諏訪を軽蔑の表情で見つめた。「あなた、作品を読まないで取材に来たのですか」

「だって仕方がないでしょう。あわてて来たんだから」諏訪は不満げなうわ眼遣いで市谷を見た。「さっき小説の内容を、ちょっと教えてくれればよかったのに」

「でもそれは、市谷さんに対して失礼でしょう。作者自身に小説の内容を要約させるなんて」島津は憤然として言った。ますます鼻息を荒くし、彼は市谷に向きなおった。「それならお願いがあります。今後あなたが当然会社側から受けるだろうと予測される弾圧とか、上役の叱責とか、配置換えなどの厭がらせとか、それからまあ馘首とか、いっぱいいろんなことが考えられますが、そうしたさまざまな待遇の変化をわたしに逐一教えてほしいのです」

「そんなことを記事にするのですか」

「地方版で扱います。ことは単なる文学上の問題ではないと思います。社会部記者のぼくがすっとんできたのもその為です。ぼくが直接大徳産業の重役連に取材し、この小説をどう思うかとか、市谷京二氏の処置は考えているかとか、そういった種類の質問をすればますますあなたの立場が悪くなるので、それはしません。ですからせめて、今後ぼくとの接触《コンタクト》を続けて情報を提供していただきたい。それによってはこの際一挙に大徳産業の悪業を暴くプレス・キャンペーンにまで」

「悪業。それをあなたは書いたのですか」諏訪が身をよじるようにして叫んだ。「えらいことになりますよ。だってこの市の人口の半分は大徳産業の関係者。県下全体ではもっと」彼は腰をかがめ、島津が手にしている「文学海」を片手で拝んだ。「すみません。ちょちょ、ちょっとそれを見せてください」

「雑誌も持ってきていないんですか」島津はまたもや深い軽蔑の眼でつくづくと諏訪を見つめた。「いったいあなた、どんな取材をしたんです」

諏訪はとうとう不貞腐れてしまった。「ええ。そりゃまあね。わたしゃしがない地方紙の記者ですよ。あんたは一流紙の、それもクォォォォォリティ・ペーパーの記者だ」口を歪めてそう言ってから彼は反撃しはじめた。「だけどね。取材のしかたまであんたから批判されるいわれはないんだ」

ぱん、と腹立たしげに「文学海」を諏訪の前に置き、島津は市谷に向きなおった。

「ご協力願えますか」

「ちょっと待ってくださいよ。小説を書いたために馘首になったり冷遇されたりした場合、ぼくはそれをまたしても小説に書くことができる。それはあきらかにぼくの個人的な事件であり、創作活動の自由という立場から見ればやっぱり文学的な問題でもある。そのせっかくの材料をあなたに教えたのでは」

「市谷さん。そこのところをよく考えていただきたいんです。いったん小説として公器に発表された以上その作品は公けの財産になります。小説はもはや文学の世界だけにとどまっていず、あなたを離れてひとり歩きをはじめます。どんどん歩いて刑事事件や社会問題を起したり、時には次第にスピードをあげて走りはじめ、政治問題になったりする。それもあなたのいわゆる文学のデーモンの仕業とすれば、これはもうなかば作者の責任ではなくなりますね。あなたが協力してくださらないのなら、当然あなたと無関係にこちらで独自に取材活動を始めなければならないわけですが、むしろその方がまともな方法なのかもしれませんね」

「それは困るなあ。まだ会社がどんな反応を示すかわからないんだし、もしかすると大らかな態度をとって無視してくれるかもしれないんだから」

「それは少し考えが甘いのでは」

「大企業の群狼」最初の数ページを拾い読みしただけで諏訪は立ちあがった。「これはえらいことだ。こっちだって社会部に応援を求めなくちゃ」

諏訪がスワ一大事とばかり向かい側の道路の電話ボックスめざして店をとび出して行くと、島津は苦笑して市谷にうなずきかけた。「いくら記者ひとりが張り切ったって、あそこの新聞では何も期待できませんよ。結局はお座なりな作者紹介だけで終るでしょう」

結局この日市谷は島津のニュース・ソースの役割を確約する破目になった。しかしその後いつまで経っても、地方紙は無論のこと朝日地方版にも、県内に誕生した新人作家という小さなコラムが一度ずつ出ただけで、おそらくは大徳産業からの圧力がかかったのであろう、作品の内容が、センセーショナルに報道されることはなかった。

ACT 3／SCENE 7

帰宅した市谷の足もとへ「文学海」を叩きつけ、父親は顔中を口にして怒鳴った。「なんだこの小説は。よくもわしの顔を潰してくれたな。わしは今、相談役の辞任状を書いた。勘当だ。家を出て行け」

ACT 3／SCENE 8

ドア・チャイムが鳴った。

「主人が帰ってきたのよ」玉枝がゆっくりとベッドから抜けだし、肌理《きめ》のこまかい色白の素肌に下着をつけながらそういった。「あなた、主人に会う」

すでにベッドの上へ上半身を起していた市谷はあわてて毛布の下に脱ぎ捨てたパンツをまさぐりはじめた。「こんなところを見られたら大変だね」

「大変とか大変でないとか、そういったこととはまったく無関係の人よ」ブラジャーをつけはじめた。「会ってみればわかるわ。問題はあなたの方に会う気があるかないかなのよ」

「残念ながら、ない」ワイシャツを着はじめた。「作家としては不勉強だが、勉強よりも不愉快な場面を避けたい気持の方が強くてね」

ドア・チャイムが鳴った。

「不愉快な人じゃないったら」セーターを着た。「わたしの小説に出てくる亭主は虚構の人物なのよ」

厚手のセーターの下から伸びた玉枝のまだパンティしか着けていない下半身は、激しく愛しあった直後でさえたいへん魅力的に感じられ、市谷は名残り惜しげに彼女の大腿部を見ながらズボンを穿《は》いた。「不愉快というのはこっちの勝手な感情でね。やっぱり気が咎めるよ」

「なぜ。わたし主人の持ちものじゃないわ」スラックスを穿いた。「もしあなたがわたしの主人なら、わたしを財産だと思う」

「思う」

ドア・チャイムが鳴った。

「主人じゃないみたい」化粧をなおしはじめた。

「とにかくぼくは失敬する」三和土《たたき》から靴を持ってきて窓のカーテンをあけ、市谷は窓《まど》框《かまち》に足をかけた。

「勘当されてアパートの一人暮しでしょ。ときどきいらっしゃい。ご馳走してあげるわ。

ご馳走ってつまりお食事のことだけど」
「ありがとう。また来るよ」裏庭に降り立ち、市谷は靴を穿いた。「ご主人でなくても
いったん玄関の中へ入れてしまってくれないか。でないと、門から出られない」
「わかってるわ」
「じゃ」消えた。
玉枝が玄関のドアをあけるとポーチに立っていたのは大垣義朗で、彼は野放図を装い
遠慮なしに三和土へ入りこんできた。「やあ。やあ。やあ。やあ」
どこの同人雑誌にもひとりや二人はとても小説を書いているとは思えぬほど図太くて
無神経な男がいるものだがこの男の厚かましさは度はずれていた。無教養と躾《しつけ》の悪さと
己惚《うぬぼ》れの三大要素が揃っているからであろう、と玉枝は思った。
「市谷が来ていただろ」靴を脱ぎ、あがりこんできた。「まだいるのかい」
こういう男には多少きつい窘《たしな》めのことばも役には立たない。玉枝は笑っているだけに
しようと決心した。「いないわよ。なぜそう思うの」
「あいつがこの家めざしてそこの坂道をてくてくのぼって行く姿を見たという同人がい
てね」応接室を覗いた。「そいつがおれに報告してきた」
「刑事みたいな人ね。わたしの浮気を嗅ぎまわってどうするの」
ダイニング・キチンを覗いた。「ほら。やっぱり来たんじゃないか」テーブルには二

人分の食器が汚れたままでまだ置かれていた。「飯を食わせてやったな」

大垣は寝室を覗きに行った。ついて行ったりするとたちまちベッドに押し倒されるだろうと思い、玉枝は台所に残って食卓の上を片づけることにした。

大垣が寝室から戻ってきた。「ベッドが乱れていて市谷のつけているローションの匂いがした」顔色が変っていた。「それからその他にもいっぱいいろんな匂いがした」

「文字通り嗅ぎまわったのね」

「やっぱり来ていたんじゃないか。なぜ嘘をついた」嫉妬が透けて見える表情で大垣はテーブルを迂回し、流し台の玉枝にすり寄ってきた。

「来なかったなんて、わたし一度も言わなかったでしょ」

一瞬絶句した。「浮気を認めたな。わはははは」突然がらりと態度を変えて磊落《らいらく》を気どり、彼はじわりと玉枝を背後から抱きすくめた。「あいつと浮気しておれと浮気しない法はないぜ」

「そんな法もないわ」大垣が自分を犯そうとする行為に移るまでの時間を長びかせなければならなかったし、挑発すればそれに反撥して長広舌をふるう癖が彼にあることを玉枝は知っていた。「あの人は大作家になる素質があるわ。あの人どうやら次の直廾賞候補よ。あなただって直廾賞ぐらいとればどう。そしたら浮気してあげてもいいわ」

「あんなやつに直廾賞がとれるもんか」吐き捨てるように言うと大垣は椅子のひとつに

腰を据え、時おり食卓を叩きながら市谷の小説がいかに駄目であるかを力説しはじめた。やがて玉枝が食器をとうに洗い終り手を拱《こまぬ》いているのに気づき、あわてて立ちあがった。「こんなことを喋りに来たんじゃない」近寄ってきた。「どうだいここで。その家の主婦と台所で立ったままというのもいいもんだぜ」

「勝手な人ね。あなたがいいだけじゃないの」玉枝は大垣を避け、廊下に逃れた。応接室には押し倒されそうなソファがあって危険なので夫の書斎に入った。

「すごいな」数万冊の蔵書にさすが圧倒され、大垣はしばらく広い書斎を眺めまわしていた。だが大垣がこういったものに対してたちまち反逆心を起す癖を忘れていたのは玉枝の誤算だった。「どうだいここで。大学者の書斎でそいつの奥さんを犯すというのは、そいつの教養の裏づけになっているこのすごい量の本の価値をがた落ちさせることになるからなかなかいいもんだ」

「あなたがいいだけじゃないの。わたしはいやよ」しかたなく玉枝は応接室に逃れた。窓の外をちらりと見て日の暮れ具合を確かめてから、玉枝は追いかけてくる大垣に言った。「主人が帰ってくる時間よ」

「いつ亭主が戻ってくるかわからないという時間の情事もスリルがあっていいもんだぜ」

「あなたがいいだけだったら」にやにや笑いながら応接室の中をゆっくりと追いかけて

くる大垣に玉枝は言った。「もういい加減にわかってよ。わたしにその気はないんだから」

「ほう。そうかな」自信たっぷりの大垣が、冗談めかして言った。「じゃ、強姦というか」

「あなた、小説を書いてる癖にそんなことも知らないの。強姦なんて力業、並みの男には無理なのよ。少くとも男がひとりじゃね」追いつめられた部屋の片隅で玉枝は大垣を振り返り、立ったまま両足を強くからみあわせて見せた。「女がいったんこういう具合にしてしまえば、絶対に犯せないのよ。ひとりの男の力じゃ、これをほどくのは無理なの。女を気絶でもさせない限りね」

　大垣は真顔に返り、しばらく豊満で大柄な玉枝のからだを恨めしげに眺めまわしていた。やがて、ふたたび顔を歪めて笑いらしきものを作り、ソファに腰をおろして意味ありげに言った。「では、ご亭主のお帰りをお待ち申しあげるかな」

「どうぞ」と、玉枝は言った。「わたしはそろそろ夕ご飯の仕度をしなきゃ。といっても、あとはオーブンに入れるだけなんだけど」

　玉枝がさほど驚かないので大垣は少しあわてて、台所へ去ろうとする彼女にうわずった声で叫んだ。「浮気をご亭主に教えるって言ってるんだぜ。いいのか」

「どうぞ」

応接室でひとり、大垣はしばらく考えこんだ。おれはなめられているのか。うん。どうもそうらしいぞ。おれにそんなことはできまいとたかをくくっているんだ。女ってやつは鈍感で、危機に直面していてもなんとかなると思って落ちついているもんだ。しかしおれはやるつもりだからな。離婚沙汰にしてやる。それをわからせてやらなきゃ。

大垣は立ちあがり、台所へ行こうとして廊下に出た。

背後で声がした。「玉枝」

大垣は振り返った。玄関のドアが開いたままだったのでドア・チャイムも鳴らさず入ってきたらしく、そこにはまさしく玉枝の夫、県立大学文学部教授の時岡博士と思える、まるで牛乳瓶の底のような度の強い眼鏡をかけた大男が立っていた。あわてて名乗ろうとする大垣をどうやら妻と間違えたらしく、時岡教授は抛り出すように廊下へ鞄を置くと両腕をのばし、すごい力で抱きすくめた。

「わ」顔をそむけ、教授の唇をのがれようとしてもがきながら大垣は悲鳴まじりに叫んだ。「奥さんと違います」

「おう」教授はすぐ大垣をつきはなし、まるで腑抜《ふぬ》けのような表情と歩きかたで恋しい妻を求め、ふらふらとさまよう如く台所へ入りこんだ。「玉枝」

「あなた」

オーブンの火加減をダイヤルで調節していた玉枝がとびつくように夫に抱きつき、二人はながい長いキスを始めた。仰天したあまり虚脱状態で台所へ入りこんできた大垣がなかば腰を抜かすように椅子のひとつにすわりこんでしまった後も夫婦による第三者の眼前での接吻はながながと続いた。結婚後夫婦で海外へ留学した時期があったというからその時以来の習慣であろう、と、大垣は夫婦の日本人ばなれした行為から受けるとまどいを押し殺そうとしてそう考え、納得しようとした。それにしても夫婦の抱擁はあまりに激しかった。キスと共に上半身はもちろんのこと下半身までをくねらせ、からませあい、時おり両者鼻を鳴らし呻き声を発してのロング・プレイであって、これではオーガズムを目的としたペッティングではないかと大垣が感じたほどである。

接吻が終り教授が大垣と向かいあってテーブルにつくと、食卓の上にあるものさえよく識別できないらしい近眼の教授に大垣はいつもの人を小馬鹿にした軽蔑のうす笑いを向け、今の長い接吻について厭味な批評を下そうとした。だがあいにくいい科白《せりふ》が思いつかないのでとりあえず自己紹介をした。「初めまして。奥さんと一緒に小説を書いている大垣です」

教授は大垣の存在にはじめて気づいた様子でゆっくりと背をのけぞらせ、妻の同人誌仲間を一瞥《いちべつ》してからかぶりを振った。「いやはやそれではあんたも今時分まだ小説などを書いとる限りなく唖《おし》に近いめくらのひとりか。小説などというもののすべては内容の一字一句に到るまで五世紀も前に出尽しておるし、物語に到っては十世紀も前に、ソーマデーバのカタ―・サリット・サーガラ十八巻二万一千五百頌《しよう》によって極められている。いかに突拍子もない物語や形式を生み出そうとベータ―ラ・バンチャビンフンダラマハンダだの、シュカ・サプタティ・サンシタジャータカだの、シンハーサナ・ドバートリンシカー・ヤタケタコララだのに必ず原型がある。たとえ今どのような大傑作を書いてもサハラ沙漠へ砂をひと粒持ちこむみたいなものだし、太平洋へ涙を一滴こぼすようなものだし、大学教授の中へ馬鹿をもうひとり加えるようなもので、人類にはなんの益もない。現代において小説を読めば必ず馬鹿になる。書けば尚さらだ」教授は食卓に皿を並べはじめた妻に向きなおった。「お前にはどうしてそれがわからんのか」

「言い返しちゃ駄目よ」と、玉枝は大垣に言った。「演説が十時間続いてる間、帰らせて貰えないわ。トイレにまでついてきて講義するんだから」

この為体《えたい》の知れぬ文学博士に文学論を吹きかけるほど大垣も馬鹿ではない。適当に胡麻を揺《す》っておこう、と彼は考えた。「今のはインド語ですね」

「左様」

「インド文学をご専攻ですか」

「インド文学はわたしの五十二番目の専攻で」教授は喋りはじめた。「これはそもそもビュトールやイヨネスコ等フランスの現代作家の作品と古代インド文学との物語展開上の類似及び色彩感覚の相似に気がついたからだ。最初のうちはラテン・アメリカ古代文学を研究していたがマヤ文明創世記のポポル・ブフとギリシャ神話に同じエピソードが登場することに気づいて以後三カ月はギリシャ文学、特にイアムボス、エレゲイア等の叙情詩を専攻した。そのうち大学で学生のハワイアン・バンドがアロハ・オエを日本語で歌っているのを聞き、わたしは仰天してぎゃっと叫んだ。なんとアルキコロスの詩と同じではないか。わたしはさっそくハワイ大学に留学してポリネシア語を学び、ハワイの文学及び歴史を約百日間研究した。その結果タンガロアやマウイがギリシャの神を原型としていることに気づいて不時着民族先住説を唱えた。しかるに今度はフラ・ダンスに象徴されるあの手の動きによる言語内容と、アフリカの太鼓を伝達手段とするドラム文学の内容との類似もしくは親近性に気づいた。この関連に気づいたのはハワイからの帰途ニュー・オーリンズでディキシーランド・ジャズを聞いていた時で、わたしは思いつくなりぎゃっと叫んだ。さっそくタンザニアの東アフリカ大学へ四カ月留学し、ドラム文学を研究した。帰途、船上でロシア民族舞踏団と一緒になって、なんとアフリカの弓形リュートやリラなどの撥弦楽器とバラライカの調弦法が同じであることを知ってわたしは」

「ぎゃっと叫びましたか」

「いや。今度はさほど驚かなかった。というのはドラム文学にあらわれる英雄譚とロシアの伝説的英雄イリヤ・ムウロメッツの類似に気がついていたからだ。そこでモスクワ大学に一カ月留学し」

　圧倒されっぱなしではつまらないので、大垣は例の笑みを浮かべて皮肉を言った。

「つまり多くの外国語の素養があるということをおっしゃりたいわけですか」

「多くの外国語だと。現在地球上で使用されている言葉ぐらいすべて心得ずして何が文学者か。わたしは君の身を案じて最も気楽な話題を選んだつもりじゃが、それさえわからんらしいな」

　こうなればこちらは逆に無教養と厚かましさを武器にする他ないと判断し、ちょうど玉枝が教授の前に並べはじめた料理へ大垣は顎の先を向けた。「旨そうですな。ぼくにもご馳走して貰えませんか」

「よろしい。ご馳走してさしあげる」教授は大きくうなずいた。「客に馳走するのは学者としての性行為だ。本当はわたしのお喋りこそ一番のご馳走なんだがね」

　だが、仔牛のクリーム煮と思える料理を教授が旺盛な食欲でひと皿食べ終り、おかわりをしても、大垣の前へはまだ何も出てこなかった。大垣は玉枝に催促した。「ぼくの料理はどうなりました」

　教授が顔をあげ、首を傾《かし》げた。「なぜかね。君の食べるものは今わたしの前にあるじゃないか。君は残飯を食べるのだ」

　聞き違いかと思って大垣は、え、と訊ね返した。

「心配はいらん。わたしは必ず食べ残すからね。君はそれを食べるのだよ」

至極当然といった口調で言われたため、大垣はしばらく唖然としていた。

二分後、やっとかすれた声が出た。「し、失敬な」

食べ続けていた教授がその声で顔をあげた。「あ。これは失敬した。食べるのに夢中でお話しするのを忘れていた。わたしは自分の家の中にいる他人を、ともすれば自己の心象風景とか妄想とか思い込む癖があり、これはわたしの近眼による陰徳だ」

言うことだけ言って早く引きあげなくては気が狂う、と大垣は思い、身をのり出した。

「重大なお話があるのですが」

玉枝は平然として自分の料理を食卓に並べはじめていた。

「承ろう。重大な話は青天の霹靂《へきれき》であることが多いから好きだ」

「奥さんが浮気をなさっています。ご存知ですか」

「君とかね」

大垣はあわてた。「い、いえ。あのぼくではなくて」

「誰でもよろしい。なぜかというと人間は誰とでも交接できるようになっているからだ。多くの異性と交ることによって人間は種として頑健になる。願わくば他の種の哺乳類と交ってくれればますます頑健になるのだがね。わたしなどは君、出産時に裸で膣を通過することによって母親と交った」自分の冗談でぎゃはははははと笑いながら教授は手にしたナイフで力まかせに皿を連打した。

　皿が割れた。

「興奮するといつもこうなの」玉枝が溜息をついた。「いつもあと片附けが大変なのよ」

「人間はものを片附ける為に存在する」と、教授は言った。「わたしは料理を片附け、お前は皿を片附け、この客は残飯を片附ける。ほとんどの人間は他人によって片附けられることになる品物を生産することによって仕事を片附け、最後には自分を片附ける」

ぎゃはははははと笑い、またしても皿を連打して割った。

「これ以上興奮させないでね」玉枝は食事をしながら懇願の眼を大垣に向けた。「あまり興奮するとこの人、ひと晩中わたしに苛められたがるのよ」

「思い出したぞ」教授は突然その場で床へ四つん這いとなり、そのまま廊下へ出て行くと、這いつくばったままさっき置いた鞄を捜しまわり、黒革の大きな鞄を抱きしめて戻ってきた。「いいものを見つけてきた。昼間女子大生に試させたばかりだ」

　鞄の中からは鞭と、拍車のついた婦人用長靴が出てきた。

　気ちがい博士だ、と大垣は思った。玉枝が小説の中で女主人公の夫としていつも登場させているあの大俗物はまったくの虚構の人物だったのだと気づき、大垣は腰を浮かせた。

　このままここにいては我が身が危険と悟って挨拶もそこそこに帰ろうとする大垣の背

へ、教授は声をかけた。「あれえ。君。何か重大な話があったのではないのか」

ACT 3/SCENE 9

「文学海」の「大企業の群狼」掲載号が発売されて以来十日経ち、市谷が会社からあたえられる仕事はだんだん減ってきた。重要な仕事からはすべてはずされ、あとは成績として残らぬような雑用がほとんどでそれさえ電話で事足りる種類のものばかり。市谷は次第に手持ち無沙汰になりつつあった。大っぴらに呼びつけて叱責したり、馘首を宣言したりしてまた騒がれたり書かれたりしては困るものだから、居心地を悪くして自分から会社を出て行かせる気だなと思い、市谷はその陰険なやり方に腹を立てた。いそがしげに立ち働く連中の中でひとりぽつねんとしているぐらい疎外感に満ちた状態はないということを思い知らされ、時間の無駄だから、いっそのこと退職届を出そうかとも思ったが、いやいやこの状態とて文学的には貴重な体験、なかなか望んで得られるものではない、どうせやめるのならばと考えなおし、さらに周囲を挑発しそれを小説にしてやろうと思いついた。

反逆者として周囲から注意《マーク》されはじめて以後の会社での体験をすでに市谷は書き出していた。題こそ決めていないがそれはすでに原稿用紙二十枚の分量になっていた。これを市谷は会社に持ちこみ、机の上へ大っぴらにひろげ、仕事がないのをいいことに続きを書きはじめた。むろんそんなところで書いても小説世界へのめりこむほど熱中できるわけがなく、市谷にも周囲の目がまったく気にならぬほどの図太さはない。単なるデモンストレーションに過ぎず、どうせアパートに戻ってから全面的に書きなおさなければならない。しかしうまい具合にこの作品の場合は小説世界と現実が時間空間をほとんど同じゅうしていて、いざ書きはじめてみると同僚たちの反応がなかなか面白いので書くことはふえ、席を立った隙に盗み読まれるであろうことまで見越して書いているものだから内容はますます過激になって行く。

案の定市谷が席を立つごとにとびつくようにして原稿を読んでいる様子の奈村が、次第にいても立ってもいられぬ素振りを示しはじめた。あれ以後奈村は市谷と話す機会を避けていて、顔さえあわさぬように努めているようだったが、それは上層部における市谷の処分問題の討議に、直接小説の中へ悪役として登場させられた被害者として課長ともに加えられ、あれやこれやと悪だくみを進言したり市谷の動静を報告したりしているからに違いなかった。奈村の性格では通常いかに蔭で悪口を言っていてもこういう場合は平然とやってきて厭味のひとつも吐くべきところである。たとえば次のように。

「よう。何やってるんだい。おや小説書いてるのか」

「ああそうだよ。仕事を貰えなくて退屈なものでね」

「へえ。そりゃあいいご身分だな。まあ頑張ってくれ」

ところがそういうことをやると、それをまた書かれてしまうおそれがある。だいいち最近の市谷が神経質になっていることも身近にいてよく知っているし、もともと怒りっぽい男であることも心得ているから、激怒され殴られてもつまらない。なにしろどうやら馘首覚悟でやっているらしいのでそんな男から殴られたりしては殴られ損である。この上は一刻も早く会社と大っぴらに喧嘩させ追い出してしまわない限り、自らの一挙一動が思うにまかせぬ。なんとかいい方法はないものかと悩むそんな奈村の心理は彼の表情や動作によってひしひしと市谷に伝わってくるのだ。時おり遠く離れた課長のデスクまで行き何やらこそこそと喋っているのは市谷の原稿の進行状況及びストーリイ展開の経過報告に違いなかった。

終業時刻ギリギリになってから、ついに課長がやってきた。「また書いとるそうだな市谷君。困るんだがねえ」いかにも人の良さそうな丸顔に、心から困り切ったという表情を浮かべて課長はいった。むろんそんなものにだまされる市谷ではなく、彼の腹黒さはいやというほど思い知らされている。「部長が呼んどるよ」

そうですか、と市谷が立ちあがった時、すぐ近くにいた奈村が課長にすり寄って何やらこそこそと囁いた。

「あ。そうか」課長が市谷の机の上の原稿用紙を指さした。「それを持ってきて貰おうか」

　市谷は奈村を睨みつけた。「決定稿ではありませんから誰にも見せられません」抽出《ひきだ》しに入れ、鍵をかけた。

　市谷の強いことばにも課長は平気でとぼけて見せ、眼を丸くし、間の抜けた声を出した。「しかし、この会社のことを書いとるんだろ」

「ほう。誰かが盗み読みしたのかな」ふたたび奈村を睨みつけたが、彼はさっきからそっぽを向いたままである。

「ま、ま、いいだろう。個人の私的な文書だからね。今のところは」苦笑して見せ、課長は先に立って歩き出した。

　奈村もついてきた。

　市谷は訊ねた。「あんたも呼ばれてるのかい」

　奈村は無言だった。

　部長は会社でも一、二を争う実力者だという評判の男で、にこりともしないそのきびしい風貌によって若い社員たちから恐れられていた。その上会議などでは、よく練られた理論によって議題をリードし、論争相手を言い負かしたりすることによって会社一の理論派とも言われていた。いよいよ対決か、と市谷は思った。会社との対決を考える時市谷の頭へいちばんに浮かぶのがこの部長の顔だった。何も悪いことはしていないのだから恐れることはない、と、いくら自分に言い聞かせても、たとえば自分が同人誌仲間のあの大垣義朗の如く無頼漢すれすれの線まで開きなおることができるとはとても思えなかったし、中途半端な文学論など理論家の部長にかかっては簡単に論破されてしまいそうな気がした。かといって気ちがいじみているほど屈折し錯綜《さくそう》した文学青年的な詩的言辞を弄《ろう》して相手を煙に巻くことなど、とても市谷には演じられそうになかった。

　市谷、課長、奈村の三人が部長室に入ると、部長は電話の最中だった。「そちらのプライス・リストを送ってください。あの件はキャンセルです。でもそれではディスクリミネートできないでしょう。わかりました。リダクションしましょう。五億円ぐらいでいいのですね。では今夜また。ああ。あのクラブですか。わたしはアソシエート・メンバーです。あそこならエクセレントです。失礼」顔をあげ、無表情のまま三人にソファへ腰かけるよう促した。「ちょっと待ってくれ。もう一本電話する」英語混りの猛烈な早口で電話をもうひとつかけ終り、部長は市谷を見据えた。「早く片づけよう。いそがしいからな」

　早く片づけられてたまるものか、と市谷は思った。この部長にとっては早く片づけたいような事柄であっても、おれには一生の大問題なのだぞ。自分の小説が「文学海」に載ったという大事件もこの部長には瑣細なことらしいと知り、市谷は反撥した。「しかしこっちはひまなんですよ。仕事があたえられなくてね」

部長は眼鏡を光らせ、課長を睨んだ。「どういうことかね」市谷を手持無沙汰にし居心地悪くさせようという作戦はどうやら課長の一存で行われたらしい。「市谷君。ひまだなんてことを言ってはいかんよ」ちょっとおろおろして課長が喋り出した。「君は販売課員だろうが。ちょっと仕事がとぎれたぐらいでひまだなんて言わないでくれ。そういう時こそ新規の得意先の獲得に努力すべきじゃないか」

思いがけぬところを衝かれ、市谷はびっくりした。「注文をとりにまわれと言うんですか」

部長の前を意識した卑劣なたてまえ論だ。市谷はそう思い、怒りがこみあげた。エリート企業に属している市谷が今さらセールスマンの真似などできるものではなかったし、もしこの県内で新規の得意先を得られたとしてもそれは今会社が切り捨てたがっている小口の取引先でしかない。今でさえ小さな注文には応じ切れないでいるのだから、そんな仕事をとってきたりすれば迷惑がられるだけなのだ。

市谷は部長に向きなおった。「もちろん、そんなことができないぐらい、おわかりでしょう」

部長は無言だが、つまらない言い争いでいらいらしはじめていることはあきらかだった。

「もちろんそんなことができるもんですか。できてたまるもんですか。この男に」突然奈村が激して立ちあがり、大声でわめきはじめた。眼球が充血していた。「愛社精神なんてこれっぽっちもないんだから。会社が潰れたらいいと思ってやがるんだ。会社のことやおれのことをあんなにひどく書いておきながら、こっちがおとなしくしていればいい気になって、今度は会社にまで原稿用紙持ちこんでこれ見よがしに。まだ書く気か。あの小説のお蔭でお、おお、おれがどんな目にあったと思うんだ。皆からどう言われたか。これでまた今夜おれは一睡も。く。く。く」絶叫した。「あやまれえっ。そこへ土下座してあやまれえっ。這いつくばってあやまれえっ」泣いていた。

「やめなさい奈村君」課長がおろおろして見せ、立ちあがった。「興奮しちゃいかん」

「ぶ、部長の前で少しは恐縮するかと思ったら、平気で、しゃあしゃあとして、部長にまであんなことを」

「やめろ」部長が奈村を汚らわしげに見た。「君は出て行きなさい」

「あっ」奈村は感電したようにしゃちょこばった。「申しわけありません。わたしはただこの男が、まるでやくざみたいな」

「いいから出て行きなさい。そんなこと言っていても問題の解決にはならん」部長が少し高い声を出した。

「さ。早く」部長の機嫌を気にして横から課長が促した。

「は、はい。はい」涙を拭きながら奈村は部長室を出ていった。「くそおっ。よくもよくも。くそおっ」

　自分の小説が予想外の大きなショックを奈村にあたえていたらしいことを知り、さすがにいささか気が咎め、市谷はしばらくぼんやりしていた。

「君はこの会社にもっといたいのか。それとも、あまりいたくないのか」と、部長が訊ねた。

　市谷自身にもよくわからなかった。「今会社をやめると生活に困ることは確かです」

「勘当されたそうですよ」笑いながら、課長が横から言い添えた。「立派な方ですな市谷氏は。息子さんの不始末で責任を感じられて相談役も辞任されたとか」

　不始末とはなんだ、と思い、市谷はむかむかした。

「その必要はなかったな」部長は言った。「親子といったって社会人同士だ。わたしが父親なら無関係だと主張する」

　この部長の家庭の冷たさを、市谷は思った。

「そうは言いましても立場上、それぐらいの恭順の意を表しておかない限り、他の会社の相談役だってやめさせられてしまうかもしれませんからね」課長はにやにや笑って市谷を見た。「少くともこの県内の会社では」

搦《から》め手からの圧力だ、と市谷は思った。書くのをやめないと家族に迷惑が及ぶぞと大っぴらに脅迫しているのだ。そして事実、大徳産業にはそういう力もあり、そういうことをやりかねない会社でもあった。

「何を言ってるんだ。そんなことをして何になる」部長は市谷を見つめた。「今後もずっと会社の仕事をしながら会社での出来事をテーマとかヒントとかにして小説を書いて行きたいと、そう思っているわけか君は」

部長の質問に、わが意を得たりとばかり市谷は大きくうなずき、ちょっとおどけて見せた。「まあ、左様思っておるわけであります」

「そんな虫のいい」ふたたび、善良な男が困惑しきっているといったお得意の表情と喋りかたに戻り、課長が言った。「現在君が金を貰っとる会社のだよ、自分の勤めとるその会社の悪口を書いてだな、それで原稿料貰って、それで君は道義的にだねえ、作家としてもだけど、いさぎよしとするのかね」

作家の道義に関してこの課長に説明し尽せる自信も時間も市谷にはなかった。

「そういうものをこの男に要求したって無理だってことぐらい、まだわからんのかね」部長が、ともすれば横から口をはさむ課長に冷たい眼を向けた。「君にも部屋を出て行って貰おうかな」

課長はびくく、として首をすくめた。「黙りますので。はい」

「わたしは作家になるつもりだった」

突然、部長がそう言いはじめたので市谷はあっけにとられた。

「芥川賞候補になったこともある。自分の家庭がいやでしかたがなかったのでそのことを書いたのだ。三十年以上昔の話だ」窓外を眺めながらこの上なく湿っぽい感傷的な口調で歌うように部長は喋り続けた。「家族の悪口を書いたというので一時勘当されたが、小説とは何をどう書いてもいいのだというわたしの信念に揺るぎはなかった。小説を書いている人間に対して世間的な義理道義道徳、情誼《じょうぎ》人情を持ち出し説得しようとするのは文学に対する冒瀆《ぼうとく》であるというわたしの考えかたは今でも変っていない」部長は市谷に向きなおった。「ただし作家は自分の書いたことで世間から憎まれる。そして報復を受ける。これを覚悟していない作家は作家ではない。わたしの場合で言えば勘当されたことが即ちそれだ。君のあの小説は家庭のことを何も書いていないにかかわらず君は勘当された。これは不当だ」

筋道立った話を聞かされると感動してしまうのが学生時代からの市谷の癖だった。市谷は感動した。「非常によくわかります」

「なんだね。何か言いたいことがあるのかね」もじもじと身を揺すりはじめた課長に、部長は訊ねた。

「ございますので」課長が言った。「部長は市谷君に、むしろこの会社を馘首《くび》になるべきだとおっしゃりたいのでしょうが、そうなるとこの市谷君は当然馘首にされたといって書き立て、騒ぎ立てるわけでありまして」

「小説とは、書き立てるものではありません」部長はおごそかに言った。

「これは失礼を」課長はかつての文学青年に一礼した。「ところが先ほども奈村君が申しました通り市谷君は、今朝方より社内に原稿を持ちこみ、あの小説が発表されて以来彼が会社から受けた仕打ちを誇張してこれでもかこれでもかと。つまり市谷君はあの小説でわが社のことをあれだけ悪く書いておきながら、それでも満足せずに続篇つまり第二弾をですな」

「待ちたまえ。あの小説にははっきりと大徳産業なる会社名が出てきたかね」

「え」課長は一瞬痴呆の表情で部長を見つめ、あわててまた立ちあがった。「それは出てきません。出てきませんがしかし、読む人が読めばこれは大徳産業のことであるとたちどころに。あっ。部長」課長は部長のデスクに二、三歩近づいた。「部長。失礼ながらお考えが甘いのでは。部長のお考えでは、文学の雑誌などを買う人間はごく限られている。その限られた人間の中であの小説の舞台がわが社をモデルにしたものであることを悟る人間などさらに僅かである。したがって恐れるに足らん。違います。こういう噂は拡がるのがまことに早いものでありまして、たとえばすでにわが社の人間の大半があの雑誌を買って読んでおりますし、得意先や下請の連中も話を伝え聞き、面白がって読んでいると申します。事実この市内及び近郊の書店にはもうあの雑誌はありません。売り切れとるのです。でありますから部長のお考えは」

「あきれたな。君はどこまで早合点して先走るんだ。わしの考えなど、まだ何も言っとらんじゃないか」

課長はまた悄気《しょげ》返り、ソファに腰をおろした。

「あの小説のいいところは大徳産業内部で起ったことをモデルにしながら単に暴露小説にとどまってはいないことで」部長が褒めはじめた。「いろいろな不合理を日本の大企業全体の必要悪としてとらえ、社会問題にまで高めている点だ。ま、わたしの文学観からは受け入れられないところもたくさんあるが、そんなことは瑣細なことだし別の問題だ。したがってあの小説、小説だけに限っていえばわたしは大徳産業だけを告発したものとは思えないのだが、その点どうなのかね」

「その通りです」市谷は大きくうなずいた。「小説だけに限っていえば」という部長の言いかたがいささか気になったが、話は筋道立っているのでやはり感動した。「ご理解いただけて幸いです」

「そう思ったのでわたしは重役会であの小説が問題になった時、極力君の弁護をした。こういうものの見かたをし、こういう小説が書ける者は社員として飼っておいてもよい。とどめておくべきだ。もしかすると社の財産にもなり得る。わたしはそう言った。これはあくまで小説だ。事実かどうか、またはどの程度までが事実か、そんなことは問題ではなく、小説の値打ちをあげるものでも下げるものでもない。小説は小説として評価すべきだ。そう言った。わたしのこの考えは今でも変らんよ。小説に限っての話だがね」

それでは今まで、会社上層部からの圧力はまったくなかったのだ、そう知って市谷はややほっとしながら訊ねた。「先ほどから二度ばかり、小説に限っての話だとおっしゃいましたが」

部長が頰の筋肉をひくひくさせたかと思うと、吠えた。「お前は自分の言動によってその小説の値打ちを落した」

「わ」突然のかみなりだった。市谷はもう少しで失禁するところだった。

「朝目新聞の島津という若い記者を知っているだろう。お前はあの記者にあの小説が大徳産業という特定の会社の内部を描いたものだと暗示することによってあの小説を単なる三文モデル小説級にひきずりおろし、あんな小説を書いた以上馘首《くび》になるかもしれないなどと勝手に心配し、それをあの記者に喋ったことによって、わたしをはじめわが社の重役たちの精神及び知能の程度をいかに低劣に考えているかをわれわれに教えてくれた。よくもお前を弁護してやったわたしの顔に泥を塗ってくれたな。罰をあたえてやる」怒鳴った。「告訴する。受けて立つか。どうだ」

顫えながら市谷は言った。「なぜ島津のことを知っているんです。あの男がここへ取材に来た筈はありませんが」

「来るなとでも言ったのかい」新聞記者の話を聞くのは初めてらしく、課長が眼を丸くして市谷に訊ねた。

「そんなことはどうでもいい」と、部長が言った。「情報など、どこからでも入ってくる」

島津の書いた原稿を、大徳産業の息のかかった他の記者だかデスクだかが読み、重役の誰かへご注進に及んだのだろう、と市谷は想像した。それによってその原稿には圧力がかかり、没にされたのだ。しかし市谷には、自分が本当にあの時島津にそんなことを喋ったかどうかの記憶がなかった。そんな馬鹿なことは口にしていない筈だと思ったが、つい浮かれて口走ったかもしれず、自信がなかった。

「島津記者が勝手に想像して原稿を書くなりひとに喋るなりしたものではないと、どうして言えるんです。島津記者に直接聞いたのですか」

部長はまた窓外を見てひややかに言った。「いいや。あの記者は他の地方へとばされた。取材費を使いこんだそうだ」

陰謀だ、と市谷は思った。取材費の使いこみぐらい、新聞記者なら誰だってやっている筈だからである。

「お前の喋ったことはすべて録音されていた」部長は市谷を睨みつけた。「諏訪という記者がテープを提供してくれたよ」

あっ、あいつ録音していたのか。畜生。ではあいつも圧力に屈したんだな。市谷はたちまち怒りに燃えた。「ぼくには告訴を受けて立つ金も時間の余裕もない。あなたはそれを知っていてそんなことを言うんですね」

「お前に金や時間の余裕があれば告訴したって罰をあたえたことにはなるまいが」何をわかりきったことを、という口調で部長は言った。

「もう少し穏便な方法があるのでは」課長が今度は少し控えめな低声で進言した。「訴訟沙汰になりますと、また評判になって、新聞が」

「こんなつまらぬ裁判を新聞は記事にしないよ」部長は冷笑した。「この男の小説の内容だって、記事にならなかったじゃないか」

「圧力で没になったからでしょう」憤然として市谷は立ちあがった。「しかしぼくは戦いますよ。ぼくにだってペンがある」胸を張った。残る武器はそれしかなかった。

哀れみの眼を部長は市谷に向けた。「小説に書くというのかね。すると今度はそもそもの動機にしてからまったくの私怨小説だ。そんなものに文学的価値はない。だから評判にはならない」

「さあ。どうですかね」落ちつきはらった部長を憎にくしげに睨みつけ、市谷は言った。

「あの『大企業の群狼』だけに話を限っても、十中八九直廾賞候補になります。ぼくがあらゆるマスコミのインタヴューに応じて会社から告訴されていることを喋ればどうでしょう。評判にならない筈はありませんよ。たとえ県下の新聞すべてに圧力をかけたって、中央で評判になる」

「たかが直廾賞候補になったばかりの新人のことを中央のマスコミはとりあげたりしない。どうもお前は自分の値打ちを誇大に考えているようだな。甘すぎる」溜息とともに部長は立ちあがり、窓ぎわに歩み寄って空を見た。「ぼくが小説を書くことをやめたのは、小説によって世論を動かしたり社会環境を変えたりすることなどこれっぽっちも出来ないことを思い知らされたからだ。小説で人間の意識に革命的変化を起すことができるなどというのは小説家の幻想で、その証拠に過去一度もそんなことは起っていない。典型として引用されるそれらしい二、三の例はいずれもたまたま社会が革命的変化の段階へさしかかっていたに過ぎない。ましてお前などまだ作家として認められてもいない人間だ」

「直廾賞を受賞すればどうなります」むきになって市谷は怒鳴った。追いつめられた怒りで頭が熱くなり、他人には馬鹿げて聞こえるようなことを口走っているのにも気がつかなかった。「ぼくは必ずとるつもりですよ。そうなればあらゆるマスコミにぼくのことを書き立てられ、ぼくだってあらゆるメディアを利用してこの会社のことを」

「お前は直卄賞など、とれない」部長は断言した。

市谷は唖然とし、ソファに腰をおろした。「なぜそんなことが言えるんです。直卄賞の選考委員に圧力をかけるとでもいうんですか」

「小説のことも文壇のことも、お前よりはよく知っている」部長は時計を見て眉をしかめ、早口に戻った。「さあ時間がない。告訴を受けて立つのか。どうなんだ」

「告訴は可哀想ですよ」市谷の敗北を見て喜色満面の課長が、とりなすように言った。

「もう少し罰を軽くしてやってもいいでしょう」

「そうだな」いそがしげに机の上の書類を片づけながら気軽な口調で部長は言った。

「辞表を出すなら告訴はやめておくよ」

ACT 3／SCENE 10

なんのことはない。あの部長、はじめっからおれに辞表を出させるつもりだったのだ。市谷がそう気づいたのは辞表を出して一カ月ほど経ってからである。小説を読んだ時からあの日までずっと策を練っていやがったのだ。なんと腹黒い奴だ。最初小説論をぶち、重役会でおれの弁護をしたなどとほざいたのもまったくのはったりと嘘っぱち。途中でわめきはじめて驚かせたのも計算の上のことだったのだ。あの狸のような課長とも演出効果を相談し出番を打ちあわせていたに違いない。実際、市谷が加茂に頼んで調べてもらったところでは、三十年ほど前の芥兀賞候補者の中に部長の名はなかったのである。この分では諏訪からテープの提供を受けたというのも事実かどうかあやしいもんだ、と、市谷は思った。あとで市谷がよく考えなおして見たところでは、市谷自身、部長が言ったような「あの小説は大徳産業のことを書いたものだ」とか「馘首《くび》になる」とか言ったことを自分の方から記者に喋ってはいないことがほとんど確信できた。ＡＣＴ　３／ＳＣＥＮＥ　６を読み返せばわかることだし、市谷とてそれほどの馬鹿ではないので、そんなことを言った筈はないのだ。ただ、そのことに気づくのが遅すぎた。ええい、しまったしまった、あの部長にだまされたといくら悔やんでも追いつかなかった。腹が立ち、こうなればどんなことをしてでも直廾賞をとり、会社の奴ばら見返してやらねばと思いつめていたある日、加茂から電話があった。

「おめでとうございます。『大企業の群狼』が直廾賞候補です」

候補になっただけで「おめでとう」というのは本当はおかしいのだが、その時の市谷がそんなことに気づける筈はない。

「いずれ通知が行く筈ですから、よろしく」

二日ののち、通知が配達されてきた。

拝啓　時下ますます御清栄のことと存じます
さて　このたび貴作「大企業の群狼」が直木賞予選作品に推薦されております　資料作製のため　お手数ながら左記の条項につき御回答いただき　お写真とともに御送付のほど　お願いいたします

一、本名と筆名（両方にふりがなをおつけ下さい）
一、現住所（電話番号、または連絡先もお書き下さい）
一、略　歴（生年月日、出生地、学歴、職業等）
一、作品歴（掲載誌、月号、発行年月、及び発行所等、単行本についてもお書き下さい）
一、写　真（肖像、鮮明なもの、後でお返し致します）

御多忙のところ恐縮ですが　準備の都合上　折返し御返事いただきたくお願い申上げます
敬具

市谷京二殿

財団法人　日本文藝振興会
東京都千代田区紀尾井町三　文藝春愁ビル内

ACT 4

ACT　4／SCENE　1

「初めまして。わたしが直廾賞世話人の多聞です」作家の多聞伝伍は自嘲的にそう言って自己紹介をし、市谷に椅子をすすめた。「さあどうぞ。文壇に顔が売れたわりにはいい小説が書けないので、副業としてこういうことをやっているわけですな。あはははは」

「他には、評論家の菊石正人氏も直廾賞世話人を自称しておられますよ」市谷をこの多聞のマンションへ案内してきた加茂が、横からそう説明した。

「市谷です」市谷は床に土下座した。「是が非でも受賞しなければならないのです。よろしくお願いします」

「いやいや。まだそれをやる必要はありません。首尾よく受賞したのち、ある程度の流行作家になってから土下座してもらった方がわたしは嬉しい」四十歳くらいと思える多聞は顔を皺だらけにして笑い、加茂に向きなおった。「前回も前前回も菊石君の世話した人が受賞している。わたしは今回、面目にかけても負けられないからね」

「ええ。ぼくもそう思って。つまり今回は多聞さん、どうあっても負けてはいられないんじゃないかと」あいかわらず気乗り薄な口調で加茂は言った。「それに市谷氏は、どうしても今回受賞しなければならんと死にものぐるいになってるんです。一回だけの候補で終る可能性が強いし、家は勘当、会社は辞職。つまり追いつめられておられるわけで」

「ふん。ふん。ふん」市谷の顔をじっと観察しながらうなずき続けていた多聞は、やがてゆっくりと身をのり出した。「ところであなた、予算は。いや。予算というべきか全財産というべきか」

「全財産といってください。貯金に退職金、その他かきあつめられるだけかきあつめた金を全部持って上京してきました。三百万円あります」

多聞が大きくうなずいた。「ほうほう。三百万円ですか。それだけ出せる候補者はちょっといないでしょうな。それにあなたはハンサムでもある。どうでもいいことながら候補作もなかなかのものだ。その上わたしが世話人になったのだから、これはもう大舟に乗った気でいていいですよ。もしそれでも駄目というならこの上はもう、フーマンチユウ博士にでも頼まなければしかたがないわけで」

あはははは、と笑いかけた多聞は、ちらと眉をひそめた加茂に気づき、頬をこわばらせて急に黙ってしまった。

市谷は聞きのがさなかった。「な、なんですか何ですかそのフーマンチュウ博士というのは」眼を丸くし、問い詰めた。「そんな大きな権力をもった人が実在しているのですか」

閉口したように多聞が加茂を見た。

「いやまあ、実在の人物かどうか、よくわからないのですが」加茂がしぶしぶ低い声で言った。「文壇でわけのわからぬ事件が起るたびに必ずその名前がささやかれるんです。ま、文壇の、架空の黒幕とでもいいますか」

「架空の黒幕って、どういうことです」

さらに問いただそうとする市谷を、多聞が制した。「まあ、象徴的な存在だとでも思っておけばいいよ。それよりも、まず作戦を練りましょうやあなた」

加茂がそわそわして立ちあがった。蒼ざめていた。「じゃ。ぼくはこれで。社の方へ芥兀賞の方の候補者が世話人に紹介しろと詰めかけているんです」

「誰に聞くんだろうなあ」不思議そうに、多聞は首を傾げた。「世話人がいるなんて」

「では、市谷氏をよろしく」

蹌踉《そうろう》として加茂が帰っていくと多聞はさっそく市谷に喋りはじめた。「金はできるだけ効率よく使わなければなりません。その為にはまず選考委員の中の誰と誰とを集中的に攻めるか決めておいた方がいい。まず鰊口冗太郎。この人はやめた方がよろしい。この人の娘というのがあの鰊口早厭というタレントで、離婚歴があり子供がいておまけにラリパッパ。始終交通事故などを起すものだから鰊口さんも手を焼いています。未婚の男性が直廾賞をとると必ず娘を押しつけようとするので有名ですが、あなたあの鰊口早厭と結婚する気がありますか」

「おことわりします。そんなことしたら一生が滅茶苦茶になる。いくら何でもそれだけは」

「では敬遠しておきましょう。推理小説や風俗小説を書いている膳上線引。この人の家はすぐ近くなので、あとで行きましょう。わたしは比較的親しいので、この人には頼んでおいた方がいい。菊石君はこの人が苦労していた時代のことを知り過ぎていて、だから今でもこの人からは嫌われている筈です。したがってこちらに有利です。いやまあこの人は自分の昔のことを知っている人に会うと実になんともいやな顔をする。さて、その次は時代小説の雑上掛三次。この人は男色家です。うまい具合にあなたのようなタイプが好みです」

「あのう」市谷はもじもじと処女の如くためらった。「やはりその、男性としての誇りまで捨てなければいけませんか」

「人間としての誇りを捨てるのです」多聞は屹《きっ》として市谷を睨んだ。「あなたの美貌を最も有利に用いるべき時ですよ。他の候補者の写真を見ましたが醜男《ぶおとこ》揃いです。この人の票は、あなたさえうんと言えば必ずあなたに入る」

「そうですか」市谷はがっくりと肩を落した。「ま、便秘がなおるかもしれないし」

「明日の晩、出版記念パーティがひとつあって、この人も来る筈ですから一緒に行きましょう。その時引きあわせます。次は風俗小説の坂氏肥労太。この人は女狂いです。いい歳をしていまだに陰唇をきわめている。しかも若いしろうとの女性が好きときているのでわれわれはいつも困る。しかしあなたほどの好男子なら恋人のひとりやふたりはいる筈です。良家の令嬢とか、あなたの会社にいた受付嬢であるとかタイピストとか、そうした恋人がいるでしょう。誰かひとり坂氏さんに提供してやってください」

市谷は頭を掻いた。「そういうのはいないのですがねえ。ただ」頭に時岡玉枝の顔が浮かんだ。「親しくしている人で美貌の人妻がいます。でも、うんと言ってくれるかどうか」

「美貌の人妻」眼を丸くし、多聞は背すじをのばした。「そういう人こそ坂氏さんのお好みなんですよ。彼のいちばん望んでいることが若い人妻との不義密通です。是非その人をなんとか説得してください」

「一応言ってはみますが」

「やって貰わなきゃ困ります。そんな君、自分だけ不義密通しといて他人にやらせないとは強欲な。不義を旦那にばらすぞと脅迫してでもつれて来てください。わかりましたね」

「はあ」そんなおどしのきく相手ではなかったが、もしかすると取材のつもりで協力してくれるかもしれなかった。

「次は歴史小説の海牛綿大艦。この人はいつも文壇長者番付に顔を出していますが高価な古書を買いこみすぎて困っていますから、現金は受け取る筈です。明日滝毒作。この人も政府関係の仕事の方で金が要る筈です。ふたりとも地方に住んでいるからわたしが行きます。ま、この辺のところがわたしの押さえることのできる人たちで、あとの三人は完全に菊石君がつかんでいて努力するだけ金が無駄ですから、まあ、あきらめた方がいいでしょう。さて、そうと決まれば」喋るだけ喋り、勝手に決めてしまうと、多聞はせっかちに立ちあがった、「さっそく出かけましょうか」

ACT 4／SCENE 2

膳上線引の家は和風の豪邸で、車用と思える大きな門の横の小さな戸から植込みの生い繁った前庭に入り玄関に至る。洋風の応接室は玄関のすぐ右にあり、多聞と市谷が入っていくと原稿待ちの編集者が三人いた。たいしたものだ、と、市谷は皮肉でなしにそう思った。たとえ机のすぐ傍にいるのではないにせよ、原稿を待っている人間が同じ邸内に三人もいるというのに、平然として執筆を続け得るような人物は並の神経の持ち主ではない。しかも、待っている編集者が多ければ多いほど仕事がはかどるというではないか。流行作家はそこまで図太くなければいけないのかなどと市谷が感心していると、編集者たちとは顔馴染みらしい多聞が、彼らに市谷を紹介した。

「市谷でございます」有名な出版社の編集者ばかりである。市谷はたちどころに床へ這いつくばった。「よろしくお願い申しあげます」

「そうですか。直廾賞のお世話ですか」

「また、賞の季節なんですなあ」

「雑誌の締切りにはまだ四、五日、間があると思うけど」多聞が言った。「今時分締切りであたふたしているのは二流の雑誌だろ。なぜ君たちが」

「いやあ。今ごろから詰めていないと」編集者のひとりが笑いながら言った。「あとまわしにされて振りまわされますから」

雑談をしていると、また編集者がひとりやってきた。蒼い顔をしていた。もとから蒼い顔なのか今蒼いのか市谷にはわからなかった。案内してきた秘書の女性に、彼は腕時計を見ながら改まった口調で言った。「正午にうかがった時、三時に原稿を取りにこいとおっしゃいましたので」

「あらあ。そうですか。ではちょっとお待ちになって」

どうやら時間に追われているらしく、彼は秘書の女性が応接室の横の階段を二階へあがって行ったあとも立ったままでそわそわし続けていた。

「すまんな。まだ出来とらんのだ」二階の書斎から市谷も新聞広告などでよく顔を知っている膳上線引がおりてきた。「資料が見つからんので今秘書に捜させておるが、その間、他の雑誌のものを書いとる。ま、六時にはできると思うが」

蒼い顔の編集者が絶句し、じっと作家の顔を見つめた。

やがて、弱よわしい声で言った。「では六時に、必ずおうかがいしますので」

「うん。うん」

多聞に気づかぬ様子で膳上線引はまた二階へそそくさとあがって行き、蒼い顔の編集者は泣きそうな顔で帰っていった。

「あいつ、嫌われてるんだよなあ。先生に」

編集者たちが話しはじめた。

「あいつ、苛められたら恨めしそうな顔するだろ。あれがいかんのよな」

「陰気なんだ。それで嫌われる」

「ぐっと怒りを押し殺して、切り口上で喋るだろ。見え見えだ。もっと誇張して、うわあ参ったなあ、とか、ふざけて泣いて見せるとかすればいいのに」

「いや。彼にはそれ、できないよ」

「どうしてここで待たないんだ。君たちみたいに」と、多聞が訊ねた。

「あそこの雑誌は今、出張校正中なんですよ。彼は印刷所からとんで来たんです」

「原稿、実は出来ていたりして、な」声を低くし、ひとりが言った。

くすくす笑いながら、もうひとりが言った。「あいつが印刷所へ戻るなり、先生から、今出来たという電話があったりなんかして、な」

全員がくすくす笑った。

多聞も声をひそめた。「膳上さん、そんな意地悪をするのかい」

「始終ですよ。わしは苦労して原稿を書いとる。君たちも原稿を受けとるのにもっと苦労をせにゃいかんと」

「苦労してるやつがもうひとりいますよ。ほら」ひとりが窓の外を指さした。

庭に向けて開けられた窓の彼方でさっきから右往左往している人影がちらちらと見え隠れし、叫び声などもあがっていて、いったい誰が何をしているのかと市谷もずっと気になっていたのだ。多聞と市谷は立ちあがり、窓ぎわへ寄って庭を見た。

「あぶないあぶない」編集者らしい男がひとり、でかい犬に追われて庭を走りまわっており、彼は手に数枚の原稿用紙を持っていた。「あぶないあぶない」

「あの者は全体、何をしておるのですか」多聞が眼を丸くして訊ねた。「犬に追われているようだが。でかい犬だ」

「セント・バーナードですよ。でかいけれど本当はまだ仔犬なので、じゃれつこうとしているんです」

「あんなのにじゃれつかれては押し倒されるな」

「最近は噛むこともあるらしいよ。たまたま奥さんの手を噛んで、こっぴどくぶん殴られた。それがあの図体のでかい犬にとってはよほど嬉しかったらしい。普段あまり構って貰えなかったからだろうね。それから味を占めて人を噛むようになった」

「もう、噛まれとる」と、多聞は言った。「ズボンの尻のあたりがずたずただ。なぜあの男、あんなところに出ているんだ」

「ちょうど今、先生があいつんところの雑誌の原稿を書いていられて、一枚書くごとに二階の窓からひらひらと落されるので、あいつはそれを拾いに出ているんです。ずっと出ていないと原稿をセント・バーナードに噛み千切られてしまいますからね」

「あぶないあぶない」

原稿用紙が一枚、ひらひらと二階から落ちてきた。男はあぶないあぶないと言いながら風に舞い踊る原稿を追いかけはじめた。

「ご苦労様。いつもすみませんねえ。ながいことお待たせして」膳上夫人と思える年輩の女性が女中らしい若い女に手伝わせ、握り寿司の大皿を運びこんできた。「おなかがお空きでしょう。これでも召しあがってくださいな」

「やあ。これは恐縮」

「すまんですなあ」

寿司を食べはじめるなり編集者のひとりが立ち去ったばかりの夫人のことを話しはじめた。「奥さん、今日はご機嫌がいいね」

「そうだね。二、三日前までは大変だったけどね」

「何かあったの」と、また多聞が訊ねた。

編集者が小指を立てた。「奥さんにばれたんですよ」

「例の女性のことがかい」

「そうなんですよ。先生いつも彼女の家へ行くのにタクシーを何度も乗り換えて行くんです。そこまではいいんです。帰りはなんと、彼女の家までハイヤーを呼び寄せて、それに乗ってまっすぐ家まで帰ってきていたんですな」

「そりゃまあ、ばれるわなあ」全員が寿司を頬張ったままくすくす笑った。「推理小説も書いてるくせに」

「おっ」ひとりが天井を仰いで言った。「そろそろ来る頃だぞ」

「何がくるんだい」多聞が眼を丸くした。

「おしっこですよおしっこ。先生のおしっこ。先生、勢いがついてくると便所へ行かないで、書きながらやっちゃうんです」

「この辺に落ちてくるのか」

「丁度テーブルの上に落ちてくるんです。しかも寿司が出た直後ぐらいにね」

「そらきた」

「皿をどけろ」

間にあわず、最初の二、三滴が寿司皿に入った。

「その、あわびの上に一滴落ちたよ」

「とび散ったかもしれんな」

編集者たちは馴れているのか、天井からのひと雨が降りおさまると被爆した寿司だけ取り除いてまた食べはじめた。あまりのことに度肝を抜かれて市谷が茫然としていると、秘書が部屋に入ってきた。彼女に案内され、多聞と市谷は二階の書斎へ入った。本の山であった。

いざ膳上線引に会ってみるとさほど奇矯な振舞いをするような人物には見えず、多少の横柄さはあるもののまずはまともな常識人に見えた。初めて会う人間にだけこうなのかな、と、市谷は思った。

蝦《えび》のようにぴょんこぴょんこ頭を下げ続ける市谷を眺めて膳上は言った。「まあ、まかせておきなさい。うん。うん」多聞が横から世間話のような口調で百万円くらいならなんとかなりそうですかと打診すると彼は悪びれもせずにうなずいた。「よかろうよかろう。それにしても若い癖にたくさん金を持っているんだねえ。羨ましい。ぼくの若い頃なんてものは」

多聞と市谷が膳上邸を辞し、タクシーをつかまえるため近くの国道へと歩きかけた時、彼方からさっきの蒼い顔をした編集者が息を切らせて走ってきた。

「君。六時に来いって言われたんだろ」多聞が呼びとめ、にやにや笑いながら訊ねた。

「まだ四時過ぎだぜ」

「印刷所へ戻ると、もう原稿ができたという先生からの電話が、すでにぼくの戻るずっと前に」息を弾ませながら彼は言った。「先生、ぼくが帰ってすぐ電話をかけたらしいんです」憤懣やるかたないといった表情で吐き捨てるように言うと、彼はまた膳上邸めざして駈けはじめた。

ACT　4／SCENE　3

待ちあわせ場所に決めてあった、出版記念パーティが行われるホテルのロビーへせかせかと入ってきた多聞が、市谷と向きあって腰をおろすなり顔を曇らせてかぶりを振った。「楽観できない情勢になってきた。菊石君が世話をしている番場という男だが」

「ああ。フールの新人賞をとった人ですね」市谷は入手できる限りの候補作を読んでいた。

「彼が鰊口早厭と婚約した」

勢いよく身をのけぞらせたので市谷の背筋がごき、と鳴った。「すると当然、鰊口冗太郎先生の票は番場君に」

「そうだ」多聞はこまかく七、八度うなずいた。「敵方の推薦者は四人になった。これは打撃だ。しかしまあ、まだまだ悲観するのは早い。あとの五人を確保してしまえばいいのだから。それとも君、今からでも鰊口早厭の婿に立候補するかい。あの番場という青年は熊みたいな顔をした田舎の文学青年なので、鰊口早厭はあまり乗り気ではないらしい。家は旧家らしくて、冗太郎さんは大喜びなんだがね。でも君なら充分彼に対抗できるよ。家は立派だし、君は育ちがよくて」

「番場君はまた、なんだってまた」市谷は溜息をついた。「なんて思い切ったことを。いったいどういう気で」

「それ以外、君に対抗できる方法はないと菊石君が因果を含めたんだろうな」多聞は市谷を責めるような眼をした。

「君はまだまだ安易に考えているよ」

ひどい世界だ、と市谷は思った。身売りしない限りこれっぽっちも世に出られない。

しかも選択の余地なしだ。これではサラリーマン社会より非人間的ではないか。考えてみれば会社員時代は楽なものだった。

「とにかく、中へ入ろうか」立ちあがり、受付の方へ歩き出しながら多聞は市谷にささやいた。「パーティでは、君のよくやる例の土下座は絶対にいかんよ。土下座された側だって、自分が土下座しなくてはならない人がいっぱい来ているんだから立場上困ってしまう。いくらえらい人だって、その人がそれなりに世話になった人はたくさんいるんだしね」

「わかりました」

受付で会費の八千円を、市谷は多聞の分まで払った。

新人時代に披露目の機会を逸した中堅作家のパーティなので、参会者は多かった。クラブ「睫《まつげ》」のトラネ、カチコ、ドドミ、メケハたちも他の文壇バーの女たちに混って接待役をつとめていた。もう来賓の挨拶などは終っていたので、多聞と市谷は主賓に挨拶したのち、目ざす選考委員の姿を求めてごった返すパーティ会場を泳ぎまわった。会社のパーティなどと違い、なんとなく陰気でうす暗く、いかにも陰謀が渦巻いているような雰囲気である。市谷には陰惨ささえ感じられた。

高名な作家の前に進み出た多聞が、市谷を振り返った。「坂氏肥労太さんだ」

市谷は危く土下座しそうになった。

「坂氏さん。これが昨夜電話でお話ししました市谷君です。ほら。美貌の人妻を坂氏さんにご紹介しようという」

「ああ。美貌の人妻ね」坂氏は両手で股間を握りしめ、身をくねらせた。「人妻はいいね。人妻はいいね」

「そのかわり坂氏さん。直廾賞の方はよろしくお願いします」

「人妻はいいね。人妻はいいね」

いよいよどんなことをしてでも時岡玉枝に救いを求めなければならないか、と市谷は思った。まだ電話もしていなかったのだ。

「最近、こっちの方はいかがですか」多聞が小指を立てた。

「え。女かい。女はいいね。女はいいね」

あたり構わぬ気ちがいじみた大声なのでさすがに多聞も辟易《へきえき》し、市谷をうながして坂氏から離れた。

「や。菊石のやつがいた」人垣を縫い、市谷の前を進んでいた多聞がそう言って急に立ちどまり、近くに来たボーイの皿から水割りのグラスをとり、市谷にもひとつ手渡して、立ち話のふりを装いながらささやいた。「ぼくのうしろに鰊口冗太郎がいるだろう」

文壇の大長老の顔は市谷もよく知っている。「はい」

「その右横にいるのが菊石君だ。左隣りにいる若い男がおそらく番場君だろう」

「なるほど」

市谷の観察したところでは、鰊口冗太郎はどうやら会う者すべてに未来の娘婿として番場を紹介しているようだった。四角い顔をした番場はもはや受賞者気どり、水割りで顔をまっ赤にし、口もとをだらしなくゆるめている。ああいう状態ではこれから自分の食いこめる余地などとてもなさそうだと思って市谷はがっかりした。もし時岡玉枝に協力を拒否されて坂氏肥労太の一票が失われそうであれば、多聞に頼み、番場のライバルとして鰊口冗太郎に鰊口冗太郎に売り込んでもらおうかと思案していたのだが、それも今となってはどうやら遅きに失したようである。またもやいても立ってもいられぬ気持になってきて、市谷は、顔見知りの編集者と話している多聞の肩を叩いた。

「なんだね」

「もはやあいつ、娘婿気どりです」

「そうだね」

「よほどの勝算があるのでは」

「ううん」多聞は眉間に縦皺を寄せた「しかしこれ以上は、ぼくの力では」

「多聞さん」市谷は声を低くした「昨日お話に出てきた、あのフーマンチュウ博士のことですが」

「ああ。あれなあ」多聞はさっきまで話していた編集者の方へ首をねじ曲げ、自分の肩越しに声をかけた「なあおい横山君。あれは本当にいるのかね。ほらあのフーマンチュウ博士って人のことだがね」

「いるんじゃないでしょうか。まあ本名ではないにしても、それらしい人は」

「ほらな。誰も知らんのだよ」多聞は市谷にうなずきかけた。「ま、それほどの実力者で、しかも大物の黒幕なら、誰も詳しくは知らないのが当然といえば当然かもしれないね」ふと喋りやんで、多聞はのびあがった。「あ。あそこへ行こう。雑上掛三次がいる」

気が進まなかったが、市谷はしかたなく、ふたたび人混みをかきわけて進みはじめる多聞のあとに従った。心の隅では雑上掛三次が自分を嫌ってくれればいいとけんめいに願っていた。しかしむろん嫌われたのでは受賞はおぼつかないのだ。

数人の編集者にとり囲まれ和服の着流し姿で立っていた時代小説の大御所は、多聞が市谷を紹介するまでにすでに近づいてくる市谷に眼をつけ、ひたと視線を向けたまま眼を見ひらいていた。市谷が挨拶すると彼の眼はさらに丸くなった。

「ほほう。ほほう」首を振りはじめた。「君がそうだったのか。ほほう。ほほう」

市谷はあきらかに視姦されていた。

「ほほほ。ほほほ」服を着ていても市谷の肉体がはっきりと認識できるらしく、眼を丸くしたままの雑上の首の振りかたはますますはげしくなった。「ほほほ。ほほほ」

ついには首をぐるぐるとまわしはじめたので、市谷は腰を抜かさんばかりに驚いた。

「雑上さん。ちょっと」多聞が雑上の腕をとり、他の編集者から引き離して部屋の隅へつれ去った。取引の談合に相違なかった。

他に話す相手もなくグラス片手にぼんやりと立っていた市谷は、うしろから肩を強く叩かれて振り返った。

「群盲」の牛膝《いのこずち》だった。「おめでとう。直廾賞候補だってね」

心細さに痩せる思いでいた折も折、牛膝が自分のことを憶えていてくれたと知って市谷の胸に嬉しさがこみあげた。「牛膝さん」自然、膝が曲がった。市谷は土下座した。「よろしくお願い申しあげます」そもそもが土下座などを教えてくれたのはこの牛膝なのである。

「あっ。ここでそれをやってはいけない」

うろたえきった声で牛膝がそう叫んだ時はすでに遅く、市谷はカーペットの上へ這いつくばっていた。

接待役のホステス達だけを除き、パーティに来ていた全員が一斉に土下座しはじめた。

ACT　4／SCENE　4

ホテルの一室であるその狭い部屋には屍臭があった。老化によって壊死《えし》しはじめている細胞の臭気であった。部屋はうす暗かった。市谷はダブル・ベッドの足もとでただ立ちすくんでいた。なぜ自分がこんな目に会わねばならないのかさっぱりわからなかった。小説などというものを書きはじめたことがそもそも人倫に背《そむ》くことだったので、その罰を受けるのかな、などと思ってみたりもした。たしかに小説を書きはじめて以来自分の心や言動からはいわゆる常識人が欠かさず持っている類いの道徳性がほとんど欠落してしまっている、と、市谷は思わないではいられなかった。もし小説を書きはじめたが為に市谷がそうなったのであれば、もはやこういう世界しか市谷の生きる場所はないのかもしれなかった。したがってこれは罰なのではなく、「なぜこんな目に会うのだ」などと思ってはいけないのかもしれなかった。

「何をしている。早く脱ぎなさい」部屋の隅のソファに掛け、その暗いあたりから市谷をうかがい、眼だけを光らせて老作家が言った。

いやな男にからだをあたえねばならない女の心理だけは、今後どんな作家にも負けぬほどみごとに書いてやるぞ、などと思いながら市谷は上着を脱ぎ捨て、ワイシャツをむしり取った。露出した裸身を老作家がうずくまっていると思える方向に向け、市谷は立ち続けた。

うす闇の中で老作家の立ちあがる気配がした。「ほほう。ほほう」

歓喜に見ひらかれた眼が、揺れながら近づいてきた。

「ほほほ。ほほほ」いったい首の関節がどうなっているのか、うす闇から抜け出て市谷の前にあらわれた老作家はまたしても首をぐるぐると回転させていた。

恐ろしさに、市谷は眼を閉じた。

「ほほほ。ほほほ」老人の笑い声が市谷の鼻さきに近寄ってきた。

ACT　4／SCENE　5

最前列にいる、どことなく保叉一雄に似た新聞記者が喋りはじめた。「それでは代表して最初の質問を。ええと。実はあのう、昔はわたしも文学青年だったわけで、こういうありふれた質問をあなたにするのは非常にこの、なんとなくためらわれるわけなので」

おれたち全員がそうだよ、という共感をこめて記者たちがおだやかに笑った。

「まあマスコミの質問などというものは質問される人にとってたいていありふれているものなのでご勘弁ください。最初はやはり、直廾賞受賞のご感想からうかがいたいのですが」

「そうですね」市谷は俯き加減に首を傾げた。候補になって以来受賞した際のこのての質問に対する気のきいた答弁をいく通りも考えてはいたのだが、あまりたくさん考え過ぎたためかひとつも思い出せなかった。「ありふれた答えですが率直に申しあげてたいへん嬉しいわけであります。しかしその嬉しさというのは」

記者たちがいっせいにメモをとりはじめた。

「天の一角から幸運が舞いおりてきたとか初めてやった競馬で大穴を当てたとかいう場合の天真爛漫な突拍子もない嬉しさではなく、おのずから苦さや辛《から》さが尾を引いてきていてそこから解放されないままの嬉しさであります。必ずしもいやなことがあったということではなく、文壇の暗黒面を誇示するつもりもないので誤解がないようにしてほしいのですが、むろんその苦さや辛さというのは小説を書いている時のそれではなくてそれ以後のことばかりであることもまた確かなことであり、しかしまあ、それはわたしが求めて味わうことになった苦さや辛さでありますから」だんだん何を言っているのか自分でもわからなくなり、市谷はうろたえはじめた。「女を世話させられたことも、おカマを掘られたことも、すべて半ばはこっちからもちかけたことなのです。もっとも、そういうことを全部ここでお話ししてしまっても、むろんいいわけであります。なぜかというとこれは夢でありますから何を言おうが。ええ。そうです。これが夢だということ、わたし、さっきからだんだん、自分でわかりはじめています」市谷は夢の中でうつろに笑った。「夢ででもなきゃ、わたしの喋っているこんな無茶苦茶を、あなたがたがそんな真面目な馬鹿面をしてそうやってメモなどとってやがるわけがない。そうじゃないか。

そうだろ」げらげら笑った。

「ねえ。起きてよ。どうしたのよ気持の悪い」眠ったまま笑い続けている市谷をダブル・ベッドで一緒に寝ていた時岡玉枝が揺すり起した。「変な夢を見たんでしょ」

「今の夢にはフロイト理論とユング理論が共にあてはまる」起きあがってはじめて真顔に戻り、市谷は大きくうなずいた。「直廾賞をとった夢を見た。願望の充足だ。そしてそれが夢であることをおれは夢の中で知っていた。夢の予知だ。直廾賞はとれないのだ。夢に終るのだ」くそ、とわめいて市谷は裸のままの玉枝にまたしても武者振りつき覆い被さっていった。

「いらいらし過ぎてるわ。落ちつきなさいよ。あなたが半狂乱だから可哀想に思って上京してきてあげたのに」玉枝が下から市谷の顔を両手で支え、ゆっくりとそう言った。

「ありがたいと思っている」市谷はいった。「たしかに君に来てもらったのは坂氏肥労太の相手をして貰う為でもあったが、それ以上に、雑上掛三次から女として扱われて崩壊したおれの男としての誇りを、君を抱くことによって取り戻そうとした為でもある。事実君が来てくれなかったらおれの自尊心は滅茶苦茶のままで、男性的機能さえ失われていたかもしれない」

「いいのよ。わたしだって面白がって来たんだから。坂氏肥労太とのことはいずれ何かに書けるし、あなたとのこの情事はそのお浄《きよ》めよ」

「すまないと思っている」

坂氏肥労太のベッド上での乱れ様は昨夜遅く同じホテル内の坂氏の泊っている部屋から戻ってきた玉枝が笑いながら市谷に詳しく話したので、もしそれを玉枝がいつもの調子で小説に仕上げた場合どれほど面白くなりそうかは市谷にもわかっている。「ありがとう。ありがとう」と何が有難いのかのべつ叫びながらの大奮闘や最後に「南無阿弥陀仏」とつぶやいてがっくり成仏したことなど、玉枝の筆にかかればもっと尾鰭《おひれ》がつきしかもよりなまなましい迫力で描写されるに違いなかった。

本格的にとりかかろうとしていた市谷と玉枝の朝の情事は、かかってきた電話によって中断させられた。

「市谷です」

「ぼくだけど」保叉の声だった。「実は、君の直廾賞候補のお祝いの旅行会をやることにした。桁巻温泉だ」

あいかわらず独断的なので市谷はむかむかした。「候補になったというだけでなぜお祝いなんかを。受賞したというのならともかく」

「これはもう、決まってしまったことなので」すがるような口調だった。

「勝手に決められては困りますな」

「それがね君」さも重大事らしげに声をひそめた。「県内の同人誌の最長老で新聞の論説委員をやって居られるあの菊坂常盤先生。君も知ってるでしょう。あの方がこれは是非やらねばならんと」

菊坂常盤という名前だけは市谷も知っていた。鱶田平造の大親分ともいうべき地方文化人である。ただしあくまで県内だけの名士であって、新聞の論説委員といったところでその新聞とは例の諏訪という記者が勤めているあの地方紙なのだ。

「近年同人雑誌から進出した新人というのは非常に少なくなってきているのでこれは慶賀すべきことではないか、とおっしゃってね。県の教育委員会の文化課長だの、『湯乃原文学』の小坂さんや萩原さんをはじめ県内の他の同人誌の連中にも呼びかけてくださった。で桁巻にバス三台を連ねて行こうということになった」

こっちはそれどころではないのだが、と思いながらも、話がそれほど大きくなりそこまで決定されてしまっているのであればもうどうしようもなかった。日時や集合場所を訊いてから受話器を置こうとした時、保叉が、あ、ちょっと、と叫んだ。

「金のことだけど」

「えっ」市谷は頰をこわばらせた。「また、ぼくが金を出さなきゃならないんですか」

「いやいや。新聞社からも出るし、教育委員会からも少し出る」保叉はあわてた様子でせかせかと喋り出した。「それに会費も取る。だけどね、やはり足りない。いや。つまりその、会費を高くすると集まりが悪くなるしね。それに同人費や掲載費としていつもたくさん徴収しているから、ちょっと具合が悪くてね。会費を出すのが厭さに同人費から出しておけなどという者もいるけど、こっちに金がないことは君もよく知っているだろう」

「ぼくの方には、金はまったくありませんよ」市谷は大声を出した。「金なら今、こっちがほしいぐらいなんですよ。運動費が不足しているんです。それにそもそも、お祝いしてもらう側がどうして金を出さなきゃならんのですか」逆上するほど腹が立ち、市谷は次第にわめきはじめた。「どうして地方の同人誌連中というのは他人にタカって遊ぶことしか考えないんですか。恥を知らんのですか」

保叉がおどおどした口調で説得しはじめた。「しかし、こういうことは県の同人誌としては恒例なんだよ」

市谷は吐き捨てるように言った。「また恒例ですか」

怒りもせず、保叉は喋り続けた。「そうなんだ。それに君、万が一落選した時のことも考えておいた方がいいのじゃないだろうか。つまりその後のことも。だとしたらこういう集まりへも少し金を出しておいた方がいいように思うんだがねえ」

「ぼくは受賞することしか考えていませんので」

辛抱強く、保叉は説得し続けた。「それに金といっても、せいぜい十万円ぐらいでいいんだよ」

「十万円。いったい同人連中は本気でぼくのことを祝ってくれているんですか。いいカモにしてるだけじゃないか」市谷はわめき散らした。「十万円なんて金はない。もう残り少くて、ここのホテル代だって払えるかどうかわからんのだ。ぼくがこっちでどんな苦労をし、どんな厭な目に会っているか、あんた達にはわからんのだ」

次第に金切り声になっていく市谷の声を保叉は電話の彼方で息をひそめ、じっと聞いている。

わめき続ける市谷の裸の背中をさっきから玉枝が叩いていた。怒鳴りながら振り返った市谷に、玉枝は金のことならまかせておけというようにうなずいて見せた。

言い過ぎに気づき、市谷はやっとわれに返った。なんといっても保叉は恩人だったのだ。しかも、いくら市谷が怒鳴っても恩に着せたような言い方はただの一度もしなかったのだから、やはり一種の人格者なのであろうと思い、市谷は電話の架台に頭を下げた。

「すみませんでした。ついきついことを言ってしまってどうも。わかりました。金はなんとかします」

「助かるよ」それだけ怒鳴ったのだから当然だろうとでもいうような口調で保叉は言った。「ところで、そこに誰かいるの」

市谷はぎくっとした。「いいえ。誰も」玉枝が上京していることを大垣あたりが嗅ぎつけ、皆に言いふらしているのかもしれなかった。

そそくさと電話を切った市谷に、玉枝は言った。「旅行の話でしょう。連中すぐ旅行をしたがるのよ。ああ。あなたはまだ旅行に行ったことなかったわね。面白いわよ。乱交パーティになるの。どこの同人誌だって一泊旅行といえば乱交パーティに決まってるけど。みんな、それが楽しみなのよ」

「乱交」市谷は眼を丸くした。「地方新聞と県庁のお偉方が後援して、乱交パーティをやらせるのか」

ACT 4/SCENE 6

長時間バスに揺られて全員が疲れていた為か宴会となり酒が少し入っただけでたちまち座が乱れはじめた。コの字形に膳が並べられた舞台つき八十畳の大広間、その舞台を背にした正面中央の席へ県内同人誌の長老たちにはさまれて窮屈そうにかしこまっている市谷をさっきから苦にがしげに見ていた大垣義朗が例によって厭味を並べはじめたのである。このようなこともあろうかと長老菊坂常盤が最初の祝辞で「市谷君の才能や幸運を妬んだり憎んだりすることのないよう」と釘を刺したことなどもはや頭になく、ただもう「あとは無礼講で」という最後のことばだけを楯に言いたい放題の罵詈雑言、こういうことに馴れている連中ではあったがあまりのひどさにちょっと座がしらけた。こんな場合は早く酔っぱらってしまった方がいいと考え市谷はコップ酒を呷《あお》り続けた。徳永美保子はあいかわらず当然のように大垣の隣りへ席をとり情婦然としているのだが、大垣の暴言をたしなめるでもなく、かといって調子をあわせるでもなく、例の如く魚のような眼をしてきょとんと無表情に座っているだけである。

「こんなやつの小説が直廾賞になったら、おれは逆立ちして焼畑市内を一周してやる」

「言ったな」すでに市谷も酔いはじめているので呂律《ろれつ》はあやしくなっている。「そのことば、忘れるな」

「ああ。忘れるもんか。そのかわり賞がとれなかったら、お前が逆立ちして焼畑を一周しろ」

「馬鹿。そんなことができるか。お前が勝手に言い出したことじゃないか」

「ふん。自信ないんだよ、こいつ。あははははは」

「何を。見てろ。必ず受賞するんだから」

「お前が受賞なんかしたら、おれは逆立ちして焼畑市内を一周してやらあ」

「ようし忘れるなよ。必ずやってもらうぞ」

「ああ。してやるとも。そのかわりもし賞がとれなかったらお前が逆立ちして焼畑市内を一周」

酔っぱらい同士だから口論もどうどうめぐりである。

「まあまあまあまあ」

「おいおい。もういい加減にやめんか」

「子供じゃあるまいし」

長老格の菊坂常盤、「湯乃原文学」の主宰者小坂、それに鱶田平造などが、さすがに馬鹿ばかしくなってきたらしく、いっせいに大声を出した。

「こらこら。そこでひとかたまりになってぺちゃくちゃやっている女たち」菊坂が言った。「もっと男どもの中へ割りこんで座をなごやかにとりもちなさい。宴会を陽気にするのはあんたたちの役目だぞ。気のきかぬ女どもじゃ」

「なぜそれがわたしたちの役目なのよ」

ぶつくさ言いながらも相手が明治生まれの長老だからその差別的言辞にも大っぴらに言い返せる者はひとりもなく、女たちは立ちあがって、それぞれがバスの中から目をつけていた男性の席へと散った。

「湯乃原文学」同人の若い主婦が徳永美保子を押しのけるようにして大垣の隣りへ割りこんでいった。「大垣さん。久しぶりね。わたしを憶えてる」そう言ってから彼女は美保子を睨みつけた。「何よあんたは。傍についていながらこの人があんなに荒れてるのを抛っといてさ」やっぱり若い娘《こ》は駄目ね、などと言いながら彼女は大垣にしなだれかかっていった。

傍へやってきた玉枝に市谷は訊ねた。「あの女は何ものだ」

「化けものよ」と、玉枝は言った。「娼婦よりひどい女だわ。あそこの同人であの女と寝ていない男性はいないいんじゃないかしら。実川とかいう、造船会社の専務の奥さんなんだけど」

市谷の傍へやってくる女性は当然いちばん多くて、四人ほどが市谷の席の前うしろから何やかや話しかけながらなんとか横へ割りこもうとしたが、市谷が玉枝とばかり話しているので面白くなく、また散らばって行ってしまった。

ちらちらと市谷たちの方を窺っていた大垣が、二人に見せつけようとするかの如く大っぴらに実川という女といちゃつきはじめた。それをきっかけにあちこちで嬌声が起りはじめ、そろそろ「酔ったから涼みに行く」という口実で消えてしまう男女が多くなってきた。「湯乃原文学」の萩原は物好きにも山中道子に誘いをかけ、この二人も広間から立ち去った。男同士連れ立って出ていくのもいる。

こういう連中がどこへ行くかというと、本当に川辺などへ涼みに行くのはまだ純真な方であって、たいていは近所のバーなどへ行ってさらに飲んだり、また男女混浴の大浴場へ行って岩場の蔭でいちゃついたり、そんなことさえまどろっこしいという男女はすぐさま部屋に戻りすでに敷いてある布団の上へ抱きあったままどた、などと倒れ、そのままぶっつけ本番に入ったりもするわけである。男は大部屋だが女性にあてがわれた部屋は二人か三人用の個室で鍵がかかる。早く入った者が勝ちということになり、あとから行った男女はどの個室もみな中から鍵がかけられていて入れず、こういう男女の中にはしかたなく大部屋の隅でおっ始める者もいる。夜が更ければ更けるほど個室はどこかも満室になるから、早いうちにというので宴会が終りに近づくのを待ちかね、さっそく個室へ立てこもる男女もいるし、こういった色気第一という男女の中には眠るまでに相手を二、三人とりかえる強者《つわもの》さえいるのだ。女にあぶれた男は近くのバーで飲みなおしたり、大浴場や個室や大部屋などでくりひろげられている濡れ場を覗いてまわったりする。

とうとう大広間に残っているのが長老連中と市谷たちだけになってしまった。菊坂常盤と教育委員会文化課長、それに鱶田平造、小坂に保叉といった数人の男の昔話に、市谷と玉枝は辛抱強くつきあっていた。もうひとり、離れたところに徳永美保子がぽつんと取り残されていたが、これはあきらかに皆から敬遠された為である。話しかけても戦闘的な文学論でもって突っかかってくるし、やり返そうとしてもピントがずれていて議論にならないので男たちはみな辟易《へきえき》して退散するのである。大垣はすでに実川という専務夫人とどこかへ消えていた。酔っぱらった大垣を「どこかのお部屋で休みましょう」といって徳永美保子など眼中にもなく専務夫人がつれ去ったのである。きょとんとした顔をしてはいるがその心の中は嫉妬で煮えたぎっていることであろう、と市谷は想像した。いや。彼女自身おそらく嫉妬などという俗な感情を自分で否定しているだろうから、尚さらつらいに違いないぞと思い、市谷は彼女に同情した。しかし、どうしてやることもできなかった。同情していることを示して見せたりすれば彼女はかえって怒るだろう。

大垣義朗と専務夫人は鍵のかかっていない個室を見つけて中へもつれこんだ。ところが先客がいた。暗い室内の布団の上に、ドアをあけたため廊下から射しこんだ明りで白い尻と太腿がぼんやりと浮かびあがった。鍵をかけるのももどかしく、あたふたとやりはじめたらしい。

「あら。やってる」

見た方も平気なら、見られた方も平気でからだを動かし続けている。

二人はしかたなく大部屋に入った。隅の方の布団はやはりすでに先客があったらしくて乱れている。最終的にはこういう布団に寝なければならぬ可哀想な男もいるわけであって、気をつけないと膣外射精の精液などずるりと踏んづけたりする。二人はそういう布団を避け、奥の方に敷かれた未使用の布団を見つけてもぐりこんだ。

市谷や玉枝までが消えてしまったので、大広間に残されたのは意地汚くまだ酒を飲み続けている長老連中を除けば徳永美保子だけになってしまった。その美保子の方をちらちらとうかがいながら長老たちが急に声を低くして何やらひそひそと話しはじめたので、美保子は立ちあがった。自分のことを話しているか、あるいは自分に聞かせたくないことを話しはじめたのであろうということぐらいは美保子にもわかった。あいかわらず無表情ではあったが彼女の眼は光りはじめていた。よその団体客の騒ぎがかすかに聞こえてくる廊下を歩き、美保子は自分と山中道子にあてがわれた個室に戻った。個室には鍵がかかっていた。美保子はドアを叩いた。だが、ドアは開かなかった。室内で何が行われているか、やっと美保子にも想像できた。

さすがに人恋しくなり、美保子は大部屋へ行ってみることにした。もしかすると男たちが寝そべって文学論でも戦わせているかもしれないと思ったのだ。最初の大部屋は無人だった。次の大部屋の襖を開けるなり、奥の暗闇から男女の咆哮《ほうこう》が聞こえてきた。男の声はあきらかに大垣であり女の声は「大垣さん」と連呼していた。美保子は静かに襖を閉めて廊下へ出た。

美保子は迷路のような旅館の廊下をさまよい歩いた。顔色が紙のように白くなっていることが自分でもわかった。あれでいいじゃないの、と彼女は自分に言い聞かせていた。なぜあの男を怒ることがあるの。あの人は自由恋愛主義者なんだから。わたしもそうなのだから。文学をやる人間はみなそうでなければならないってあの人が言っていたわ。アイデンティティを持たなければならないってあの人が言っていたわ。嫉妬なんて。恋人を独占しようなんて。そんな非文学者的な気持はわたしにはないわ。そんなことしたら、あの人に軽蔑されるわ。

いつの間にか旅館の玄関へ出ていた。下駄を借り、彼女は外へ出た。酔っぱらいのいる繁華街を避け、彼女は川辺に出た。美保子は妊娠していた。もう二カ月だった。そのことを彼女はまだ大垣に話していない。彼女は川辺をいつまでも歩き続けた。

ACT　4／SCENE　7

「えーいよいよ直廾賞が近づいてまいりましたので」光談社の牛膝《いのこずち》が膳上線引の家へやってきてそう言った。「恒例通り候補作品のご説明にうかがいました」

「助かるよ。今度もまた原稿の締切りや講演を兼ねた取材旅行で候補作をひとつも読めなかった。海外旅行もしたしなあ」書斎の畳の上へどさ、と資料を置いた牛膝に、膳上線引は部厚い唇を歪めて笑いながら言った。「ところで、あんたはすぐ大きな声になるから、できるだけ静かに頼むよ。階下の応接室には他にも編集者だの直廾賞候補者だの、いっぱい来てるんだからね」

「は。できるだけそう努めますので」正座したままで一礼し、牛膝はさっそく資料のひとつをとりあげ、膳上線引の危惧もものかは、あいかわらずの大声で喋りはじめた。「今期候補作これまた九篇とたいへんに多うございます。まず問題になりそうな候補者から順にまいりましょう。『足音』でフールの新人賞をとり、今回『猫屋敷』で候補になっている番場明。この人は鰊口冗太郎先生が推薦しておられます」

「時代小説だろ」膳上は傍らの机で原稿用紙にメモをとりながら顔をしかめた。「鰊口さんからもよろしく頼むと電話があったけど、これはいい作品なのかね」

「それはまあ、地味ですが、候補になるだけあってちょっぴり新味も。ただし小説雑誌サイドで申しますなら時代小説作家というのはもういらないんですよね。時代小説そのものはバラエティの一部として必要ですが、これはむしろ風俗作家だの推理作家だのに書かせた方が読者も喜ぶんですな」

「しかしそれは反対する理由としてちょっと弱いよ」

「反対されるだろうと思い、読みこんだうちの編集者たちに欠陥を訊ねまして、ここへ箇条書きにしてきました。女の性格が描かれていない。結末がやや弱い。その他たくさんありますがいずれも決定的な欠陥ではありません。もともとこれは人情噺でもあり怪談でもあるという小説で、フールではそこを強調していました。ですから逆に長所とされているその点を衝かれたらいかがでしょう。つまりどっちつかずのものになっているという具合に」

「その手でいくか」膳上はうなずいた。「この男、ぼくのところへは挨拶にも来なかった。待てよ。来たんだっけ。ま、どっちでもいいや。いずれにしろ、皆で鰊口さんの娘に婿をあてがってやる手伝いまですることはない」

「その通りですね」ライバル出版社から出た作家なので、むろん牛膝にも落すに否やはない。「それに田舎者ですから受賞すれば威張り散らすでしょう。よその社でもすでにこの人を嫌っている編集者がずいぶんたくさんいます」

「しかし鯐口さん、強引に推すだろうなあ」膳上は考えこんだ。

「のっけから猛烈に反対して最初に落っことしてしまうという手もありますよ」

「いやいや。それをやるとぼくの推す候補を落そうとするだろう」

「市谷京二ですね。『大企業の群狼』の」にやりと笑い、牛膝は次の資料を出した。「番場明を本命とするとこれは対抗ですな。この男、ずいぶん駈けまわったらしく、すでに先生をはじめ坂氏さん、雑上さんも推しておられます」

「そうかい。坂氏さんたちのところへも行ったのか」じろり、と膳上は牛膝を見た。「坂氏さんも金かい」

「いえ。女だそうで。雑上さんの方は例によって臀部《でんぶ》を強要されました。文字通りの尻押しです」

「ぼくもその方がよかったかな。いやなに女の方だが」咳ばらいをし、膳上は照れかくしのように笑った。「あいかわらず文壇事情に詳しいな君は」

「それはもう」牛膝は開いた顔をして鼻をうごめかした。「純文学と中間小説とを問わず作家の動静に関しわたしほど詳しい者は文壇にいません。最近ミニコミ誌や夕刊紙などでやたら作家の噂を記事にしてありますが古いネタや間違いや誰でも知ってることばかり。どうせ新宿の『うえだ』あたりで聞き耳を立てていて仕入れたネタでしょう。わたしのところへでも聞きにくりゃいいのに」われに返り牛膝は居ずまいを正した。「ところで『大企業の群狼』を推されるのであれば、鰊口さんの猛反対も予想できますから、一応これだけでもお読みになっておいた方が」

「読んでる時間がないんだよ。君、いつものようにあらすじを喋ってくれないか」

「はい。それはもう、それでおよろしければ」牛膝は雑誌のページを繰りながら約十分にわたり『大企業の群狼』のあらすじを要領よく話した。「と、まあ、略筋は以上の通りでしてこれだけでは埒《らち》もない企業の内幕ものと思われるかもしれませんが、実はこれははなはだ表現力に富んだ文章でもって迫力を出しているわけですね。登場人物すべて生きいきとしていて、新しい人物がひとり登場するたびに読者にこれはいったいどういう性格の人物なのかと期待させるところなど、たいしたものです。たとえばひとりの女子社員が登場する部分ですが、これがもしひねくれた変な女だと主人公はちょっと困った立場に追いこまれる。ところがそこのところの描写はこうです。『彼女は犬の眼をしていた。彼は安心した。愚鈍なまでに飼い主に忠実な女だろうと思ったのだ』まったく舌を巻きます」

膳上は苦笑した。「たいした表現じゃないよ」

「いえ。そうはおっしゃいますが、適確な場所へ、この短い文章でここまで効果的に」さらに強弁しようとした牛膝は膳上の顔を見てあわてて話を変えた。膳上線引に他人の文章を褒めて聞かせるのはタブーだった。膳上自身が気のきいた表現とは無縁の作家だし、そもそも表現のよしあしもよくわからないらしいのである。しかし作家としての自覚から劣等感だけはある筈で、しつこくやれば怒り出すにきまっていた。「ま、それもそうですね。自分の会社のことをそのまま書いたらしいから、きっとモデルがいるんでしょう。いや実は難点はそこなんです。この人はまだこれ一作しか発表していないので、今後もこの調子で書き続けることができるかどうか、鰊口さんとしてはきっとそこを衝いてくると思うんですよ。直廾賞の性格上それも当然ですが」

「このあいだこのひとが来たけど、どうやら会社を馘首《くび》になったらしいね」膳上はうなずいた。「だとするとこの人は今後書く題材を会社以外に求めなきゃならんことになるな」

「とすると例によって今回は見送り、次の作品を見ようということになりそうですが、『文学海』の担当者も多聞さんも、このひとが次にこれだけの作品を書くことができるかどうか危ぶんでいます。そうなるとまた、前回の方がよかったということになり、いわゆる万年候補の典型的な道すじをたどって、末は田舎の古本屋」

「編集者たちはどうなの。このひとに関して」

「これほど文章力があれば何でも書けるだろうという編集者と、だんだんつまらなくなるのではないかという編集者と、意見がふたつに分れていますね。受賞した場合第一作は会社を馘首になった話になるでしょう。もう書きはじめているそうですから。これはある程度面白いがそのあとがどうなるか。わたしとしましては、このひとは若くて好男子で独身。ですから小説そのものよりもむしろタレント作家として重宝だと思いますね。マスコミが喜びます。万一小説が書けなくてもグラビアに出たり男性週刊誌や婦人雑誌のエッセイ、対談などをやらせればある期間は比較的華麗に活躍できるひとですよ」

「ふうむ」膳上は気難しげに唸った。あきらかに気に食わぬ様子だった。「そういうやつは好かんな。しかしまあ、多聞君の推薦もあるし、運動費も他のひとより多かったようだ。ま、これを推すよりしかたないか」

牛膝は次の資料をとりあげた。「他には、ダークホースとしてこの中山光紀がいます。SFですが」

膳上はじろりと牛膝を睨んだ。「ぼくの眼の黒いうちは」

「絶対にSFには受賞させない。よくわかっております。しかしですね先生、これだけSFがもてはやされております現在、ここいら辺でひとりぐらいは受賞させておかないとちょっとまずいのでは。すでに大勢のSF作家が雑誌のページや文壇バーを席捲しておりまして、この連中というのが軒なみ直廾賞を落されているのです。今や短篇集が売れているのはSFだけという風潮にもなっているものですから、短気なSF作家の中には選考委員のことを『文学史的責任をどうとるつもりか』などと非難しいきまいているのもいます」

「ぼくの眼の黒いうちは」

「わかっております。しかし編集者たちも、そろそろSFに賞をなどと言い出しておりまして。これはなぜかというと、やはり雑誌などもその多くをSFで埋めたりする関係上、受賞作家がいないと目次や新聞広告がこう、ぱあっと派手にならないわけでしてねもうひとつ」

「ぼくの眼の黒いうちは」

「それに今回のこの『終末の大放浪』はSFといってもさほどSF味の濃いものではなくて、今流行のヴァイオレンス・ノヴェル、いわばアクション小説に近い作品ですから」

「ぼくの眼の黒いうちは。待てよ。それなら『これはSFになっていない。ここには科学がない』ということで落せるな」

「そうですか。ではしかたがありませんね」牛膝は肩を落した。「まあ本人も、もし受賞すれば先輩のSF作家から憎まれてクラブを追い出されるだろうというのであまり欲しがっていない様子です。他の委員の先生がたも皆さんおそらく推されることはないでしょうな。とするとこれは抛っておいても落ちますからあらすじをお話しするまでもありますまい」牛膝は次の資料をひろげた。「今回で直廾賞候補になるのが四度めの藤山武夫。あいかわらずの戦記物ですがネタに窮してきたかだんだんつまらなくなってきています。経済状態も悪くなってきたようで今度は運動費もあまり出しておりません。むろん挨拶まわりだけはしているようですが」

「今、階下《した》に来とるのがその男だ」膳上は苦い顔をした。「あの男、泣くので困る。妻が実家へ帰っただの、家と土地を売り払っただの、えんえんと掻き口説くので閉口する。他のひとのところへはどうなのかね。行って同じことを言っては泣いとるのか」

「そのようですな。雑上先生のところでは尻を提供しようとして拒否され、鰊口先生のところではあきらめろと引導をわたされて自殺しかけました。あのマンションの窓からとびおりようとしたんです」牛膝は首を傾げた。「文藝春愁はなぜこんな三流の小説しか書けないひとを何度も候補にするんでしょうな。ひと騒がせな。枯木も山の賑わい、員数を揃える為だけとしか思えない」

「候補にしてくれと本人から文藝春愁へ何度もうるさく電話してくるとか聞いたな。しかしね君、選考委員というものは将来商売敵になりそうな候補は落そうとするものだ。だとするとこの人は戦記物作家だし、だんだん作品もつまらなくなってきているそうだし、若くもなし、好男子でもなし、マスコミでもてはやされる心配のない陰気な人だし、案外委員の票を集めるかもしれんよ」

「ははあ。しかし先生としては市谷京二を推されるんでしょう」

「一応は推すがね。しかしどうもあの育ちの良さそうな二枚目面が気にくわんなあ。そりゃ運動費は受け取ったが、他からも貰っているんだし、万が一落ちたところで次の機会を待てとでもなんとでも言って胡麻化せるしね」膳上は狡猾そうな笑みを洩らした。

「この『虜囚の旗』というやつ、一応内容だけ聞かせておいて貰おうか」

「はい」牛膝はまた唾をとばして略筋を話しはじめた。

ACT　4／SCENE　8

前略　先般来御履歴や作品　お写真などでは　大変お手数を煩わせ　誠に有難う御座居ました
第廾十九回芥兀賞直廾賞の選考委員会は　来る七月二十二日（月）夜築地の「金喜楽」で開かれます
決定発表は例年七時半か八時頃になります　その時　早速貴殿の当落をお知らせいたしますので　当夜その頃においでの場所と電話番号を承

りたく存じます　御多用のところ恐れ入りますが　同封の葉書にて折返
し御返事下さい
なお　両賞の贈呈式は　八月六日（火）夕方六時より　算一ホテルで
開かれます　受賞のお方には　御出席いただくことになりますので　あ
らかじめお含み置き下さい
先ずは右お願いまで　末筆ながら　御自愛祈り上げます　匆々

市谷京二殿

財団法人　日本文藝振興会
東京都千代井区紀尾田町三　文藝春愁内

もうそろそろ選考委員会の始まる時刻だった。市谷京二は机の上に原稿をひろげたままその「受賞第一作」たるべき作品を読み返すでもなく手を入れるでもなく、さりとて書き進めるでもなくさっきからいじりまわし続けていた。時おり文藝春愁から来た手紙を出しては眺め、時計と見くらべた。

市谷は自宅に戻っていた。金がなくなり、アパートの部屋代さえ払えなくなってきたので父親に詫びを入れ、勘当をといてもらったのだ。直井賞候補にまでなったと聞いたためか父親は思いがけずあっさりと許してくれた。文学と無縁ではあるがさすがインテリだけあってものわかりはよく、いわゆる頑固親父ではない。

どの委員がどんな発言をするだろうか。誰がどの候補者を推すだろうか。そんなことばかり考えて原稿の字はまったく目に入らなかった。選考委員の名と候補の名を書き連ね、この人がこの作品に、などと線で結んで勝手に自信を強めたり不安に陥ったりした。入学試験の時のようにはっきりした点数というものがないから大まかな予想さえつかず、したがって自信もないかわりにあきらめもつかず、期待と不安の間を感情は大きな振幅で揺れ動いていていた。

落ちる。まさか。まさかそんな筈はない。大丈夫だ。大丈夫だとも。だって金を受け取ったんだもんな。女を世話させやがったんだもんな。おれを女として扱いやがったんだものな。落選なんてことがあるものか。そうとも。そんな筈はないんだ。今さら落選はないだろうぜ。絶対にそんな筈があるもんか。

日本人は血縁で結びつく。だからこそ閨閥《けいばつ》とか門閥というものがある。血縁でなくても学閥だの何だの、すべての集団は血縁らしきもので結びつく。文壇といえども例外ではない。血縁に相当するものが芥川賞、直廾賞だ。これに受賞したもののみが文壇に作家の正統派として認められる。実際にその作家たちのからだの中に直廾賞という血液が流れているわけでもないにかかわらず時おり雑誌で「直廾賞作家特集」などといったものが催されるのも、これらの作家の血縁関係とその正統性を他に誇示する為だ。自分たち受賞作家のみが正統派の作家であるという自分たちの共同幻想を一般読者にまで抱かせようとするたくらみだ。おカマを掘られたり妻や恋人を提供しなければ血縁に加えられないのもまさにそのためだ。おれの金を受け取ったあの委員たちにしてもまさかたった百万や二百万の金が本当に欲しくて受け取ったのではあるまい。あれはいわば結納なのだ。金を受け取るといううしろ暗い行為のうしろ暗さ故に彼らは金を受け取ったのだ。受け取った以上自分と秘密を共有する血縁としておれを認めてくれる筈なのだ。文壇という疑似血縁社会に加えてもらう為にはどうしても直廾賞が必要なんだ。どうしても受賞しなければならないのだ。あれだけのことをしたんだ。受賞する筈なのだ。

落ちる。まさか。まさかそんな筈はない。大丈夫だ。大丈夫だとも。だって金を受け取ったんだもんな。女を世話させやがったんだもんな。おれを女として扱いやがったんだものな。落選なんてことがあるものか。そうとも。そんな筈はないんだ。今さら落選はないだろうぜ。絶対にそんな筈があるもんか。

ACT 4/SCENE 9

スナック・バー「チャンス」には「焼畑文芸」同人の常連ほとんどが集まっていた。

奥の席では鱶田平造と保叉一雄がさし向かいで飲んでいる。鱶田が朝目新聞の支局にいる知人に、直廾賞が決まり次第すぐこの店へ電話を入れてくれるよう頼んでおいたのである。

市谷京二が有力だという噂をその朝目の知人から聞いていたので鱶田の気分は冴えなかった。この狭い焼畑に流行作家が「もうひとり」出現した場合、自分の仕事が減るのではないかと、気の小さい鱶田は心配していた。しばらくは市谷京二の人柄などについてあちこちから短文の依頼などが来るかもしれないが、それからあとは市内や県内の数少い新聞雑誌の仕事を市谷に独占されてしまいそうな気がしてならず、よく考えればいざ直廾賞作家になった場合の市谷が県内のそんな仕事を引き受けたりする筈はないのだが、図体に似合わずこまかいことをくよくよと気に病む鱶田はただひたすら市谷の為に自分の収入が今より少くなった場合の家計のことなどをいつまでも思いわずらっていた。

保叉も黙りこくって飲んでいた。彼の気持は鱶田よりも複雑だった。「焼畑文芸」から直廾賞作家が出ることは主宰者である保叉にとっても喜ばしく誇らしいことなのだが、だからといって中央の文壇が「焼畑文芸」や保叉を高く評価するわけはなく、たとえ保叉がそれをいくら誇ってもちっぽけな自己満足として無視してしまうに違いなかった。せいぜい「焼畑文芸」なり保叉なりの、県内の同人誌仲間における格が上がるというに過ぎず、一般社会の常識的観点から見れば保叉自身はあいも変らぬ貧乏な地方の文学中年なのだ。最近の市谷の態度から考えて受賞作家になった市谷京二が保叉を恩人とか育ての親とかに見立ててたてまつり、引き立ててくれるとはとても思えなかったし、むしろ「焼畑文芸」からは離れて行こうとするであろう。市谷にしてみれば苛め抜かれたと思っているであろうから、「焼畑文芸」の同人であったことさえ思い出そうとしなくなるかもしれなかった。そうなれば保叉のみじめさはさらに増すのだ。妻や娘からもお人好しだと言われ今以上に馬鹿にされるであろう。同人の中からプロの作家があらわれてくるのを念じて今まで同人誌を主宰し続けてきたくせに、今の保叉の胸には市谷が受賞しないでくれることを祈る気持の方が強くなってきているのだ。だとすると、と、保叉は今はじめて思うのだった。おれは今まで、いったい何をしてきたのだろう。

ドアから入って手前のテーブルには大垣義朗、彼にぴったり寄りそって徳永美保子、大垣と向かいあって山中道子が、やはり黙りこくったまま水割りのグラスを弄んでいた。大垣はここ数日、気の狂いそうな焦燥感と無力感に責め立てられていた。もはや市谷を憎んだり妬んだりしている段階ではなく、なんとか正常さを維持していようとするだけでせいいっぱいだった。発狂するまでになんとか市谷と肩を並べるところまで浮かびあがらなければならない。しかしそれは出来ることなのだろうか。いや。市谷が受賞と決まっただけでおれは発狂してしまうかもしれない。大垣は本気でそう心配していた。受賞した暁、市谷はおれに会ってもいかにも育ちの良さそうな例の見せかけの善良さでもってわれへの軽蔑を押しかくし、今までのおれへの罵詈雑言などまったく記憶にないふりを装っておれににこやかな笑顔を向けてくるだろう。そして無論、それ以後はおれを無視するだろう。当然だ。受賞作家になった奴さんにはもはやいつまでもおれに構っている暇などないんだからな。くそ。そんなことになってたまるか。大垣は奥歯を嚙みしめた。考えただけで頭に血がのぼり、眼がくらみ、気が狂うのではないかという恐怖が意識の表面へじわりと浮かびあがるのだった。

「あのひと、受賞したとしたら」山中道子が沈黙を破り、ぼんやりとした低い声でつぶやいた。「きっとあなたの悪口を書くわね」

大垣は山中道子を睨みつけた。その通りだ、と大垣は思った。おれに構わなくなったとしてもあいつは、あいつの小説を読んだ限りでは一度受けた侮辱は絶対に忘れない執念深さを持っているからいつまでもおれを憎み続け、きっとあの小説と同じような調子でおれを滑稽化し、憎まれ役としてどこかへ登場させるに違いない。

「わははははは。そんな馬鹿な」大垣は無内容な高笑いをした。「あいつが受賞などするものか」もはや市谷が受賞しないことを恥も外聞もなく大声で神に乞い願いたい気持だった。

いいえ。あいつはこのひとのことだけじゃなく、わたしたちのことまで書くわ。山中道子はそう思った。そうよ。だってあのひと、実際にあったことや実在の人物をモデルにして書くのが得意なんだもの。畜生。でもそれだったらあきらかにわたしの方がうまいのに。あいつ、運が良かったのよ。たまたまいい題材が身近にあっただけなんだもの。わたしは損だわ。女ですもの。それにしてもあんな文章のへたくそなやつが候補になるなんて。ああ癪。ああ癪。ああ癪。あああ癪。ほんとならわたしが候補になってるのよ。そうだわ。そして皆がここにこうして集まってるんだわ。わたしが受賞したという電話を待って。こうやって。同じように。ああああああ。もし今がそうならどれだけいいでしょう。どれだけ愉快でしょう。くそ。くそ。なぜみんな、あんなやつの心配して集まってやらなきゃならないのよ。ああ。あいつが落ちたらわたし、どんなに嬉しいでしょう。

カウンターには奥から順に鍋島智秀、土井正人、時岡玉枝が並んで掛けていた。市谷の受賞を願っているのは自分だけのようだと玉枝は思った。金銭的、肉体的に後援した男が直廾賞作家になるなど、興味本位に生きている玉枝にとってこれほど面白いことはなかった。今夜も同人たちがどんな顔で集まっているかという興味で玉枝はこの店へやってきたのだ。同人の顔を見て、それが誰の顔であっても噴き出しそうになるのでさっきから玉枝は困っていた。市谷が受賞しても落ちても、どちらにしろ面白い場面がみられるに違いないと思い、玉枝は時間の経つのがもどかしかった。

もしあのひとが受賞すれば、と、玉枝は考えていた。あのひととの引き立てでわたしも文壇の隅にもぐりこめるかもしれない。そしたら今よりももっと面白い経験ができるに違いないわ。それはきっと、突拍子もなく面白い体験になるわ。

「そろそろ始まるね」土井が腕時計を見てそう言った。六時二分前だった。当然のことながら戸外はまだ明るい。だが店内は暗い。

土井は高校しか出ていない自分が何年も苦労して小説の勉強をしてきたのに対し、一流大学を出た市谷がほとんどなんの苦労もなくすらすらと書いたように見えるその第一作めであっさり直廾賞候補になったため、大きな衝撃を受けていた。やはり学歴がものを言うのだろうか。それともやはり自分の作品と市谷の作品を比較すれば誰が見ても教養の有無が歴然としているのだろうか。もしそうなら高校出は小説を書いてもプロ作家にはなれないのだろうか。いやそんな筈はない。小学校を出ただけの文豪だっているじゃないか。しかしあれは昔の話だ。今は。いやいや。小説に学歴など関係はないぞ。小説なら市谷よりおれの方がよく読んで勉強している。あいつが一流大学出であるが為に候補になったのではないことの証明に、落ちてくれ。頼む。どうか落ちてくれ。

「悦ちゃん。おかわり」鍋島がもの憂げにグラスをさし出した。

市谷が直廾賞候補になったことを理不尽だと感じる気持の強さでは鍋島も他の同人たちに劣らなかった。十数年も書き続け、おそらくは百篇近い短篇を書いているであろう自分にはなんの報いもなく、小説をはじめて書いたという人間に照明が当たっているこの現実は、どうしても認める気になれなかった。ただ、彼にはいささかなりとも鑑識眼があった。どう見ても市谷の作品の方が最近の自分の作品に比べて面白く、新鮮であることを認めぬわけにはいかなかった。おれの作品にはもはや手垢がついているのだろうか、と、鍋島は思った。いや。たとえ手垢のついたような小説だってあっていい筈だ。存在を許される筈だ。いやそれどころか、いずれはおれの作品のような小説の価値だって認められる日が来る。誰かが認めてくれる。しかしそれはいつの日だ。その日までおれが書き続ける意欲を失くさずにすむ為には、市谷京二が今回受賞してくれたら困るのだ。頼む。落ちてくれ。

市谷のことなどまるきり念頭にない同人がひとりだけいた。徳永美保子だった。彼女はただもうこの直井賞騒ぎが早くおさまり、大垣義朗の気が鎮まってくれることだけを祈っていた。今の状態の大垣に赤ん坊のことなど、とても切り出せたものではなかった。むろん市谷が受賞するよりは、落ちてくれた方が大垣の気の鎮まりかたも早いに違いなかったが、たとえ市谷が落選して大垣の機嫌がもとへ戻ったとしても、美保子はまだどう彼に話したものかを考えあぐねていて、そもそもそんな相談を大垣に持ちかけていいものかどうかもわからないのである。ただ彼に軽蔑されたくないという気持だけが彼女をためらわせていた。

うす暗いスナック・バーの澱んだ空気の底で、同人たちは一様に停電中の猫のような眼をしたままひっそりと息をひそめてうずくまっていた。すでに選考が始まっている時刻であった。

ACT　4／SCENE　10

直廾賞選考委員会の司会はいつもその時の「フール讀物」の編集長が勤めることになっていた。コの字型に並んだ選考委員の作家たちを前に初めて司会役を仰せつかった、三カ月前新しく編集長になったばかりの梅木がやや緊張して喋り出した。

「ええ、それでは」声がかすれたため、いそいでビールのコップをとり、ぐいと呷《あお》った彼はたちまちむせ返った。「がほ。ごほげほげほごほがほげほ。がほ。ごほげほ。失礼をいたしました。これより第廾十九回直廾賞の選考を始めていただきます。わたくし、司会をやらせていただきます梅木でございます。よろしくお願いいたします。今回の候補作は九篇でいつもより多いのですが、これは今期は長篇が比較的少く、短篇または中篇に良いものが多かったためこうなったものです。作品名及び作者名は候補作と一緒にお送りしましたお手許のリストの通りでございます。また候補者の略歴はさっきお渡しいたしましたお手許のこの資料をご参照ください」

すでに机の上には酒や料理が並べられていて、数人の仲居がビールの栓を抜いたり水割りを作ったり、何やかやと世話をしている。

「ついでに小説のあらすじも書いといてくれりゃいいのに」リストを見ながら正面中央の席についている第一回からの選考委員で最長老の明日滝毒作がそう言った。「どれがどの作品やら、よくわからん」

数人の委員が苦笑した。同感の笑いだった。

「それではまず、例によりましてこの九篇の作品のうち、落すものと残すものとを大まかに決めてまいりたいとこう思います。順不同で一篇ずつお願いします。まず藤山武夫氏の『虜囚の旗』ですが」

梅木は右側の委員から順に名指しで落すか残すかを訊ねていった。「虜囚の旗」はひとまず残った。

「では次に楢野哲志氏の『銀座の夜の戦場』です」

梅木は、今度は左側の委員から順に訊ねていった。「銀座の夜の戦場」は残そうという委員がひとりもいなかったので落ちた。

積極的に推す委員がいなかったため五篇が落ち、残ったのは「虜囚の旗」と「終末の大放浪」と「猫屋敷」それに「大企業の群狼」だった。

「さっき君は、短篇や中篇に良いものが多いと言ったけど、なんだい、のっけから五篇も落ちたじゃないか」雑上掛三次が梅木に言った。「ひどいのばかりだ。文章の間違いが多過ぎるよ。なぜこんなもの予選で落さなかったんだね。こっちの手間が省けたのに」

予選をした自分たちの主体性を無視するような雑上の発言に少しむっとしながらも、梅木は笑顔で答えた。「以後、気をつけます。ではこれより、残りました四つの作品について討議をお願いします」

「ぼくは今回は『猫屋敷』しかないと思うんだがねえ」鯱口冗太郎が一座を睨《ね》めまわした。「たいへん新しい時代小説だ。人情もよく描けとるよ」

「いや。『大企業の群狼』もなかなか面白いですよ」膳上線引がちょっとあわてた様子で言った。「登場人物はすべて生きいきしているしね」

「そうね。これいいよ。新鮮でね」雑上掛三次も言った。「若わかしい。ぴちぴちしとる。締まりがよろしい。ま、ちょっと癖があるが」

「そうね。新鮮といっても、若い人妻程度に新鮮なわけだが」坂氏肥労太が言った。

「わたしはよかったよ。うん。よかった」両手で股間を握りしめ、坂氏はにたにた笑いながら身を揺すった。「ここぞというところでふざけたりするのがちょっと気に食わなかったけど、でも、みずみずしかったことは確かだ」

「ぼくも、この中では『大企業の群狼』を」と海牛綿大艦が言った。

「なんだい。『猫屋敷』を推すひとはぼくの他に誰もなしかい」鯱口冗太郎は不機嫌になり、口を尖らせた。

「いや。『猫屋敷』もたいへんよろし」海牛綿大艦があっさり鞍替えした。「どっちがいいか迷っていたんだが、ぼくはこの『猫屋敷』であってもかまわない」

他にも三人の委員が「猫屋敷」を推した。

「明日滝先生はいかがです」日本酒が入ってさっきからうとうとしはじめている明日滝毒作に梅木は訊ねた。

「えっ。わしかね」明日滝はあわてて眼をしょぼつかせながらリストを見た。「ええと。どっちだっけ。ああ、こっちだこっちだ。『大企業の群狼』だ。『猫屋敷』ではない方だ」

鯐口冗太郎はしぶい顔をした。「票が割れたな」

「あとの二篇についてはいかがでしょう。推すかたはおられませんか」

「待てまて。もし『猫屋敷』が落ちた場合には、わたしは『虜囚の旗』を推すよ」鯐口冗太郎が言った。「残しておいてくれ」

「わたしも」と、膳上が言った。「もし『大企業の群狼』が駄目であれば『虜囚の旗』を推します」

「すると『終末の大放浪』を積極的に推されるかたはないんですね」梅木は念を押した。

「では、これを落していいんでしょうか」

「だってこれ、SFだろう」と鯨口冗太郎が言った。

「そう。SFですからな」膳上線引がにやにや笑いながら言った。

「SFだものなあ」と、雑上掛三次も言った。「落そうよ」

さっき、一応は残そうと発言した委員も、長老たちの意見に押されて落すことに同意した。

なぜSFだから落すのか誰も説明せず、その理由もよくわからぬまま「終末の大放浪」は落された。

「では、残るところは三篇となりましたが」

「がお」異様な音がした。「ぐお」

「おや」

「なんだあれは」

「がお。ぐお」

「明日滝さんだ」と雑上が言った。「明日滝さんが寝ちまったよ」

座布団の上に横臥した明日滝毒作は肘を枕にして大きな鼾《いびき》をかき続けている。

「困りましたな」

「起すな起すな。寝かせといてあげろ」と鯨口冗太郎は言った。「疲れてるんだよ」

「ぼくはこの『猫屋敷』というのは、感心せんのだなあ」膳上線引がメモを見ながら喋りはじめた。「女の性格が描かれていない。結末が弱い。それに人情噺だか怪談だかよくわからんのだ。どっちつかずのものになっている」

「確かにそうですわ」と海牛綿大艦が同調した。

「そこがいいんじゃないか」鰊口冗太郎はいらいらした声で言い、坂氏肥労太に向きなおった。「君など、この作品は好きなんじゃないのかねえ。もしこれを推してくれたらいい女優を紹介するが」

「女優」坂氏肥労太は眼を見ひらいた。「わたしはこの『猫屋敷』を推します」

「かないませんな。鰊口さんには」膳上が笑った。

「えー買収は廊下かどこかでお願いします」梅木が笑いながら言った。

膳上がもういちど同じことをくり返して「猫屋敷」の欠点をあげつらい、さっき「猫屋敷」を推していた委員のうちの二人を同調させることに成功した。

「しかしそれならこの『大企業の群狼』だけど、どこが面白い」と鰊口冗太郎が言った。

「企業の中でこういうことがあるということはわかる。だが、それだけだ。ただの内幕ものだろ」

「いや。文章もいいんじゃないかな」雑上掛三次が候補作を出し、ページをぱらぱらとめくってメモをはさんであった場所を開き、手の甲で叩いた。「ここのところなど、うまいもんだよ。『彼女は犬の眼をしていた。彼は安心した。愚鈍なまでに飼い主に忠実な女だろうと思ったのだ』まったくうまい」

膳上は、どうやら雑上も牛膝からレクチュアを受けていたらしいことを悟り、にやりと笑って言った。「ほんとだ。舌を巻くね。じつにうまいよ」

それから急に真顔に戻った。待てよ。おれはこの文章、昨日初潮社に渡したあの原稿の中へそっくりそのまま書いてしまったぞ。これはしまった。書きながらどうもどこかで聞くか読むかした文章だと思っていたのだが、それではあれは牛膝から聞かされたこの候補作中の文章だったのか。これはいかん。これを受賞させてしまったら時期を同じゅうしておれの文章も出るわけでひと眼につく。盗用ということになってしまうではないか。

梅木が大声を出した。「そういたしますと推薦なさる先生がたの数からいけばこの『大企業の群狼』が最有力候補ということに」

膳上は声をはりあげた。「待った」

あまりの大声に驚き、吸物を盆にのせて運んでいた仲居がとびあがって椀をひっくり返し、雑上掛三次の頭の上へ汁をぶちまけた。

「ああああちちちちちちちちちちちち」

五分後、大騒ぎがおさまって膳上がまた喋りはじめた。「しかしながらこの作品はあまりにも幼い。主人公に正義感がありすぎて二枚目意識が強すぎる。タイトルのつけかけにとられた。

突然膳上が豹変して今まで推していた作品を貶《けな》しはじめたので、委員たちは全員あっ
「さらにこの人は、今後これ以上の題材を得てこれ以上のものが書けるかどうか。ほら。このあいだ退職しとるだろ」

「わたしもそれが言いたかったのだが」鰊口がやや混乱し、額を押さえて呻いた。「するとと膳上君はいったい、この作品を推すのか推さんのか」

「鰊口さんがあまり嫌われるので譲歩しました」狡《ずる》そうな笑みを浮かべて膳上は言った。

「しかし『猫屋敷』だけはどうしても推薦できません。『虜囚の旗』を推します。この作品は今度で四度めの候補です。もうそろそろやってもいいでしょう」

「前作の方がいいとは思いますが」海牛綿大艦がいった。「他にいいものがないとすると、ぼくはこれでもかまわない」

「推してもいいけど」と、雑上が苦笑しながらいった。「この男、醜男《ぶおとこ》だからなあ。奥さんは美人だが」

坂氏肥労太が背すじをのばした。「わたしは『虜囚の旗』を推そう」

「ええと」梅木がうろたえた。「この三篇、どなたがどれを推しておられるのか、もう一度確認させていただきたいと思います」

「おい。そろそろ明日滝さんを起こそうよ」と雑上掛三次が言った。

「しかたがないな」鰊口が明日滝毒作の肩を揺すった。「明日滝さん。明日滝さん。起きなさいよ」

「ん。ああ。どこまでいった」明日滝がむっくり起きあがり、ぐい呑みで酒を呷った。

「何を推されるか確認しているのですが」

「わしならさっき言っただろ。『猫屋敷』でない方だよ」リストを指でなぞった。「これだこれだ。『虜囚の旗』だ」また、ごろりと横になった。

梅木はさっき明日滝が「大企業の群狼」を推したように記憶していたので、もう一度念を押そうとしたがすでに大長老は高鼾である。

仲居がやってきて敷居ぎわで一礼した。「鰊口先生。お電話でございます」

「今、会議中だからあとにせいと言ってくれんかね」

「それがお宅からでございまして。至急とのことで」

「しかたがないな。ちょっと失礼」鰊口冗太郎が中座した。

鰊口のいない間に梅木は他の委員たちから確認をとった。「虜囚の旗」を推す委員が三人、「猫屋敷」を推す委員が鰊口を除いて三人になった。「大企業の群狼」を推す委員は雑上掛三次ひとりになり、海牛綿大艦はまだ迷っているので意見留保となった。

「今回はやたら、意見が二転、三転するね」最初からずっと「大企業の群狼」を、というより市谷京二を推し続けている雑上が皮肉な口調でいった。「フーマンチュウ博士が聞いたらなんて言うかな」

　全員が、さっと顔色を変えて黙り込み、恐ろしげに顔を見あわせた。口をすべらせた本人の雑上までが紙のような顔色になった。

　感電したような勢いで明日滝毒作が起きあがり、机を叩いて叫んだ。「フーマンチュウなどという人物はおらん」唇を顫わせていた。「よろしいか諸君。よく憶えておきなさい。フーマンチュウという人など、どこにも存在せんのだ。今後いっさい、その名を口に出してはならん。わかったかね」

　全員が顫えながら無言でうなずいた。

「飯をくれ」破れかぶれのような声で明日滝が怒鳴った。「飯だ。飯」

「はい。はい。はい。はい」

　気が狂ったような勢いで飯を食べはじめた明日滝毒作を一同が茫然として眺めているところへ鰊口冗太郎が戻ってきた。

　難しい顔をして席につくなり、鰊口は宣言した。「わたしは『虜囚の旗』を推す」

　えっ、と全員が驚いて眼を剝いた。

　吐き捨てるように鰊口は言った。「田舎者め。あいつ、酒乱とは知らなかった。娘と大喧嘩したらしい」

鰊口が「虜囚の旗」を推すとなれば彼に追随していた委員たちももはや「猫屋敷」を推す必要はない。大勢は「虜囚の旗」に傾いた。

飯を食べながら明日滝毒作は、どうやら自分が間違えて別の作品を推してしまったらしいことに気がついた。だが、すでに推すべき作品はほとんど支持者を失ってしまっている。今さら蒸し返すことがためらわれる雰囲気になってしまっていた。しまったな、と明日滝は思った。しかしまあ、どちらでもいい。タイトルが似とるからいかんのだ。内容も似とるからいかんのだ。どこがどう似とるというわけでもないが、わしにとっては感じが似とるのだ。

「飯だ」と明日滝はわめいた。

「それではほとんどの先生がたが『虜囚の旗』を推しておられますので」梅木が声を高くした。「今期受賞作は藤山武夫氏の『虜囚の旗』と決めさせていただいてよろしいでしょうか」

「いいでしょう」ほっとしたように膳上がうなずいた。

他の委員たちもやや気乗り薄にうなずいた。

「その人の奥さん、ほんとに美人なんだろうね」と、坂氏肥労太は念を押した。

「飯をくれ」と明日滝毒作がわめいた。

「ほほ。ほほほ。ほほほ」雑上掛三次が首をぐるぐるまわしはじめた。

ACT 4／SCENE 11

スナック・バー「チャンス」のカウンターで電話が鳴った。

悦ちゃんが受話器をとろうとするより早く、すでにカウンターにまで来て待ち構えていた鱶田平造がさっと横から手をのばして取り、送話口へわめき声を送りこんだ。「もしもし。君か。どうだった。何。落ちた。落ちたのか。本当か」

まだ話し続けている鱶田にかまわず、大垣義朗と山中道子が同時に立ちあがって両手を高くさしあげ、声をかぎりに叫んだ。「ばんざあい」

つられて保叉一雄、鍋島智秀、土井正人が立ちあがり、双手をあげて声をあわせた。

「ばんざあい」

電話で経過の模様などを聞いていた鱶田までがとうとう片手に受話器を握ったまま万歳に唱和した。

「ばんざあい。ばんざあい。ばんざあい」

気ちがいじみた万歳が際限なく続いた。

ACT 5

ACT　5／SCENE　1

直井賞落選後一カ月、市谷京二はふたたびからだが顫え出すほどの激烈な怒りに身を焼いていた。

その日、市谷は職業安定所からの帰途、発売されたばかりの「フール讀物」を買い、自宅の部屋へ戻ってすぐ、直井賞受賞作と共に掲載されている選考委員たちの選評を読んだのだった。

市谷は職をまだ見つけていなかった。日本の会社には、前の会社と「まずいことがあって」やめたような社員を雇う度量はない。まして大徳産業の根城であるこの県ではどんな会社も何らかの形で大徳産業の影響下にあるといっていい。県内で市谷を雇ってくれそうなところは三流、四流の会社だけであり、むろん市谷にそんなところへ勤める気はまったくなかった。

受賞第一作となるべきだった作品「考課表戦争」は「文学海」の加茂に送ってあった

が、懸念していた通り数日前返送されてきた。私憤が生のまま噴出していて、しかもそれがとりたてて迫力を生み出しているというわけでもなく、このままでは「フール讀物」へ持ち込んでも採用はおぼつかないだろうという手紙がついていた。文面からは、もう小説をあきらめた方がいいだろうという含みが読み取れた。

「焼畑文芸」の例会にも落選後は一度も行っていない。ほとんどが売り言葉に買い言葉ではあったのだが、大垣にあんな大きなことを言ってしまった手前、今さら顔を出せたものではなかった。

このままではいずれ上京でもして人生をやりなおすということになるだろう。市谷はそう思った。小説などというものに首を突っこんだおかげで青春の貴重な数年間、その期間にまとまって襲いかかってくる苦労が必ずやのちの安逸をもたらし、だからこそ苦労もさほど苦労と感じない一生のうちの唯一無二の期間であるその数年間を無駄にしてしまった。やれやれ。東京で、地方から上京してきた田舎の青年たちと同じスタート・ラインに立ち、またもやあくせく働かなきゃならないのか。そんなことを考えて暗澹とした気分でいる市谷に、その「フール讀物」の寸評はまるで追い討ちをかけるような苛酷さだった。市谷は逆上した。もともと優等生で通してきただけに批判されることには免疫性がなく、今までは羨望や妬みからの悪意すべてに実力で報い、相手を見返してきたのだが今度ばかりはそうもいかないのでその怒りは尚さら激しい。

な、な、な、なんだ何なんだ。これは。雑上掛三次め。「読後のあと味が悪い」だと。文学をなんだと思ってるんだ。テレビのホーム・ドラマとでも思っているのか。現実にあと味の悪いことはいくらでもある。それに眼をつぶれとでもいうのか。貴様におカマ掘られた時のあと味、あれがよかったとでも思っているのか。死ね。この。何を。「もっとうまく書ける筈」とは何ごとだ。そんなこと言い出したらなんだってそうじゃないか。なんだなんだなんだなんだこの坂氏肥労太の選評は。選評になっていないぞ。「小説の本道ではない」だと。「文学作品ではない」だと。女狂いが評論家づらしやがって。自分はどれだけ文学の勉強をしてきたっていうんだ。反省しろ。そんならお前の考えている小説の本道とは何だ。文学とはなんだ。言ってみろ。そういう言いかたは文学評論の一冊も世に問い、自分の考えかたを発表してから言うことだ。それともまさか、手前の書いたあの何やらすかすかと風通しのいい安手の小説、あれを小説の本道とか文学とか考えているんじゃあるまいな。あんなものは読みもので文学のブの字もない。くそ、死ね。野郎。膳上線引。なんだこいつは。「ごちゃごちゃしている。整理し、省略した方がよい」そんなのっぺらぼうみたいな気持の悪いものが書けるか。古臭い小説作法を振りまわしやがって。推理小説ならともかく、現実の複雑さを描こうとする時に枝葉切り落す馬鹿がいるか。今の小説がどうなっているか何も知らんのか。ジョイスさえ知らんらしい。この低能めが。けしからんのは明日滝毒作。おれの作品に関しては発言なしだ。くそ。選考会で何をしてやがった。金をとっておきながら黙殺しやがる。許せん。もっとけしからんのは海牛綿大艦。おれの作品を褒めてる癖に他の作品を推してやがる。責任のがれではないか。卑怯な。こ、こ、殺す。以上五名。すべて殺す。裏切りやがった。金返せ。尻の方の童貞返せ。鰊口冗太郎。なんだこいつのこの尊大な言いかたは。長老だか何だか知らんが歳さえくってりゃ何言ってもいいってもんじゃない。「水準には達しているが印象不鮮明」だと。自分の脳の老化を棚にあげて何を言うか。手前のものを見る眼が不鮮明なのだ。「本塁打をとばさなければ水準を越す作家になり得ない」だと。お説教聞いてるんじゃないんだ。そんなことはわかっている。なぜ「大企業の群狼」が水準作で「虜囚の旗」を本塁打と手前が判断したのか、それを書かなきゃ駄目じゃないか。なんだと。「勉強のしなおしだな」だと。な、な、な、なにを生意気な。自分がどんな勉強をしたっていうんだ。この言いかたは典型的な明治生まれの老人固有の言いかただ。自省の色などひとかけらもなく他に対しては断定する。勉強しようとしまいと余計なお世話じゃないか。本当にそうは思わんのか。こいつこれでも作家か。なぜこんなに余計なことばかりを書く。読んでいないことを教えたいのか。それとも憎まれたいのか。そうか。そんなに憎まれたいなら憎まれても文句を言うな。こ、こ、殺してやるからな。殺して。

選評を読みながら殺してやる、殺してやると胸の内でくり返し続けていた市谷は、自分が彼らを本気で殺そうと考えはじめていることを知り、仰天した。あわてて立ちあがり、気を鎮めようとして室内を歩きまわった。殺人、などという恐ろしい考えを打ち消そうとしたためではない。もし彼らを殺すにしても今のままの乱れに乱れた精神状態では咄嗟に思いついた無鉄砲な殺人方法に固執してしまいそのまま無計画に最後まで突っ走って失敗するおそれがある。やる限りは失敗できない。落ちつくのだ。市谷は自分にそう言い聞かせた。落ちついた上で、まず自分に殺人などという大仕事がやれるものかどうかを考えなければ。そしてその上で選考委員九人全部を殺すことが可能かどうかを、いや、いやいや。その前にもうひとつ考えなければならぬことがある。彼らを殺すことがいいことかどうか。世の中の為になるかどうか。それを考えなければ。

むろん人間を殺すことは法律違反だ。その夜、市谷はともすれば先へ先へと駈け出し勝ちになる思考をひき戻し引き戻し考え続けた。しかしもし自分が彼らを殺すとすれば、それはむしろおれの文学活動のひとつと解釈されるべきではないか。むろん誰もそうは解釈してくれまいがそれとて他のあらゆる文学活動同様自分の文学世界の中だけでそう解釈していさえすればかまわないのだ。そしてあらゆる文学は異端でなければならないのだ。その異端たるべき文学のうちもっとも異端になり得ていないもののみを正統派の文学として社会に送り出している元兇があの委員たちだ。したがってこれを殺すことは大きくいえば社会の為であり文学の為である。社会などというのは共同幻想に過ぎないのだが真の文学を持たぬ社会はその社会が幻想であることを自覚していない社会であり、これは人間まで幻想化してしまう社会だ。真の文学を持つ社会のみが社会を幻想と自覚できるのだ。また小さく言えば全委員の撲滅は現在の中間小説の衰退を救うことにもなる。テレビ・ドラマ化可能な小説はいかに異端に見えようと良識内の異端だからな。もっともっと小さく言えば彼ら全委員の抹殺は少くとも今後彼らの小説だけはこれ以上生産されることがなくなり読まなくてすむことにもなる。よろしい。彼らは殺していいのだ。

憎悪のエネルギーでもって思考を回転させているものだから殺人を正当化する理論はいくらでも発明できた。市谷とて馬鹿ではないからそんな理屈で法律を逃れることができるなどとは露ほども思わない。自分さえ納得させればいいのだ。次に市谷は殺人の可能性を考えはじめた。

おれの性格は殺人という大仕事に適しているか。殺人に必要なものとは何か。熱い心と冷たい頭脳だ。冷静でなければ失敗するし、燃えあがるような強い殺意がなければためらいが生じてそれが行動を束縛する。あいにくというべきか幸運というべきか、おれには両方ともある。もし逆に熱い頭と冷たい心を持っていたなら冷酷で兇暴な殺人鬼にしかなり得ない。

ここでふと市谷の心に、ではおれのやることと冷酷で兇暴な殺人鬼のやることのどこに違いがあるかという考えが浮かんだが、それはすでに充分考え尽したことだからと思い、あわてて打ち消した。

せっかく冷静な頭を持っているのだから殺人計画はよく練らなければならない。といっても、九人全部を殺さなければならないのだから完全犯罪などはとても無理だし、最後には逮捕されてしまうだろうし、最初の殺人を犯してから逮捕されるまでの限られた時間内に残りの八人を殺さなければならないのだからある程度の荒っぽさも必要だ。もちろん九人全員が集まっているところで殺すなら短時間ですむが、そんな機会は年に二回の直廾賞選考委員会以外には滅多にあるまい。選考会場で殺すのは無理だ。現実的ではない。たくさん人がいるから阻止されてしまうだろう。大量毒殺、などというのも不確実で非現実的なやりかただ。推理小説ではないのだからな。これはやはり各作家の家を歴訪し、虱《しらみ》を潰すように丹念にひとりずつやっつけていく他なさそうだ。兇器は何にする。もちろん銃だ。文字通り無鉄砲ではなくいちばん確実だし、現に家にあるものを利用しないてはない。兄貴の持っているあの二連銃、いつもロッカーに入れ鍵をかけているが鍵のあり場所はわかっている。弾丸もたくさんある。兄貴はスキートの天才だから一ケースのうちいつも予備の弾丸を五、六発は必ず残してしまい、それが弾薬用ロッカーの中にたくさんある。新しい弾丸のケースも常に二、三箱持っていた筈だ。なに五十発もあれば不足することはあるまい。散弾だから作家の家族の二人か三人はとばっちりを受ける者が出るだろうがこれはしかたがない。

直廾賞選考委員であるこれらの作家九人の家を順に訪問して全部射殺するには最低どれくらいの時間がかかるだろう。ひと晩ではとてもできそうにない。ほとんどは東京にいるが鎌倉に二人、関西にもひとりいる。東名高速と名神高速を車で走らなければならないからどうやら丸一日以上かかりそうだ。途中で逮捕されるかもしれないが、ま、やれるところまでやるしかない。

車でまわるわけだが、家にある車を使うのはまずい。殺人行脚の途中でナンバーが確認されると身もとが割れ、犯行動機を早く悟られてしまう。すると他の未射殺の作家のところに警察が連絡するだろうから警戒されてしまう。レンタ・カーを借りよう。

市谷は、次に全国道路地図と東京都内二十三区の地図を出してきて殺す順番を考えはじめた。やはり東京在住の作家からやっつけて行かなければなるまい。市谷はそう思った。特に文京区港区目黒区世田谷区などの都心には数人の作家が集まっている。あとは杉並区にひとり、大田区にひとりである。都心から出発して殺しはじめ、杉並区、大田区とまわって鎌倉に行き、運がよければ大阪へ向かうことにしよう。

どうせそれまでに逮捕されるだろうが、と、また市谷は思った。しかし、おめおめと逮捕される気はなかった。市谷は死ぬ気であった。

九人の作家が全員自宅にいるような日を選ばなければならないが、これは連中の原稿締切り日を調べればいい、と市谷は考えた。その前日の夜あたりならたいてい自宅にいるだろう。決行は道路の混雑状況を考え、夜の八時頃から開始すればいい。それまでに編集長を装って各作家の家に電話し、在宅かどうかを確かめておけばよろしい。

それから数日、市谷は犯行計画を練った。雑誌を調べ、各雑誌社に電話し、それぞれの作家の原稿締切り日を調べた。決行の日が決定した。その前夜は都内のホテルで泊ることにし、決行当夜も含め二日間の予約をとった。ぐっすり眠っておく為だった。

ACT　5／SCENE　2

「村上龍さんの小説も池田満寿夫さんの小説も三田誠広さんの小説も拝見しました」吉野と名乗るその婦人が鷹のような眼をして保叉一雄に言った。「あの程度のものならこの子にも書けます」

吉野夫人の隣りにすわっている彼女の息子の三平という十八、九歳の若者がさっきから視線の定まらなかった眼を一瞬保叉の顔にとどめ、また眼をそらせ、ふたたび保叉の書斎の本箱や畳や天井などをあわただしく見まわしはじめた。

「このあいだ直廾賞の候補になった市谷という人もこちらの同人誌の出身で、保叉先生のご指導の下にあの作品を書かれたとうかがいましたが」

「多少、助言はしましたが」そんな評判がひろまっているのかと保叉はやや機嫌をよくし、口もとをゆるめた。「基本的には本人の実力ですからね。やはり何か作品を見せていただかないと」

「さあ。その作品のことなんですが」吉野夫人は息子と顔を見あわせ、ねえ、というようにうなずきあった。「現代の作家に苦節十年などという修業期間は、あるとかえってマイナスになると思うんですよね。処女作で世に出た方が恰好いいですし評判になるんですよね。実際にそういうデビューのしかたがいちばん現代的ということになってしまっているのですから。これはもう誰がどうおっしゃろうとそうした方がいいのですから。今はもう努力型は嫌われるんですよね。なに気なく書いた作品がぱあっと受賞してぱあっとベスト・セラーになったように見えた方がよいと、昨夜もこの子と話しあいまして、そういう結論に達したんですけどね。天才型でないと読者もマスコミも喜ばないんですよね。灘高やラサールもそうなってきていまして、今はもう、あまり勉強しないでも楽らくと入れた天才秀才型の生徒ばかりになっているそうなんですね。東大にしても」

「しかし、ここは進学塾ではないのでして」保叉は応じかたに困り、苦笑した。「能率的に文学賞に受かるような受賞勉強なんてことはここではやっておらんのです」

「ではさっそく、お始めになった方がおよろしいんじゃございません」吉野夫人がにやりとして声をひそめた。「文学の特訓塾を。わが子を流行作家にしたいというお母さんはきっとたくさんおられるでしょうね。古い考えはお捨てになって、現代の要請に応じられた方が」

保叉は怒る気になれなかった。市谷京二の直廾賞騒ぎ以後、自分の文学の方法に疑問を持ちはじめていたからだ。「こういう時代では、あなたのおっしゃることが、あるいは正しいのかもしれません」と、彼は言った。「しかしですな、特訓塾だって誰かれなしに生徒を入れるわけじゃない。一流進学塾になればなるほど成績のいい子を選んで教えています。あなたのお子さんに才能があるかないかは、こうして息子さんのお顔を拝見しているだけじゃわからない。処女作までは何も書かんとおっしゃるが、書かんのではなく書けないのかもしれない」

「それはもう、テストをして頂ければわかります」吉野夫人が背すじをのばし、切り口上で言った。「中学高校を通じてこの子のいちばん得意な学科は国語でした。古文から現代国語にいたる、あらゆる常識は持っています」

「若くして作家になるには、感性ということが大切なんです」

「勘は鋭うございます。テレパシイがあるのじゃないかと思うぐらい」

「その勘じゃなく、感性です」

「赤ん坊の時から癇性でした。よく虫を起こして」

「感受性の感です」

「それも鋭うございますよ。こまかいことに気がついたり、どうでもいいじゃないかと思うようなことまでいつまでもくよくよしたりして」

「神経質だというのと感性とは違うのです。思ったこと感じたことをどれだけ自分のことばで表現できるか」

「ああ、それでしたら」吉野夫人は保叉を憐れむように笑い、大きくうなずいた。「直接この子とお話しになった方がよくおわかりになると思いますわ」

「教育ママから勉強しろー、勉強しろーと言われるのと同じ調子で小説書けー、小説書けーと言われて閉口し、また、そう言われているだけでは小説は書けなかった、そうだね」保叉は吉野三平に向きなおってそう言った。「処女作で受賞する、などとママに言ったのも、自分ひとりで小説を書きはじめることが出来なかったための言いわけだ。そこで君はぼくのこの同人誌を文学塾と見立てて加わり、ぼくから特訓を受けようというわけだが、確実に文学賞が受賞できるような処女作を書く為の特訓など、ぼくはまだ一度もやったことがない。君はいったいぼくから何を、どういう風に学びたいのかね」

焦点の定まらぬ眼で保叉のいるあたりを見ながら吉野三平が喋りはじめた。「マーぼくのー理論的としてワー、ぼくの中ノー、マーいろんな情勢があるのデー、それの中ノー、マー今いちばん何を小説に書くのに絶対の宿題ヲー、マーあんたに目撃してもらってテー、マーぼくはそれを書くかラー、その話ヲー、進化させなければいけないのデー、どう延長させたらいいかヲー、あんたに横で検査していてもらってテー、これがいーとかあれがいーとか言ってもらってテー、マー徹底のものを書けバー、それで懸賞に合格するからラー、マー二篇めからあとワー、製造がわかったのデー、マーひとりでも書けるからラー」

ACT　5／SCENE　3

「ここに書いてきたことのすべては全部わたしの本心です。死の直前になってやっと肉声でものが書けるようになるなんて、なんと皮肉なことでしょう」

徳永美保子は自分の部屋で遺書を書きあげた。大垣義朗とのいきさつはすべて書いた。自分の馬鹿さ加減も自虐的なまでに書ける限りは書いた。誰にあてての遺書でもなかった。彼女はその遺書を彼女がそれまで書いてきた小説を書くように書いた。いままでに自分が書いてきた文章の中でもこれは最もいい文章かもしれない、と彼女は思った。遺書の最後に「徳永美保子」と署名した。もう一度読み返し、白い封筒に入れ、おもてに「遺書」と書いた。それから少し泣いた。それ以上書くことがないまでに大垣への恨みつらみは書き尽していたが、まだ彼への恨みは消えていなかった。

午後の二時ごろ、重大な話があるからと前もって電話し、大垣の家に出かけた美保子は、二階の彼の部屋の前で立ちすくんだ。大垣はあの実川という重役夫人と、窓から射し込む白昼の陽ざしの中に全裸でからみあっていたのだ。あれはわざとやったに違いない、と美保子は確信した。おそらく大垣は、勘の鋭い時岡玉枝あたりから、美保子が妊娠していることを耳打ちされていて、それを美保子自身から打ち明けられるのを恐れたに違いなかった。だからこそ彼女のやってくる時間を見はからい、実川夫人を呼びよせて美保子に痴態を見せつけ、美保子に何もかもあきらめさせることによって自分の責任を逃れようとしたに違いなかったのだ。大垣が今ごろどこかで実川夫人と飲みながら、昼間純真だが不器量きわまるその娘に施した「ちょいとした荒療治」のことを笑いながら話しあっているだろうと想像すると美保子は叫び出しそうになるほどの怒りを感じた。死ぬことなどなんでもないと思えるほどの怒りであった。そして彼への復讐の方法は死しかなかった。

今になって、それまで彼女がわけもわからずに読んできた小説の多くが、彼女には見えてきた。不思議だった。今まで、いったいどんな読みかたをしていたのだろう、なぜ今まで見えなかったのだろうと彼女は思った。それもまた、彼女に死の決行をより強く決意させるもののうちのひとつだった。大垣義朗という男がよくわかり、自分がよくわかった。したがって、自分は死ぬべきであり、それによって大垣も罰せられるべきだと思った。それ以外になんの方法もないのだと彼女は判断したのだ。立ちあがった。廊下との間の障子を開け、椅子の上に立ち、欄間にガウンの紐をかけた。確実に死ねそうな薬は手に入らなかった。縊死《いし》は醜いと聞いていたが、死後の醜態などにはこだわらなかったし、どうせひどい顔になるのだからと思い、死化粧もしなかった。そんな自分を美保子はせいいっぱい哀れんだ。自分を哀れむことだけが彼女に残された唯一の快楽だった。隣りの家のラジオがのんびりとハワイアンをやっていた。曲は「リトル・バンブー・ブリッジ」だった。紐で輪を作り、首にかけた。父はまだ帰っていず、母は買物だった。誰も彼女を助けようとする者はいない筈だった。美保子は椅子を蹴った。自分の顔がたちまち恨めしげな表情になっていくのを感じ、人を恨んで死ぬのに縊死ほどぴったりの死にかたはないと美保子は思い、遠ざかって行く意識の中で自分が縊死を選んだのを喜んだ。「リトル・バンブー・ブリッジ」が終った。静まり返った家の中に美保子の放屁の音が大きく響いた。

ACT　5／SCENE　4

予定よりも早く午後七時四十八分、市谷京二は昨日八重洲口前で借りたジャパレンのカローラで鱇口冗太郎の住むマンションの前に着いた。ホテルから飯田橋、安藤坂を経てこの鱇口のマンションへ来るまでに十五分しかかからなかったのだ。鱇口が自宅にいることは夕刻出版社の名を騙《かた》って電話でたしかめたからわかっている。他の作家の家へもすべてにせ電話をかけ、在宅かどうかを調べてあった。その結果ひとりは地方へ講演旅行に出かけ、あとのふたりは執筆のため都心のホテルに籠っていることがわかった。しかし市谷が必殺を目論《もくろ》む老大家連中はすべて家にいる。市谷は決行にふみきった。

マンションのポーチには来客用の車が四、五台置けるほどのスペースがあり、ここには二台しか駐車していなかった。市谷はライトバンのうしろに車を停め、様子をうかがった。あたりはひっそりしていた。この時刻、附近の道路に人は通らず車も走らず、マンションの出入りも少いことは調査済みである。

ごう、という音がした。なぜか地上を走っている地下鉄がマンションの裏手の崖下を通過しているのだ。市谷は背広の下に着こんだ狩猟用チョッキの両のポケットへ散弾を十発ずつ入れ、銃にも二発こめ、ゴルフ・バッグに入れて持ち、カローラを降りた。玄関から入るとフロントに見咎められるが、マンションの左手にまわれば住民用の駐車場があり、ここから直接マンション一階のエレベーター・ボックスへ行ける階段がある。エレベーターを五階で降りて右に行くと駐車場を片側に見おろす廊下があり、その突きあたりがローマ字で表札を書いた鱇口の住まいである。途中、市谷は誰にも会わなかった。ドアの前で市谷はゴルフ・バッグから銃を出した。インタホンのブザーを押した。

「はい。どなた」

下品な中年女の声が返ってきた。夫人ではなさそうだった。市谷は夕刻電話した時の出版社名と架空の名を告げた。十五秒ほどのち、あきらかに家政婦とわかる五十歳前後の女がドアを細めに開けた。市谷は銃をつきつけながら肩でドアを押し開けた。不用心にもドア・チェーンをはずしていた。入ったところは応接室で、そこには誰もいなかった。中年女はゴルフ・ボールほどに眼を見ひらいていた。黒眼が縮んでいた。

「鰊口冗太郎はどこだ」

押し殺した市谷の声に、中年女は顫えあがった。「あのもう、わたしだけは、教えるから、それだけは、あっちだから、助けて」右手を指さした。それからよたよたと左手の隣室へ逃げようとした。

市谷は彼女の後頭部を銃把で殴った。女は床に倒れた。市谷はドアをしめた。応接室の右側にスクリーンがあり、その裏は食堂だった。ガウンを着た鰊口冗太郎がひとりで食事をしていた。

彼は立ちあがった。「君は誰だい。中旺公論の人じゃないね」

「これを見ればわかるだろう」市谷は銃口を向け、老作家の頭部を狙った。「直廾賞であんたに『大企業の群狼』を落された市谷という者だ。その恨みであんたを殺しにきた」

鰊口冗太郎は椅子にへたりこんだ。泣き顔になり、かぶりを振った。思考力を失ったらしく、しばらくかぶりを振り続けていた。やがて、間のびした声で言った。「そんなことで殺されていたのでは、いくつ命があっても足りないよ」ゆっくりと片手をあげ市谷を制した。「待ちなさい。わたしを殺したってしかたないだろうが。助けてくれるなら何でもしてあげるよ」

「よし。それなら」市谷は彼を狙ったままで言った。「フーマンチュウとは何者だ。居場所を教えろ」

フーマンチュウの名を聞くなりわっと叫んでとびあがり、鰊口冗太郎は老人と思えぬすばやさで反射的にテーブルの上の皿をとり、市谷に投げつけた。市谷は避けようとせず、皿が自分の肩に当って床に落ちてから引金をひいた。さらにコーヒー・カップを投げつけようとして片手を振りあげていた鰊口冗太郎の顔面に無数の赤い穴があき、彼は仰向けに倒れた。ガウンがまくれあがった。風呂あがりだったのか彼はガウンの下に何も着ていなかった。陰嚢がちぢみあがっていた。

倒れたまま動かぬ作家に近寄って耳の穴からとどめの一発を撃ちこみ、市谷は応接室に引き返した。夫人は不在らしくて誰も出てこず、家政婦はまだひっくり返っていた。銃へ新たに散弾を二発こめ、市谷はドアを開けて廊下をうかがった。誰の気配もなかった。エレベーター・ボックスへたどりついてから市谷は銃をゴルフ・バッグに入れた。エレベーターで一階まで降りると、エレベーター・ボックスに女優の加賀まりこが立っていた。一瞬どきりとしたが、よく考えてみれば面識はない。来た時と同じく駐車場をまわり、市谷はカローラに戻った。八時二分だった。

ACT　5／SCENE　5

　夕刻やってきた客が奥の書斎で夫と話しこんでいてまだ帰らないため、加津江はいらいらしていた。店には岡商店の営業マンが集金に来ていて、金を払ってもらえないなら今日こそ商品の文房具類を持って帰るといきまいている。主人に話すからちょっと待ってくれというと、そのまま店さきの椅子に腰を据えてしまったのだ。

　奥にいる客というのは親子と思える中年婦人と青年で、話を洩れ聞けばブンガクの修業がどうこうなどと議論している。破産に直面しつつあるこの家庭の非常時に何がブンガクか、客も客だ、夕餉《ゆうげ》どきにやってきて長居をしてなんと気のきかない、まだ夕食の買い物にも出られないでいるというのにと加津江は腹立たしくてしかたがない。

「遅いなあ。まだですか」岡商店が鼻息荒く立ちあがり、狭い店内をうろうろと歩きまわりながら奥へ聞こえよがしの大声で言った。「ちょっと言ってきてくださいよ。どんな大事な客か知らんが、こっちは商品を持って帰るって言ってるんですぜ。ほんとに呑気なご主人だ」

それをきっかけに加津江は立ちあがった。もう我慢できないと思った。客の前でもかまわないから言ってやろうと決心した。さいわいブンガクの関係者が来ている時に限り、加津江が何を言っても保叉は滅多に怒らないのだ。加津江は書斎に入った。

「しかし、文法を知っているからといっていい文章を書けるとは限らんのですよ」保叉がいささか興奮して言いつのっていた。「現にこの三平君の喋ることばなど感覚的なんてものじゃない。単にことばを知らんに過ぎんのです」

「あなた」夫の横にすわりこみ、加津江は切り口上で言った。「岡商店の人が集金に見えています」

「うん」面倒臭そうに眉間に皺を寄せた保叉は、お座なりのことばでは引っ込んでくれそうにない妻の表情をちらと見て溜息をついた。それから故意に重おもしい口調で、それ以上言ってはならぬという威圧をこめ、妻を睨みつけながら言った。「今日はお金がありませんから明日おいで下さいと、そう言いなさい」

　加津江は夫を睨み返した。三白眼になった。頰が引き攣《つ》っていた。ますます切り口上になった。「今日お金が払えないのなら商品を持って帰ると、そうおっしゃっています」涙が出はじめ、声がかすれた。「それに、明日、どこからお金が入るのですか。どこからも入らないじゃありませんか」からだ全体が顫えていた。眼を見ひらき、般若の顔となり、加津江は叫んだ。「もう。どうするつもりですか」

憮然として、保叉は黙りこんだ。

吉野夫人がにやりとしてハンドバッグを膝の上にのせ、口金をぱきと鳴らした。

「失礼ですがそのお支払いはいかほどでしょう。差し出がましいようですがわたしがお立て替えを」

その時、保叉の机の上の電話が鳴った。保叉が受話器をとり、二、三度はいはいと頷いてから突然顔色を変えた。

「え。徳永君が。自殺を。本当ですか」

ACT　5／SCENE　6

毎日新聞の社屋の前から皇居前の濠をめぐり、車を南へ走らせながら市谷は、ついに始めてしまったぞ、とひとりごちた。もうあとへは引けない。ただやり続けるしかない。そう思った。自分が想像していたよりもずっと冷静に事を運ぶことができたので市谷の気分はますます落ちついた。ここまで来た限りは、余計なことを考えてはいけない。ただ冷静に、感情を混えず行動すればいいのだ。そう自戒した。これはおれの文学活動なのだ。殺人をやっているのではない。おれは今おれの文学をやっているのだ。と、そうも思った。霞が関の官庁街を抜け、車は賑やかな都心の繁華街に入った。

ACT 5／SCENE 7

「お前。何をやったのだい」二階へあがってきた槇は、よほどあわてて階段をのぼったらしく呼吸《いき》をはずませながら肥ったからだを大垣義朗が向かっている机の傍へどた、と投げ出すようにして横ずわりになり、おろおろ声でそうささやいた。「警察のかたがお見えだよ」

「警察」一瞬ぎくりとした自分に腹を立て、大垣はわざとふてぶてしく笑った。「なんだ。イヌが来たぐらいで」

「しっ。そんな大きな声を」槇はうるんだ眼で息子の顔を覗きこんだ。「本当に何もしちゃいないんだろうね」

「何もしちゃいないよ。馬鹿だなあ。わはは」わざと大きく笑いながら大垣は階段をおりた。

「大垣義朗さんですね」店さきに立っているその警察官は私服だった。「徳永美保子さんのことでうかがいたいことがありまして」

「ほう。美保子、いや、徳永君がどうかしたんですか」大垣の胸にどす黝《ぐろ》い不吉なものが湧き起った。

「自殺したのです」

「ほう。自殺をねえ」けんめいに何気なさを装い、大垣は背後までやってきて聞き耳を立てている槙に話をきかれまいとし、下駄をつっかけ、ちょっと、と言って刑事を道路にまで押し出した。「文学少女なんてものはよく自殺をするものですが、彼女の自殺で、なぜわざわざぼくのところへ話を聞きに来られたのです」

　突っかかるような大垣の口調に刑事は苦笑し、ちょっとたじろいで見せた。「まあ一応は変死ということになりますので。いやいや。あなただけにお話をうかがっているわけじゃありませんよ。彼女が所属していた同人誌の関係者全員のかたにお話をうかがっているのです」遺書に大垣の名があったことをわざと伏せた刑事は、大垣の表情のほっとしたようなゆるみを見逃さなかった。「おそれいりますが、ちょっと署までご同行願えませんか」

「ああ。いいですよ」好感を持たれた方がいいと計算した大垣は気軽に頷き、いったん家に戻った。

「あの娘さんはお前が殺したようなものだよ」槙は泣いていた。「あんな仕打ちをされたら女なら誰だって死ぬよ。お前は自分がどんなひどいことをしたか、わかってるのかい」

「うるせえなあ」着換えている大垣の傍までやってきてくどくどと掻き口説く母親に彼

は怒りの眼を向け、舌打ちした。「余計なこと言わないでくれ」

「ああ。お前はいつもそうだったよ。自分のした悪いことで人から何か言われても、ただ怒って癇癪を起すだけ。子供の時からそうだったよ。自分が悪いなど、思ったこともないんだからね。考えようとしたこともないんだからね」だんだん激してきて、槇は唾をとばしはじめた。「今度ばかりはそうはいかないんだからね。とうとう人が死んだんだよ。大変なことになったんだよ。警察のかたにいさぎよく何もかもお話ししてお詫びするんだ」

大垣はとびあがった。「おれが何をした。何も悪いことをしちゃいない。何を詫びろっていうんだ。あの娘は勝手に死んだ」

「また、それかい。お前は外道《げどう》だ」槇も大声を出した。「わたしはこれから先さまのお宅にうかがってお詫びしてくるよ。そしてあの娘さんの冥福を」

「そんなことされたらおれが迷惑する」大垣は悲鳴をあげた。「いいか。それだけはやめてくれ」

「いいえ。やめないよわたしは」

親子の言い争う声は店さきにいる刑事の耳にまで届いた。

ACT　5／SCENE　8

八時七分、警視庁通信指令室に家政婦小川マサと名乗る中年女性から一一〇番通報が入った。作家鰊口冗太郎が射殺されたという通報であった。富坂署のパトカーが現場に急行し、同署捜査一係及び警視庁殺人課の刑事たちもただちに出動した。

ACT　5／SCENE　9

若者たちが集まる都内一のプレイ・タウンの夜は隙間ない電飾看板と喧騒に彩られていたが、そこからほんの数十メートル横道へ折れただけの雑上邸のあたりは高級住宅の並ぶ閑静な一画だった。ひと通りも滅多にない。雑上邸の隣りのかど地は駐車場になっていて、少くとも夜間は誰もいず、置かれている車の数も少い。出口近くへ無断駐車した市谷は、車外の明りで腕時計を見た。八時二十三分だった。今度はゴルフ・バッグから出した銃を剝《む》き出しのまま持ち、市谷はカローラを降りた。

雑上邸までの数メートルを小走りに駈け、さほど高くない門の鉄柵を乗り越えた。玄関のドアは木製で、ドア中央部には縦長にガラスが嵌込《はめこ》まれている。銃の台尻でガラスを割り、手を突っこんでドアの鍵をはずすと、市谷は玄関ホールへ闖入《ちんにゅう》した。眼の前に二階への階段があった。ホール右手のドアを開けるとそこは応接室で、無人だった。左手の、茶の間と思える座敷から若い娘が出てきた。女中であろう、と市谷は思った。彼女は市谷が自分に向けた銃を見てゆっくりとホールの床に尻を据えた。市谷が近づくと彼女はうっとりとした顔で彼を見あげ、憧憬的《しょうけいてき》な眼差しでにたにた笑った。

「雑上掛三次はどこだ。言わんと射殺する」銃口を彼女の額に押しあてた。

娘は真顔になった。「二階の奥の」紙のような顔色になり、気絶した。

「なんだったの」女の声がした。

雑上家にはこの女中以外に夫人と夫人の姉、大学卒と中学生の娘二人がいる。大勢の女にぎゃあぎゃあ騒がれては厄介だから市谷は大いそぎで二階へ駈けあがった。三つの座敷をめぐる廻廊があり、いちばん奥の座敷に電灯がついていて、そこが雑上掛三次の書斎だった。市谷が勢いよく障子を開くと和服で座机に向かっていた雑上掛三次がさっと立ちあがり、棒のように硬直した。

「君は」

「憶えていたようだな。そうだよ。なぜここへ来たかわかるだろ」市谷は銃口を雑上に向け、顔を狙った。

「わかりません」雑上は顫えはじめた。「わたしはあなたの作品を最後まで推したのですよ。本当ですよ。あっ。あの選評。あれはわたしが書いたのではない。牛膝《いのこずち》が書いた。選考会ではわたしは極力推した。そのわたしが、なぜ殺されなきゃならんのですか」

「ちゃんと、殺されるってことがわかってるんじゃないか」

ひひ、と笑った。「殺すの殺されるのという、そんな、そんな仲ではないでしょう。ねっ。あなたとわたしは」しなを作った。「必ず次はあなたを受賞させます」足もとの畳を濡らしはじめた。「わっ。撃たないでください。わっ。死にたくないですよ」

「そうだろうな」

雑上は小便を終り、身ぶるいした。それからほほほほほと叫んで首をくるりと一回転させた。背後の廻廊へ出ようとし、障子に駈け寄ってがらりと開いた。足をもつれさせて四つん這いになった。市谷は銃を発射した。無数の散弾が雑上の尻に食いこんだ。市谷は雑上はひいと叫んで尻に手をあて、身をよじり、半回転して仰向きに横たわった。雑上に近づいた。雑上は廻廊の天井をうつろな眼で見あげたまましきりに何ごとかを考え続けていた。撃たれた尻のことを考えているに違いなかった。市谷はさらに彼の出っぱった腹へ散弾を撃ちこんだ。雑上は腹のことも考えはじめた。

雑上をしばらく苦しめるため、市谷はわざとゆっくり銃に散弾を装塡《そうてん》した。雑上がぱっくりと口を開き、意識を失った。口の中へとどめの一発を撃ちこみ、市谷は廻廊を引き返した。銃声を聞きつけたらしく、雑上夫人と思える中年の女が階段をあがってくるのが見えた。市谷は階段の天井めがけて一発ぶっぱなした。女は階段をころげ落ちた。市谷は階段を駈けおりると、ころげ落ちた女が蹲《うずくま》り、頭をかかえて呻いていた。玄関ホールにはもうひとり年輩の女がいて気を失ったままの女中を抱き起していた。彼女は市谷を見るなりぎゃあと叫んで女中を投げ出し、奥の間に逃げこんだ。奥の間からはかすかに電話をかけている若い女の声が聞こえてきた。

市谷は雑上邸を駈け出て鉄柵を乗り越え、駐車場へ走った。あいかわらずあたりは静かで、道路には誰もいなかった。市谷がカローラを道路へ出した時、雑上邸から出てきた人影があわてて引っ込むのが見えた。車を見られたな、と、市谷は思った。

ふたたび繁華街へ出た。信号待ちをしながら腕時計を見ると八時三十二分だった。

ACT 5／SCENE 10

パトカーの初動出動により作家鰊口冗太郎の殺害事件は確認された。富坂署刑事課長のもとへは現場その他各所で捜査活動を開始した刑事たちからさまざまな報告が入り、そのひとつひとつに刑事課長は適確な指示をあたえた。

「物を盗まれた形跡はありません。怨恨と考えられます。なお先ほど鰊口夫人が帰宅しました。犯人に心あたりはないそうです」

「もう一度、犯人の特徴を、家政婦から直接鰊口夫人に詳しく報告させろ」

「現在各出版社の鰊口氏担当編集者はすべて退社しております。ただ、文藝春愁の一部の編集者が出張校正のため市谷加賀町にある全日本印刷の校正室に詰めているそうです」

「すぐ近くだな。君はそこへまわれ。文壇事情に通じた編集者から、鰊口氏を恨んでいた者の有無を聞き出すんだ。必ず、誰かいる筈なんだから」

「フロントにいた管理人は誰の姿も見ていないそうですが、このマンションは玄関ホールを抜けなくてもエレベーターに乗れます」

「ふた手にわかれ、マンション内の住人、及び附近の住民の聞きこみを開始してくれ。特にその時刻、マンション附近に駐車している見なれないあやしい車を見なかったかどうかを聞いてまわってくれ」

「鰊口夫人が番場という男の存在を思い出してくれました。これは長女の許婚者だった作家志望の男で、この男は酒癖が悪かった為に破談になった上、鰊口氏が選考委員をやっている例の直廾賞という文学賞をつい二カ月ほど前落選させられた為、おそらく鰊口氏を恨んでいるだろうということで、今のところこの男以外にそれらしい人物は思いあたらないそうです」

「家政婦はその番場という男に会ったことはないのか」

「鰊口家へは何人かの家政婦が交代で来ていまして、小川マサは番場に会っていません。鰊口夫人によれば年恰好は似ているそうです」

「住所はわかるかね」

「家は盛岡の方の旧家だそうですが、現在は都内でアパート暮しをしているそうです。新宿だということですが、詳しい住所はここではわかりません。この同じマンションに住んでいる長女に聞いてもよく知らんとのことで」

「それはこちらで調べよう。おい君。すぐに新聞社の文化部へ電話しろ」

「あのう課長。中旺公論社へ来て社員名簿を見せて貰いましたが、該当する者はおりません」

「そうだろうな。君は現場へまわって聞きこみを手伝ってくれ」

「課長。新聞社の文化部が出ました」

「番場の現住所を聞いてくれ。待てまて。ついでにこの前の直廾賞の、受賞者を除く全候補者の住所も一応聞いておいてくれ」

ACT　5／SCENE　11

警察へ出頭した大垣義朗は廊下で保叉一雄に出会った。大垣は刑事がいるのもかまわず陽気な大声を出した。

「やあ保叉さん。事情聴取とやら、あんたはもうすんだの」

なぜか保叉はそっぽを向いた。

大垣は保叉の傍へ寄っていき、低声で訊ねた。「あんた、ぼくのことを何か言いましたか。言ったならどう言ったか教えといてくださいよ」

「何も言わなかったよ」哀れむような眼で保叉は大垣を見た。「君のことは何も言わなかった。でも」

「でも、何」

同行してきた刑事が大声で大垣を呼んだ。大垣はしぶしぶ刑事に従い、防犯課の部屋に入った。

ACT　5／SCENE　12

八時四十分、市谷のカローラは渋谷を通過した。麻布署の前を通って六本木から離れようとする時パトカーのサイレンを聞いたので少し苛立ったが、今までのところ予定時刻よりも遅れてはいないし、むしろ五分近く早いめ早いめに犯行を終えていることを思い出し、市谷は心を鎮めた。自分の冷静さと、血を見ても心を乱さぬ鋼鉄の如き己れの意志を、市谷は頼もしく思った。さらにまた、老作家連続殺人事件というので警視庁やマスコミが騒ぎはじめ、他の作家たちが警戒しはじめるのはまだまだ先のことであろうとも思えたので、ますます気が落ちついた。カローラは西へ走り続けた。

ACT 5／SCENE 13

「全日本印刷に来て、文藝春愁の加茂という編集者に会いました。彼の話では、この前の直廾賞に落選した番場という男が」

「待てまて。その男のことならもうわかっている。今、新宿のその男のアパートへ木元君に向かってもらった」

「ところがその男、最近は歌舞伎町にある『うえだ』というバーに入り浸りで呑んだくれているそうです。この時間なら確実にそこにいる筈だというのですが」

「ずっとそこにいたとしたらアリバイがあることになるが、とにかく近くの署から誰かに行って確かめてもらおう。君もそっちへまわってくれ」

ACT 5／SCENE 14

さっきから周囲の机の刑事たちが反感をあらわにした眼で睨みつけてくるのもかまわず大垣は傍若無人な大声で相手の刑事に怒鳴り続けていた。「そんなことわかるわけないだろう。彼女だって文学者のはしくれだ。文学者がどういう動機で死を選んだか、そんなことが簡単にわかってたまるか」

「じゃ、なぜそんなに怒鳴るんだ」中年の刑事が陰気な眼で大垣の表情を観察し続けながらぼそりと言った。

ちょっと気圧《けお》され、大垣は弁解した。「だってあんたが、あまりしつっこくつまらないことを聞くから」またもや顔面を紅潮させ、怒鳴った。「あっ。おれが彼女の自殺に関係があると思っているのか。文学者の自殺などという難しい問題が刑事風情の頭じゃ判断できかねるので、そういう下賤《げせん》な考えが浮かぶんだろう」

「そういうとはどういう。下賤な考えってどういう考えかね」

「しつこいなあんたも。彼女が自殺したことは間違いないんだろ。それなのになぜ警察がこんなにおれと彼女の関係を追及するんだ」

「いや。まだ自殺とは限っていないよ」

「殺人の疑いがあるのか」大垣は蒼ざめた。「おれが殺したとでも」とびあがった。「ひひひひひ、ひ、ひとを容疑者扱いしやがって。ここ、これでも民主警察か。このこと、何かに書いてやるぞ。何かに書いてやるぞ。何かに書いて。だって、首をくったんだろうが。いくら解剖して検査しようがどうしようが、自殺は自殺だろうが。なっ。そうだろうが」

「うん。おそらくそうだろがね」

大垣はぐったりとして椅子に掛け、投げやりに言った。「ふざけないでくれよ。びっくりする」

「なぜ、びっくりする」

「おれと彼女の関係がどうであろうと、自殺なら警察は無関係だろ」

「彼女と関係があったのか」

「そういう質問も、できない筈だぜ。殺人事件じゃないんだから」

「彼女の遺書があるんだがね。それには君との関係がすべて書かれている」

大垣は蒼くなり、とびあがった。「創作かもしれんだろ。彼女は文学者だ」赤くなった。「それが本当としても、警察には何もできん筈だぜ」無理やりふてぶてしく笑った。

「はははあははあはは」

「彼女の父親が君を告訴すると言ってる」

蒼くなった。しばらく黙った。また赤くなり、吠えた。「警察は民事不介入だろ」

「ゴー・ストップの信号だな。赤くなったり青くなったり」刑事がせせら笑った。

部屋中の刑事がどっと笑った。

かっとして立ちあがりかけ、大垣は気をとりなおしてそっぽを向いた。

「本当にやましいことがないのなら、これからわたしと一緒に彼女の家へ通夜に出かけることもできる筈だな」

また蒼ざめた。だがすぐに、そっぽを向いたままけけけけ、と笑った。「ああ。行ってもいいよ」向きなおり、刑事を睨みつけた。胸をはっていた。「おどかしても駄目だ。おれは平気だね。へーいきだね」

若い刑事が部屋に入ってきて、中年の刑事に耳打ちした。

「そうか。ありがとう」大垣を睨み返した。「彼女は妊娠していた」

大垣は絶句した。やがて、ふんと鼻だけで笑った。「それがどうしたい」

「自殺なら警察はどうすることもできんと思っとるようだな。だが君はひとつ忘れている」刑事がどんと机を叩いた。「彼女は未成年だった。文学者だろうがなんだろうが未成年は未成年だ。お前は未成年者を強制猥褻《わいせつ》行為によって妊娠させ、自殺に到らしめた。これが罪にならんと思っとるのか」

大垣はがたがた顫え出した。けんめいにかぶりを振った。「おれじゃない。おれの子じゃない。ただただただ、誰の子かわかるもんか」

刑事はゆっくりと椅子に掛けなおした。「お前の子かお前の子でないか、これからじっくりと考えようじゃないか」

大垣は泣きわめきはじめた。「なぜだ。なぜ文学者同士の、文学観の一致による純粋な魂と魂とのぶつかりあいがだな、けけ、警察なんぞという、次元の違うところで裁かれなきゃならんのだ。これは不条理だ。実存主義だ極限状況だアンチ・ロマンだ。国家権力の文学への介入だ。もともと文学的行為は反社会的なものなんだ。それを罰するなんて、ぶぶぶ、文学への冒瀆だぞ。助けてくれ。おれは病弱で繊細な文学青年なんだ。警察はいやだ。耐えがたい。助けてくれ。助けてくれえ」

ACT 5／SCENE 15

「たた大変です課長。今度は作家の雑上掛三次氏が殺害されました」

「落ちつけ」

「八時三十一分、通信指令室に雑上氏の長女という女性から怪漢侵入という一一〇番通報が入って、すぐさま麻布署のパトカーが駈けつけたところ、二階の書斎で雑上氏が射殺されていたそうです」

「射殺だと。同一犯人だな。兇器はやはり散弾銃か」

「詳細はまだわかりません」

「よし。麻布署へはこちらから連絡をとる。君は雑上邸へすっとんでくれ」

ACT 5／SCENE 16

八時四十八分、市谷は東大駒場に近い高級住宅地内の、まるで煙突のように見える高い給水タワーが目印の坂氏邸に到着した。さほど大きな邸ではなく、家そのものは大会社の部長クラスの家だが、値打ちは地面である。その地面は坪約百万という都心の地面なのだ。

数軒離れた大邸宅の門前に車を一台停めるのが可能なスペースがあった。カローラの中でニッコール上下二連に銃弾を装填し、狩猟用チョッキのポケットにも散弾を補充して車を降り、市谷は坂氏邸までの十メートル足らずを歩いた。道路は一直線で彼方まで見通せ、あたりは静かであり、銃を持ち歩いてもだしぬけにどこかの家から人があらわれでもしない限り見咎められる心配はまったくない。門の鉄柵は雑上邸よりも高く、約一メートル半あった。開けるのが面倒なので市谷はまた乗り越えた。来客中らしく、正面の応接室と思える部屋の窓に明りがついていて、話し声がしていた。玄関のドアには鍵がかかっていた。だがドアの横にはドアと同じ天地で四、五十センチの幅を持つ嵌め殺しのガラスがある。市谷はこれを銃で叩き割り、手をさしこんで内側から錠をはずし、ドアをあけた。

ガラスの割れる音で、左手のドアが開き坂氏肥労太が出てきた。「君は」

「お忘れのようで」

彼は市谷を思い出した。「や」銃を見て顔を長くし、坂氏はあわてて部屋に戻り、ドアを閉めようとした。

市谷はドアを蹴り、部屋に闖入した。やはり応接室だった。編集者と思えるサラリーマン風の肥った中年男が客だった。

「君は何者だ」豪胆な男で、向けられている銃口にびくともせず、市谷につかみかかってきた。

しかたなく、市谷は引金をひいた。胸に散弾を浴び、男は部屋の隅までぶっとんで棚に並んでいるゴルフの賞盃をがちゃらがちゃらと倒し、床に寝そべった。気を失っていた。

逃げ場がないので窓から出ようとしている坂氏肥労太のシャツをつかんでひき戻し、床に引き据え、市谷は銃口を彼の頭部に向けた。「殺される理由はわかっているな」

「わからん。だいたい殺されるほどの理由は何もない」顫えながら、倒れている編集者を見つめた。「しかし君は、どうせぼくを殺すつもりです」観念したらしく、正座した。

「歌を一曲うたわせてほしい」

「殊勝ですね」銃弾を補塡しながら市谷は言った。「歌わせてあげますから早くやりなさい。武士の情けで歌い終るまで撃たないことにします」

「出た出た月が」歌いはじめた。「丸い丸いまん丸い」

一曲歌い終ると、すぐ次の歌をうたいはじめた。「えっさえっさ、えさほいさっさ」

「早く歌ってしまえ」

身をよじりながら坂氏は歌い続けた。眼球をまっ赤にしていた。「お猿の駕籠屋だほいさっさ」また別の曲をうたいはじめた。「カラスなぜ鳴くの」汗をかいていた。

「いつまで歌い続ける気だ」いらいらし、市谷は銃を構えた。

「森の木蔭でドンジャラホイ」発狂しそうな顔で坂氏は歌い続けた。

えんえんと歌い続ける気らしいと悟り、市谷はよけいなことを言わなければよかったと後悔した。腕時計を見るとまもなく九時になろうとしている。

市谷の苛立つ様子を横眼でうかがいながら坂氏は次の曲を歌いはじめた。「そそらそらそら兎のダンス」

待ちきれず、市谷は腰だめで発射した。坂氏はぴょんと躍りあがり、床に仰臥した。眼をくわっと見ひらいていた。あきらかに死の形相であったし、至近距離から胸を撃ったのだからとどめは刺すまでもないと思い、市谷は部屋を出ようとした。ドアのところで振り返った。坂氏は横眼で市谷を見ていた。市谷はあわてて引き返し、弱よわしく悲鳴をあげる坂氏の眉間にとどめを撃ちこんだ。

夫人は不在なのか、奥で顫えているのか、邸の中は静かだった。

市谷が道路へ出ると、近所の家の二階の窓から外を見まわしていた男が市谷を見つけ、大声で訊ねかけた。「今の音、なんだったんですかあ」

市谷も叫び返した。「バック・ファイア。バック・ファイア」

男は納得して窓を閉めた。

カローラに戻り、時計を見た。九時ちょうどだった。一時間以内に大作家を三人も殺したのはおれだけだと市谷は思った。

ACT 5／SCENE 17

「課長。バー『うえだ』で番場という男に会いました。本人はすでに酔っぱらっておりまして話をしてもさっぱり要領を得ませんが、バーのママや他の客の証言によりますと七時過ぎから来て、ずっと呑み続けているそうです」

「その男のことはもういい。事情がわかった。今度は雑上掛三次氏が殺されたんだ」

「え。同一人の犯行ですか」

「そうのようだ。君はすまんがもう一度全日本印刷に戻って例の加茂という編集者に、鯨口氏と雑上氏のご両人を恨んでいた人物を聞き出してくれ」

「しかし課長、加茂氏は鰊口氏を恨んでいたという人物さえ長いことかかってやっと番場ひとりしか思いつけなかったくらいですから、両方とも恨んでいた人物など範囲が尚さら狭まるのでとても考えられないでしょう。これはやはり、有名作家に反感を抱く一種の精神異常者の犯行と考えた方が」

「それは別の線で洗っている。それに作家や作家志願者全体が文学的精神異常者だという考え方もできるのだ。加茂氏にはさっきと違った観点から考えてもらってくれ。たとえば鰊口氏も雑上氏も歴史小説や時代小説を書く作家だ。そういう共通点から別の人物が浮かびあがってくるかもしれないだろ」

「わかりました。全日本印刷に戻ります」

「課長。その後の調べで雑上夫人が犯人の車を見ていることがわかりました。ブルーのカローラで、新車ではなさそうだったということですが、ナンバーまではわかりません。プレートは白です」

「よしわかった。おい君。すぐ盗難車を調べろ」

ACT　5／SCENE　18

徳永家の門前まで来て保叉一雄は立ちすくんだ。入れないのだった。通夜などという無意味な慣習は無視し、来なくてもよかったのだと保叉は今になってそう思ったが、ここまで来ておいて立ち去るのは卑怯な振舞いのようにも思え、彼はながい間ためらっていた。徳永家の全員から美保子の死の責任を糾弾されるだろうが、その時どういう態度で対処すればよいのかが保叉にはわからなかった。ひらあやまりに詫びるのは彼の文学者としての誇りが許さなかった。だからといって以前徳永重昭を煙に巻いた時のような文学的韜晦《とうかい》はここでは通用しないに決まっていた。そんなことをすれば袋叩きにされかねない。悪いことには保叉自身の中に必要以上の量の罪悪感まで存在する。したがってそんな演技も長続きはせず、つい気弱さが出るに違いなかったし、美保子の家族親戚からここを先途と嵐のように責め立てられればおいおい泣き出してしまうかもしれないのだ。

美保子の両親に対する悔みのことばも思いつかぬまま保叉は、通夜に駈けつけてきた親戚らしい四、五人の一団にまぎれて徳永家にあがりこんだ。むせ返るほどの線香の香りだった。奥の間と次の間との境の襖ははずされていた。十数人の親類縁者に混り、次の間の隅に「焼畑文芸」の同人連中がたむろしているのを眼の隅でとらえながら保叉は奥の間へ通った。美保子の写真に手をあわせてから、徳永重昭の前に座り、黙って一礼した。心痛で寝込んでしまったのか、美保子の母親の姿はなかった。徳永重昭は泣き腫らした眼で保叉を睨みつけた。

「あんた、悔みに来たのか」と、彼はいった。「じゃ、悔みのことばを述べて貰おうじゃないか。どう言うつもりか、聞かせてもらおうじゃないか」声が顫えはじめ、次第に高くなった。「さあ。皆の前でなんとか言ってみろ」

「兄さん」隣席にいた男が徳永の袖を引いた。「せっかく悔みに来てくれたんだから」

「あんたも告訴してやる」怒号が家中に轟いた。

保叉は立ちあがった。怒鳴られて、かえって気が楽になった、と思った。彼は同人連中のところへ行き、立ったまま全員に聞こえるような大声で言った。「ここでは通夜はできない。われわれだけで、いつものところで彼女の為にお通夜をしてやろうじゃないか」

居心地悪そうだった鱶田平造、鍋島智秀、時岡玉枝、土井正人が、ほっとしたような表情で立ちあがった。

「飲みに行くんだよな」

「人の死んだのを肴《さかな》にして飲みに行きやがる」

聞こえよがしの声を背に、保叉たちは玄関を出た。

「市谷君がいないね」と、保叉は時岡玉枝に言った。

「旅行中なんだって」

「山中道子は」

「さっき来たのよ。でも、大声で文学論をはじめ、徳永美保子の死は文学的に正当化されるなんて言い出したものだから、親戚の人たちが怒って、とうとうつまみ出されちゃったの。きっと先に『チャンス』へ行って飲んでると思うわ」

ACT 5／SCENE 19

坂氏肥労太殺害の一一〇番通報が通信指令室に入ったのは九時四分だった。目黒署のパトカーが現場に急行し、殺人事件を確認した。また、胸を撃たれて瀕死の重傷を負っていた中年の男は、週刊読経の編集記者野原宗太郎であることが確認された。警視庁では三作家の殺人を同一犯人による連続殺人事件と判断し、特別合同捜査本部を設ける準備を開始、本部長として斎木警視が就任することになった。これによってそれぞれの地区の警察署で行われていた各殺人事件の捜査の主体は警視庁に移った。

ACT 5／SCENE 20

東北沢駅を通って井ノ頭通りに入った市谷のカローラは、九時十五分、まだ西へ西へと走り続けていた。三つの犯行の連続性をそろそろ警察が悟りはじめている頃だ、と、市谷は思った。膳上線引の家は遠かった。まだ、道程のやっとなかばであった。

ACT　5／SCENE　21

「加茂さん。また警察のかたが。さっきと同じ刑事さんです」

受付からの電話で加茂は立ちあがり、まだ見ていないゲラ刷りの最終校正を同僚に頼んでから校正室を出た。三人いる同僚はいずれも加茂より若く、文壇事情にはほとんど通じていない。

「犯人はわかりましたか。やはり番場君でしたか」応接室へ入るなり加茂は刑事に訊ねた。

「それが」加茂と同年輩の刑事はちょっと口ごもった。「番場氏はあなたのおっしゃった『うえだ』で七時から飲み続けていました」

「やっ。すると無駄足を踏ませたことに。これは悪いことをしました。アリバイがあるわけだ」事件への関心もさることながら殺人事件の捜査に協力しているという生まれて初めての体験が加茂を興奮させていた。しかも文壇で最初にニュースを知ったのも自分なら、捜査に関係したのも今のところどうやら自分だけらしい上、文壇人はまだ誰もこのことを知らないのである。明日になればどのような騒ぎになることか。

煙草をとり出す指を顫わせている加茂にちらと危惧の眼を向け、刑事は言った。「じつは、あまり驚かないでほしいのですが、今度は雑上掛三次氏が射殺されました」

加茂は眼を丸くした。「これが驚かずにいられますか」立ちあがり、室内を歩きまわった。「いやまあ、今度こそ本当にぶったまげた」刑事を見つめた。「同じ犯人ですか」

「そのようです。ところで鯨口氏と雑上氏のご両人を恨んでいたという人物に心あたりはありませんか。たとえばご両人は共に歴史小説、時代小説を書かれていますが、その線から何か」

「わたしは『文学海』という純文学雑誌の編集者ですから」いささかの誇りと共に加茂は言った。「その方面には詳しくありません。ただ歴史・時代小説文壇というものは聞くところによれば今でもたいへん保守的で徒弟制度に近い上下関係が守られている世界だそうです。したがって充分不明朗なこともあり得る筈です。これはむしろその方面の評論家に聞かれた方が」

「そうですか」刑事は手帳を出した。「ではその方の識者のお名前と、もしわかればご住所を」

加茂が文藝手帖を出して菊石正人の名と住所を教えようとした時、刑事のポケットの呼び出しベルが鳴った。

「ちょっと失礼」刑事は傍らの電話から受話器をとり、ダイヤルをまわした。「ああ君か。おれだ。課長はいるか。え。出かけた。どうしてだ。今ベルが鳴ったんだが。ふん。

ふんふん。なるほど。警視庁に移るわけだな。え。え。何。どうしたって。本当かあ。よしわかった。それをこっちで聞いてから戻る」眼を光らせ、受話器を架台に置きながら刑事は加茂を振り返った。「坂氏肥労太氏が射殺されました」

啞然とし、しばらく加茂は刑事の顔をぼんやり眺めていた。

「鰊口氏と雑上氏と坂氏氏の三人を恨んでいたという人物にお心あたり」

加茂はぴしゃりと額を掌で叩いた。「番場君のことを教えておきながらなぜ気がつかなかったんだろう。鰊口さんと雑上さんに共通するものは歴史・時代小説を書いているというだけじゃない。ふたりとも直廾賞の選考委員だったんです」

「坂氏さんは」

「坂氏さんもです。犯人は直廾賞で落されて選考委員全員を恨んでいるやつに違いありません。早くなんとかしないと、選考委員が次つぎと殺されますよ」

刑事は電話にとびついた。

ACT　5／SCENE　22

「本部長。新聞記者が押しかけてきましたがどうしましょう」

「あとまわしだ。現在連続殺人が進行中なのだぞ。そんなひまはない。それよりも過去何回かの直廾賞候補者のリストを用意してくれ」

「前回の分だけならここにあります」

「よし。君。それぞれの地方の警察署へ連絡してその連中の所在だけでもつきとめてくれ。それから君。他の直廾賞選考委員全員に、厳重な警戒をするよう電話をしてくれ。おい君。都内にいる先生がたの住所を調べろ」

「世田谷区に二人、杉並区高井戸にひとりです。あとの先生がたは地方在住です」

「犯人が高井戸にまわったとするともう間に合わんかもしれんな。おいっ。君。所轄の署に連絡して先生がたの自宅へパトカーを至急出動させろ」

ACT 5／SCENE 23

バー「チャンス」にいるのは今夜も「焼畑文芸」同人だけであった。なぜかこの連中が集まってくるとほかの客は皆出て行ってしまう。店をまかされている悦ちゃんにとってはあまりありがたくない客であるが、むろん悦ちゃんはそんなことを表情にも出さない。他の客が逃げ出す原因は同人連中の発散させている一種のやりきれなさ、傲慢さ、息苦しさ、必ずしも貧乏のせいではないみじめったらしさにあるらしいのだが、同人たち自身はそれに気づいていていない。

「さっきそのテレビでNHKのニュースセンター九時っての、見てたんだけどさ」いちばん先に来て飲み続けていた山中道子が、カウンターの隅の携帯用テレビを顎でさして言った。「鰊口冗太郎って作家がいるでしょう」

いるでしょう、どころではない。年輩の人間にとっては神様のような存在なのだ。鱶田平造が顔をあげた。「鰊口さんがどうしたんだ」

「殺されたんだって」

「えっ」

「ははあ。あの番場とかいう男だな」大衆小説を馬鹿にしている鍋島がそう言った。中央文壇のゴシップはどんなメディアのどんな片隅に載った記事でもたちまち地方文壇に知れわたる。「喧嘩でもして殴り殺されたか。だいぶ恨んでいただろうからなあ」

「それがさ、射殺されたんだって。散弾銃で」

時岡玉枝は顔色を変えた。市谷京二の兄が散弾銃を持っていることを知っていたからだった。

「またやるかもしれんな。おい悦ちゃん。テレビをもう一度つけてよ」保叉も関心を示してそう言った。

悦ちゃんはテレビをつけた。

ACT 5/SCENE 24

井ノ頭線の踏切を越えてすぐのところに膳上線引の豪邸がある。家の中の様子が少しでもわかっているのはこの膳上邸だけである。一度、多聞伝伍と共に訪問しているからだ。市谷は隣家のガレージ前のスペースにカローラを駐《と》めた。腕時計は九時三十四分だった。

銃を持ち、膳上邸の門前に立った。深夜も訪問客が多いと聞いていたので油断はできなかった。門の鉄柵はたいへん高く、市谷の背ほどもあった。銃を先に柵内に入れておいてから市谷は道路を助走し、鉄柵にとびつき、乗り越えた。

摺りガラスの入った玄関の格子戸には錠がおりていなかった。右手の応接室には誰もいず、左手の居間ではテレビの音楽が鳴っていた。二階で電話が二度だけ鳴った。二階の書斎に膳上がいて受話器をとったのだろう、と、市谷は思った。警察からの電話かもしれないと思いながら、市谷は靴音を立てぬよう気をつけながら階段をあがった。膳上の声が聞こえてきた。

「そいつは大事件じゃないか。夕方変な電話があったけど、あれがそうだな。なに。心あたり。番場という男でないとすると市谷というのが臭いな。市谷。そうそうその市谷京二だ。わかった。用心する」

　受話器を置き、いそいで立ちあがった膳上の前へ、襖をがらりと開いて市谷は立ちはだかった。

　市谷と膳上は約二メートルの間隔をおいてしばらく睨みあっていた。膳上の顔にはなぜか早くも死相が浮かびはじめていた。

「この人殺しめ」階下の家人に気づかせようとしてか膳上は大声で罵倒しはじめた。「己れの小説の欠点には眼をつぶり、選考委員を恨むとは何ごとだ。それでも男か。この馬鹿者。すぐにその銃を捨てろ。そしていさぎよく自首するんだ。わかったか。さあ。銃を捨てろ」

　えんえんと怒鳴り続けるつもりらしいので、市谷はかまわずに無言のまま銃口を膳上の顔に向け、引金をひいた。

　かちり、と音がした。

　市谷は舌打ちした。坂氏家で二発撃ったあと装塡するのを忘れていたのだ。市谷はいそいでチョッキから出した散弾二発を銃にこめ、ふたたび構えようとした。

　いつの間にか膳上線引が這いつくばり、畳に頭をこすりつけていた。

ACT 5／SCENE 25

「雑上掛三次氏射殺」

「兇器は狩猟・クレー射撃用の散弾銃」

「坂氏肥労太氏も」

「犯人の車はブルーのカローラ」

次つぎと衝撃的なニュースを報じるテレビの画面に「焼畑文芸」同人の六人はなかば腰を抜かし、ただ茫然と見入っていた。

「市谷君はどこへ旅行しているのか知らないか」ニュースが終った時、保叉がひどく押し殺した声でそう言った。彼の顔は時岡玉枝に向けられていた。

「市谷さんの車はカローラじゃないわ」質問を予期していたのか悲鳴のような声で玉枝は叫んだ。

「市谷さんよ。そうだわ」山中道子がひどく興奮してそう言った。「あのひと選考委員全員を恨んでいたに違いないもの。車は東京で盗んだのよ」

「番場という男が恨んでいたのはおそらく鰊口冗太郎だけだろうしなあ」と、鍋島がいった。

「でもあの人だって直廾賞落されてるわ」玉枝はむきになった。「鯨口冗太郎を殺したあと、はずみがついて血に狂って、次つぎと」

「いや。ぼくにはもっと計画的な犯行に思えるね」保叉は眼鏡を光らせた。「あの番場という男の仕業とは思えない。酒乱だっていうじゃないか。鉄砲も車も、あの男には縁がなさそうだし。犯人はもっと冷静なやつだよ」

「時岡君。あんたは知らんかね」玉枝と市谷の仲を噂で聞いて知っている鱶田が気弱げにおずおずと質問した。「市谷君が銃を持っていたかどうか」

「持っていなかったわ」玉枝は蒼ざめた顔でそう言った。「でも、彼の兄さんが」

「持っているのね」滅茶苦茶に興奮した山中道子が、鼻息荒く立ちあがって電話に近づき、受話器をとって玉枝にさし出した。その手が顫えていた。「電話した方がいいわ。警察に。犯人を知っていながら黙っていたことがあとでわかって、共犯みたいに思われるのは厭だものね」

「そんなこと、誰も思わないだろうけど」保叉もいささか蒼ざめていた。「電話するならむしろ市谷君の家へ確かめの電話をした方がいいんじゃないか。銃が家にあるかどうか。彼がどこへ旅行しているのか」

「チャンス」の小さなドアが開き、ひとりの男がまるで刑事のように不吉な雰囲気をばら撒《ま》きながら入ってきた。彼は刑事だった。「『焼畑文芸』の方たちですね。同人の市谷京二さんのことについてうかがいたいことがあるんです」

ACT 5／SCENE 26

「本部長。成城の先生は自宅におられません。都心のホテルで原稿執筆中とのことです。ただ被害者宅と同様、今日の夕方留守宅へ、やはり中旺公論の者と名乗る変な電話があったそうです」

「高井戸の先生は」

「自宅におられまして、直接電話でお話ししました。やはりおかしな電話があったそうで」

「犯人は駒場から高井戸に向かったのだ。膳上線引氏の家を中心にしてただちに非常警戒網を張れ」

ACT 5／SCENE 27

白髪まじりの髪ふり乱して命乞いを続けていた膳上線引が急に心臓を両手で押さえ、眼球を市谷に向けて突き出させたかと思うとばったり畳に倒れ伏した。心臓麻痺を起したのだろう、と市谷は思った。かすかにパトカーのサイレンが聞こえた。市谷は膳上の咽喉部にいそいで散弾を撃ちこんだ。最近の作家には馬鹿にならぬ演技力を示す人物が多く、また芝居であってはと思い、とどめを刺したのだ。今までになく多量の血がとび散った。引き返そうとした市谷は靴についた血の為に滑り、階段をころげ落ちた。女の悲鳴があがり、足音が奥へ向かって廊下を走った。

うまくすれば鎌倉まで行き、明日滝毒作を仕留めることができるかもしれない、と市谷は玄関を駈け出ながら思った。四人殺しただけでも大成功だがこのツキに乗じぬ手はないと思えた。鉄柵を乗り越えて道路の左右を見たがまだパトカーの姿はなく、サイレンだけが次第に高まり、数を増しつつあった。カローラに戻り、道路へ出ようとした。右下の四つ辻にパトカーがあらわれ、行手を塞いだ。市谷はカローラを左に向け、井ノ頭線につきあたって右折した。前方左手の踏切の遮断機が降りようとしていた。今なら充分間にあう、と市谷は思い、アクセルをふかした。踏切前の四つ辻に右側からパトカーが出てきて、市谷の行手を遮った。

市谷はアクセルを踏みこんだままで咆哮《ほうこう》した。パノラマ視現象が起り、画集の片側のページをぱらぱら落していく速度で過去の情景が蘇り、いちばん最後に右側から出てきたパトカーのイメージと現実の視野にあるそれとがW《ダブ》った。

ACT 5／SCENE 28

「本部長。残念です。間に合いませんでした」

「なにっ。では膳上氏も」

「申しわけありません」

「犯人は」

「いったんは逃走しようとしましたが、前方を遮ろうとしたパトカーに車ごとぶつかっていって死にました。パトカーの警官はひとりが重傷、ひとりが軽傷を負いました。犯人が死んだ時刻は九時四十三分でありました」

ACT 5／SCENE 29

「あのう、警察からお電話ですが」

「焼畑文芸」同人たちに市谷の性格や最近の行動や癖や作品の傾向などを根掘り葉掘り訊ね続けていた刑事に、カウンターの中から悦ちゃんが声をかけた。

「そうですか。わかりました。では引きあげます。やはりそうでしたか。はい。はい」

市谷の兄のロッカーから銃が消えていて、家族が誰ひとり市谷の行方を知らぬことから、警察では犯人を市谷京二と断定したことをすでに刑事から聞かされている六人は、無表情に受話器へうなずき続ける刑事に不安の眼を向けたまま凝固していた。

ゆっくりと受話器を置き、刑事は一同を振り返った。「事件は解決しました。市谷京二は死にました」

時岡玉枝が両手を顔に押しあて、呻くように泣きはじめた。

ACT　5／SCENE　30

刑事が「チャンス」を出て行ってからしばらく、同人たちはもはや自殺した徳永美保子のことなど念頭になく、しばらくは興奮して市谷のことばかり話していた。やがて会話がとぎれがちになり、誰からともなく黙りこんでしまった。考えれば考えるほど大きな事件だった。全員がうちのめされたようになっていた。むろん、市谷の家へ行こうなどと言い出す勇気のある者はいなかった。今度こそ、あの純情青年の市谷をおよそ正気の沙汰とも思えぬ行動へ追いやった責任の一端が自分にもあると思わぬ者はひとりもいなかったのだ。玉枝だけがいつまでも泣き続けた。

「もう帰るわ」腕時計を見て、玉枝は立ちあがった。

「元気を出しなさいよね」から元気の大声で山中道子も立ち、ドアまで玉枝を見送った。「競争相手がひとり減ったんじゃないの。明日からまた、はりきって書きましょうよ」

路地へ出ようとしていた玉枝が振り返り、泣き腫らしたまっ赤な眼で山中道子を睨みつけた。「競争相手は、もひとり減ったわ」叫び出しそうになるのをせいいっぱい堪えている声で、玉枝は言った。「わたしももう、小説なんか、書くのをやめるから」

山中道子の鼻さきで、大きな音を立ててドアが閉まった。

山中道子はふくれっ面をして振り返った。「ふん。何を怒ってるのかしら」

ACT 5／SCENE 31

いくらなんでもこんなに遅くなっては亭主がイカり出すからというので山中道子が帰っていったあと、男四人は跡切れ勝ちの会話を続けながらさらに飲み続けた。だが、誰も酔わなかった。

「おれたち、新聞や何かで叩かれるんじゃないだろうかね。同人の中から犯罪者を出したというので」土井正人がひどく心配そうに言った。

「うん。いわゆる文学者の不品行が糾弾される、というのとはちょっと違うからね」鍋島も不安げにうなずいた。「おれたちはプロじゃなく一般社会人だしね。ぼくなんか、教師だ。校長やPTAから何か言われるかもしれない」

「週刊誌などがやるかもしれれんよ。大作家連続殺人犯市谷京二を生んだ『焼畑文芸』とはどんなグループか」

　保叉が虚無的に笑って投げやりに言うと、土井はふるえあがった。「同人誌全体が犯罪集団扱いされるな。乱交。強制猥褻。自殺。大量殺人。全国に蔓延《まんえん》する同人誌。おそるべきその実態なんて」

「まさか」鱶田が笑った。「暴力団じゃあるまいし」

「マスコミはそれほど馬鹿じゃないよ」保叉が慰めるように土井に言った。「記者にだって文学青年は多い筈だ。同人誌を理解してるさ」

「そう。だからむしろ市谷君の性格やその作品についてわれわれに取材してくるだろうね」鱶田はそう言ってから眼を光らせた。「さらにまた彼のようなヒステリックな人間を生み出した現在の文壇ジャーナリズムのありかたとか、そういったことを」喋りながら鱶田は次第にそわそわしはじめた。事件の記事は明日の朝刊に出る筈だ。だとすると今頃家へは鱶田のコメントを求める新聞社からの電話がじゃんじゃんかかっているかもしれないのである。「だいぶ遅いから、ぼくは帰る」

　そそくさと立ちあがった鱶田を皮肉な眼で見て保叉は言った。「先生。市谷君のことについて次の『焼畑文芸』にも何か一筆お願いしますよ。ね。先生」

ACT 5／SCENE 32

男たち三人はさらに飲み続けた。

「おれたちはいったい何をしてるのかなあ」と土井がいった。「小説を書いて、自腹を切って安くない印刷代を払って同人雑誌を出して、その雑誌は仲間以外にほとんど誰も読んでくれず、たいていそのまま屑屋行きだ。とても日本の文化に何らかの形で貢献してるとは思えないんだよ。むしろ自殺者を出したり、精神の荒廃した無頼漢を出したり、生活無能力者を出したり、はては殺人者を出したり、反社会的な傾向の強い人間ばかり育てている。反社会的な行為がいくら文学の実践活動だといったところで、小説そのものさえ認められていないのじゃ意味ないしねえ」

「君は若いからそういう言いにくいことも平気で言えるんだろうが」鍋島は蒼ざめた顔で宙を睨み据え、押し出すような声でいった。「たとえばぼくなんかは今になってとてもそんなこと考える気にはなれないんだよ。それを考えはじめたらもうおしまいなんだよ」

「はあ」土井はうなだれた。「悪いこと言ったかなあ」

三人はまずい酒を飲み続けた。

ACT　5／SCENE　33

「チャンス」の前で鍋島と土井にわかれ、保叉はひとり自宅への道を歩きはじめた。もう深夜の一時だった。さっきの土井のことばが胸にこたえた。われわれはいったい何をしておるのか。そういう問いかけは何に対してもなされ得るであろうし、誰もがそれに正確な答えを返すことはできない。しかしわれわれ同人誌作家の場合、われわれのしていることは社会から見ればそもそもまだ何もしていないのと同じであり、せいぜい何かをするための準備に過ぎないのではないのか。そしてほとんどはそのままに終ってしまうのだ。跳躍台なきわれらが永遠の助走、呼び出されることなきこの大いなる待機が、はたして何の役に立っているのか。それともそれは役に立たぬことが値打ちなのか。おれの破産と引きかえにできるほどの価値がどこかにあるのだろうか。

　そうだ一度こいつをアンケート調査してみよう、と保叉は思った。各地の同人誌の連中にはがきを出し、その返事で特集記事を作るのだ。だが、そんなことを考えはじめたのがそもそも念頭をかすめた破産という目前に迫った現実からの逃避であることに保叉はまだ気づいていなかった。

解　説——文壇のカリカチュア

大岡　昇平

この作品は発表当時から、文壇の裏話を戯画化したものとして「大いなる問題」になった。ある文学賞の候補者が編集者に土下座し、文学賞委員に金と性を提供したのに、選考会の混乱から落選した——という筋自体ショッキングであるのに、最後には委員を殺して廻る。土下座し金銭を提供するあたりから、筋の進行はファンタスティックになって来るが、それは実は文壇に登録されたい候補者の秘かなる欲望であり、選考委員のそれではないかと思わせる。

一方そこに到るまでの地方都市の文壇予備軍たる同人雑誌の刊行、同人構成、その生態も戯画化されて語られる。題目たる「助走」の意味はこっちにある。

そのように面白くおかしく、また痛快な小説として読まれた。SF作家筒井氏の私怨晴しともいわれた。直木賞を筒井氏は受賞していないからである。私怨ばらしでない文学があるか、と筒井氏は居直り、種々話題の的になった。モデルとされた作家が「週刊誌」のインタビューに答えて、黙殺するふりをしたが、そこにもうそがあって、『大いなる助走』をめぐっての文壇の動き自体が喜劇だった。

しかしこんど再読してこの作品は単なるカリカチュアとして読みすごされるべきではなく、作者のまじめな文学観、文壇という特殊社会への批判が含まれているのに気がついた。それが全体のファルス調にまどわされて、見逃されてしまうのは惜しいことである。

文化的社会現象としての「文学」、商品としての「文学」、その流通過程に成立する「文壇」なる同業者集団と、そこでの商品の価値基準、商品生産者としての出版社、その販売政策の一つとして設定された「文学賞」、商品製作者、売文の徒たる「文士」、その中で成功せる権威者としての文学賞選考委員——これらの社会的要素の織り出す文学生活というものは、私の五十年の経験でも喜劇でもある。文学生活を描き出した古典的な例としてバルザックの「人間喜劇」に『幻滅』（一八三六～四三年）と『浮かれ女盛衰記』（一八三八～四七）がある。一八二〇年代の王制復古期に舞台を設定され、実際は一八三〇年代のルイ・フィリップ治下の、いずれにしてもロマンチックな時代を対象としたものだが、その提示する社会的背景の広がりと規模において、その後、凌駕されていない。

ブルジョワ文学の隆盛は、地方よりの都市への人口流入、それと共に、文学の内容の充実と変化を伴ったことから発生している。『幻滅』は田舎の美貌の詩人ルュシアン・

ド・ルユバンブレが上京し、誠実なるロマンチックな「小集団」に迎えられ、それから体制側に身売りして、発生期の「ジャーナリスト」によって葬られる。次に犯罪者ヴォートランに救われ、その金を背景として返り咲くけれど、闇の保護者の逮捕と変身によって、遂にルユシアンの踊らされた人形としての自己認知と自殺に終る。

『大いなる助走』にも、このような地方と首都の対立は存在する。それは西欧文化の影響裡に育った明治百年の文学社会に存在したものだった。ところで『大いなる助走』は一九七〇年代高度成長期の日本の文壇を描いたものであるから、条件は大きく違っている。高度成長下に「文学企業」の巨大化と共に、地方の「小集団」の予備軍として組織された「同人雑誌」自体中央との馴合いによって腐敗し、戯画化されていた。

作品の価値はもはやその個人的才能によって計られない。その素材たる情報含有量によってはかられる。主人公市谷は、地方的勢力たる一企業のエリート社員であるが、その職務上知り得た事実により、企業の内部告発作品二八〇枚を書いた。それが地方同人雑誌に載った段階では問題にならなかったが、東京の文芸誌に転載され、文学賞の候補に擬せられるに到って、地方ジャーナリズムのうわさの対象となり、企業よりは馘首《かくしゅ》せられる。市谷には文学賞を取って流行作家になる以外に未来の経歴を開く道はなくなる。ところで中央では彼のその馘首事情を書いた第二作で、その才能は行き止まるであろう、と評価されている。選考委員とそのコンサルタントたる編集者の意見もそうである。

従って文学賞を取るかとらないかにかけた主人公の運命は、この段階で予感せられている。ただ三百万円の軍資金を委員にばらまき、性的サービスの効果がどうかの僥倖《ぎょうこう》にかかっているが、それが選考委員の喜劇的混乱によって無効となる。その結果たる市谷の暴走と死の悲劇味よりも、三人の殺された選考委員へのうさ晴しの効果、彼等の死際のうろたえぶりに喜劇的効果がある。市谷は連続報復殺人を文学的行為だ、と信じているのである。

選考委員は社会的名士であり、グラビアや談話によって、自己宣伝しているのであるから、そのプライバシーは減少していると思われる。ただ、金銭と性的サービスはスキャンダラスであり、名誉毀損の疑いがあるが、全体のファンタジー調によってそれは巧みに回避されている。

『幻滅』のルュシアンの悲劇に似ているのは、地方の名士の情婦となり、捨てられて、自己と文学を認知して死ぬ徳永美保子なる文学少女の方にある。彼女は未成年だったので、彼女を妊娠させ自殺に追いやった地方文学ボスは強制猥褻《わいせつ》行為その他によって罰せられ、報復される。

これは脇筋であるが、主人公市谷の行動と共に、『大いなる助走』全体は、「うさ晴し」の構造を持っている。文壇という枠を越えてこの作品が読者の共鳴を得るとすれば、現代の社会全体がうさ晴しを求めている、その希求度にかかると思われる。同人の中で古い大正、昭和のリアリズムによって小説を書いている鍋島の思想によって、『大いなる助走』は、真面目な文学問題を提出している。これはこの作品の戯画調によって蔽いかくされてることなので、繰り返し強調しておきたい。

「おれたちはいったい何をしてるのかなあ」と土井がいった。「小説を書いて、自腹を切って安くない印刷代を払って同人雑誌を出して、その雑誌は仲間以外にほとんど誰も読んでくれず、たいていそのまま屑屋行きだ。とても日本の文化に何らかの形で貢献してるとは思えないんだよ。むしろ自殺者を出したり、精神の荒廃した無頼漢を出したり、生活無能力者を出したり、はては殺人者を出したり、反社会的傾向の強い人間ばかり育てている。反社会的な行為がいくら文学の実践活動だといったところで、小説そのものさえ認められていないのじゃ意味ないしねえ」

「君は若いからそういう言いにくいことも平気で言えるんだろうが」鍋島は蒼ざめた顔で宙を睨み据え、押し出すような声でいった。「たとえばぼくなんかは今になってとてもそんなこと考える気にはなれないんだよ。それを考えはじめたらもうおしまいなんだよ」

＊

日本の文壇の形成は、明治二十年頃であるから、斎藤緑雨「あま蛙」（明治三十年）以来種々の戯文が草されている。大正に芥川龍之介に「不思議な島」（大正十二年）があり、太宰治に「創生記」（昭和十二年）がある。しかしそれらはいずれも内輪話、または諷刺短篇で、規模の大きさと表現の多様さにおいて『大いなる助走』に及ばない。これは戦後高度成長期の文学と文壇の巨大化と地域化、その腐敗について書かれた記録碑作品といえる。

こう書いている私は、羨望の念をもってこの作品を見ているのである。なぜなら私もまた『幻滅』の規模で、文壇というものを書こうかという野心をひそかにあたためていたからである。しかし現代文壇を書いて『幻滅』と同じ規模に達するには、文学者、文学賞だけではなく、出版社、販売会社、広告仲介業者、そしておそらくは、製紙会社、銀行まで、描かねばならぬ。

しかし数年前心不全を発したことによって、それを諦めねばならなかった。二つの批評家殺しを推理小説的戯作として書いた。それは『大いなる助走』が出版された頃に当っていて、一層私をがっかりさせたのである。

文壇内に住んで、文壇を告発するのは、容易ではない。

『大いなる助走』の大いなるファルスはその新しい可能性を開いたものだった。筒井氏が、また別の角度から、現代の文学社会の描出を期待せずにはいられない。

（作家）

新装版のためのあとがき

この長篇を書いてから二十七年が経過し、今、この文庫の新装版が出るまでのその間には実にさまざまなことがあった。

連載中からすでに、「あの連載をやめさせろ」といってモデルにされた選考委員のひとりがいちばん大きな唇で「別冊文藝春秋」編集部へ怒鳴り込んできたこともある、という話はもう何度か書いたことである。

作品発表時には多くがご存命であったその選考委員の人たちも、この世の文壇から一人去り二人消え、今ではほとんどの方が他界の文壇へと移動されてしまった。上梓して暫くはそれらの人たちのこの作品に対する反応を噂に聞いて面白がったりしていたものだったが、今ではもうその楽しみもない。

さらには自分が我が国の文壇における重要な文学賞の選考委員をふたつも務める立場となり、折に触れ作品中で放った矢が我が身に突き刺さっているのに気づいてぎゃんと叫んだりもするのである。

小生と同時に直木賞候補になってみごと受賞した井上ひさし氏が新人文学賞の選考会の席上、しばしば「この人に受賞させせないと、『筒井康隆に直木賞をやらなかった』ようなことになる」と発言されていることを仄聞《そくぶん》するのは、ひさしさんもこの作品を読んでいるからであろうし、その意味ではこれを書いた意義は少くとも文壇に対していささかなりとも存在したことになる。

文壇的に、小生の身にそれ以後持ちあがった、というか、なかばは自ら起した騒動としては、死刑囚永山則夫の入会申請に端を発する文藝家協会脱退事件、マスコミの差別表現自主規制に抗議しての断筆事件などがある。名が知られ、文壇的に地位の変動があり、長い年月の経過があったのだから、その他にもいやなこと、腹の立つこと、変なこと、面白いことが山ほどあったのは当然であり、未公表の事件もたくさんある。これらは「大いなる助走」執筆中であれば当然エピソードに加えられた筈の事件であるから、いずれは新たな作品として書かねばなるまいと、ずっと思っていた。

さらにそれは、すでにお読みいただいている筈の、故・大岡昇平氏がこの文庫の最初の版のために書いてくださった解説の中の次の一節が、ずっと心に残っていたからでもあった。「『現代文壇を書いて『幻滅』（註・文学生活を描いたバルザックの小説）と同じ規模に達するには、文学者、文学賞だけではなく、出版社、販売会社、広告仲介業者、そしておそらくは、製紙会社、銀行まで、描かねばならぬ」

そんな無茶な、そんなところまで手を拡げて書ける能力が尋常の小説家にあるものか、と、これを初めて読んだときにはそう思ったものだが、それ以後の社会的、文壇的状況を見ていると、バブル崩壊や文学の衰退に端を発する出版の構造的不況などがあり、なるほどこれでは現代の文壇を描くのに経済的要素を省くことはできないとつくづく実感させられたのだ。

そして現在、この「大いなる助走」の平成版として、「文學界」に「巨船ベラス・レトラス」という長篇を連載している。完結は来年になるが、ここでは「大いなる助走」以後の文学界や文壇の変化によるさまざまな現状を描き、文壇内部のいろいろな問題を取りあげて時には描写し時には論じているのだが、そこには大岡さんのご指摘に応えて出版社や編集者、さらには出版に関する経済的問題も含めている。あいにく知識や才が及ばずして販売会社、広告仲介業者、製紙会社、銀行までを書くことは不可能であった。むろん「大いなる助走」のメイン・テーマであった同人誌や同人誌作家のことも書いているが、これは今や文学のメイン・テーマとはなり得ない状態である。中心になるのはやはり出版不況と文学の衰退である。

新装版が出るこの機会に読み直して新たな励ましのように受け取ることができた、「筒井氏が、また別の角度から、現代の文学社会の描出を期待せずにはいられない」という大岡昇平氏の解説の結びの言葉に応えられるかどうかは、「巨船ベラス・レトラス」

の出来にかかっている。

平成十七年八月

筒井康隆

本書は一九八二年に刊行された文春文庫「大いなる助走」の新装版です。

初出　「別册文藝春秋」昭和五二年一四一号～五三年一四六号
単行本　昭和五四年　文藝春秋刊

文春文庫

大《おお》いなる助走《じょそう》

定価はカバーに表示してあります

2005年10月10日　新装版第1刷
2024年2月25日　第3刷

著　者　筒《つつ》井《い》康《やす》隆《たか》
発行者　大沼貴之
発行所　株式会社 文藝春秋

東京都千代田区紀尾井町3-23　〒102-8008
TEL　03・3265・1211㈹
文藝春秋ホームページ　http://www.bunshun.co.jp

落丁、乱丁本は、お手数ですが小社製作部宛お送り下さい。送料小社負担でお取替致します。

印刷・TOPPAN　製本・加藤製本

Printed in Japan
ISBN978-4-16-718114-7

（　）内は解説者。品切の節はご容赦下さい。

知念実希人
十字架のカルテ
精神鑑定の第一人者・影山司に導かれ、事件の容疑者たちの心の闇に迫る新人医師の弓削凜。彼女にはどうしても精神鑑定医になりたい事情があった――。医療ミステリーの新境地！

ち-11-3

筒井康隆
わたしのグランパ
中学生の珠子の前に、突然、現れた祖父・謙三はなんと刑務所帰りだった。俠気あふれるグランパは、町の人たちから慕われ、次々に問題を解決していく。傑作ジュブナイル。（久世光彦）
つ-1-19

辻村深月
鍵のない夢を見る
どこにでもある町に住む女たち――盗癖のある母を持つ娘、婚期を逃した女の焦り、育児に悩む若い母親……私たちの心にさしこむ影と、ひと筋の希望の光を描く短編集。直木賞受賞作。

つ-18-3

辻村深月
朝が来る
不妊治療の末、特別養子縁組で息子を得た夫婦。朝斗と名づけた我が子は幼稚園に通うまでに成長し幸せに暮らしていた。だがある日、子供を返してほしいとの電話が――。（河瀬直美）
つ-18-4

月村了衛
コルトＭ１８４７羽衣
羽衣の二つ名を持つ女渡世・お炎は、失踪した思い人を追い、最新式六連発銃・コルトＭ１８４７を背中に佐渡へと渡る。正統時代伝奇×ガンアクション、人気シリーズ第２弾。（細谷正充）
つ-22-3

月村了衛
ガンルージュ
韓国特殊部隊に息子を拉致された元公安のシングルマザー・律子。息子を奪還すべく、律子は元ロックシンガーの女性体育教師・美晴とともに、決死の追撃を開始する。（大矢博子）
つ-22-2

恒川光太郎
金色機械
時は江戸。謎の存在「金色様」をめぐって禍事が連鎖する――。人間の善悪を問うた前代未聞のネオ江戸ファンタジー。第67回日本推理作家協会賞受賞作。（東　えりか）
つ-23-1

（　）内は解説者。品切の節はご容赦下さい。

ツチヤタカユキ
笑いのカイブツ
二十七歳童貞無職。人間関係不得意。圧倒的な質と量のボケを刻んだ「伝説のハガキ職人」の、心臓をぶっ叩く青春私小説。笑いに憑かれた男が、全力で自らの人生を切り開く！

つ-25-1

天童荒太
悼む人（上下）
全国を放浪し、死者を悼む旅を続ける坂築静人。彼を巡り、夫を殺した女、人間不信の雑誌記者、末期癌の母らのドラマが繰り広げられる。第百四十回直木賞受賞作。（書評・重松　清ほか）
て-7-2

天童荒太
ムーンナイト・ダイバー
震災と津波から四年半。深夜に海に潜り被災者の遺留品を回収する男の前に美しい女が現れ、なぜか遺品を探さないでほしいと言う——。現場取材をしたから書けた著者の新たな鎮魂の書。

て-7-5

天童荒太
巡礼の家
いにしえより行き場を失った数多の人々を迎えてきた遍路宿で、家出少女の雛歩は自らの生き方と幸せを見つけていく。〈いま、世界に一番あって欲しい場所〉を描く感動作。（青木千恵）
て-7-6

堂場瞬一
帰還
東日新聞四日市支局長の藤岡裕己が溺死。警察は事故と結論づけたが同期の松浦恭司、高本歩美、本郷太郎の三人は納得がいかず、それぞれの伝手をたどって、事件の真相に迫っていく。

と-24-19

土橋章宏
チャップリン暗殺指令
昭和七年（一九三二年）、青年将校たちが中心となり首相暗殺などクーデターを画策。陸軍士官候補生の新吉は、来日中の喜劇王・チャップリンの殺害を命じられた——。傑作歴史長編。

と-33-1

中島らも
永遠《とわ》も半《なか》ばを過ぎて
ユーレイが小説を書いた？　三流詐欺師が写植技師と組み出版社に持ち込んだ謎の原稿。名作の誕生だ。これが文壇の大事件となって……。輪舞する喜劇。痛快らもワールド！（山内圭哉）
な-35-1

（　）内は解説者。品切の節はご容赦下さい。

中島京子
小さいおうち
昭和初期の東京、女中タキは美しい奥様を心から慕う。戦争の影が濃くなる中での家庭の風景や人々の心情。回想録に秘めた思いと意外な結末が胸を衝く、直木賞受賞作。（対談・船曳由美）
な-68-1

中島京子
ののろ歩け
台北、北京、上海。ふとした縁で航空券を手にし、忘れられぬ旅の光景を心に刻みこまれる三人の女たち。人生のターニングポイントにたつ彼女らをユーモア溢れる筆致で描く。（酒井充子）
な-68-2

中島京子
長いお別れ
認知症を患う東昇平。遊園地に迷い込み、入れ歯は次々消える。けれど、難読漢字は忘れない。妻と3人の娘を不測の事態に巻き込みながら、病気は少しずつ進んでいく。（川本三郎）
な-68-3

中島京子
夢見る帝国図書館
上野公園で偶然に出会った喜和子さんが、作家のわたしに「上野の図書館が主人公の小説」を書くよう持ち掛ける。やがて、喜和子さんは終戦直後の上野での記憶を語り……。（京極夏彦）
な-68-4

中山七里
静おばあちゃんにおまかせ
警視庁の新米刑事・葛城は女子大生・円に難事件解決のヒントをもらう。円のブレーンは元裁判官の静おばあちゃん。イッキ読み必至の暮らし系社会派ミステリー。（佳多山大地）
な-71-1

中山七里
テミスの剣《つるぎ》
自分がこの手で逮捕し、のちに死刑判決を受けて自殺した男は無実だった？　渡瀬刑事は若手時代の事件の再捜査を始める。冤罪に切り込む重厚なるドンデン返しミステリ。（谷原章介）
な-71-2

中山七里
ネメシスの使者
殺人犯の家族が次々に殺される事件が起きた。現場に残された、ギリシア神話の「義憤」の女神を意味する「ネメシス」という血文字の謎とは？　死刑制度を問う社会派ミステリー。（宇田川拓也）
な-71-3

（　）内は解説者。品切の節はご容赦下さい。

中路啓太
ゴー・ホーム・クイックリー
戦後、GHQに憲法試案を拒否され英語の草案を押し付けられた日本。内閣法制局の佐藤らは不眠不休で任務に奔走する。日本国憲法成立までを綿密に描く熱き人間ドラマ。（大矢博子）
な-82-1

長岡弘樹
119
消防司令の今垣は川べりを歩くある女性と出会って……（「石を拾う女」）。他人を救うことはできるのか——短篇の名手が贈る、和佐見市消防署消防官たちの9つの物語。（西上心太）
な-84-1

楡　周平
ぷろぼの
人材開発課長代理　大岡の憂鬱
大手電機メーカーに大リストラの嵐が吹き荒れていた。首切り担当部長の悪辣なやり口を聞いた社会貢献活動の専門家「プロボノ」達は、憤慨して立ち上がる。（村上貴史）
に-14-4

貫井徳郎
新月譚
かつて一世を風靡し、突如、筆を折った女流作家・咲良怜花。彼女に何が起きたのか？　ある男との壮絶な恋愛関係が今語られる。恋愛の陶酔と地獄を描きつくす大作。（内田俊明）
ぬ-1-7

貫井徳郎
神のふたつの貌《かお》
牧師の息子に生まれた少年の無垢な魂は一途に神の存在を求めた。だが、それは恐ろしい悲劇をもたらすことに……。三幕の殺人劇の果てに明かされる驚くべき真相とは？（三浦天紗子）
ぬ-1-9

額賀　澪
屋上のウインドノーツ
引っ込み思案の志音は、屋上で吹奏楽部の部長・大志と出会い、人と共に演奏する喜びを知る。目指すは「東日本大会」出場！圧倒的熱さで駆け抜ける物語。松本清張賞受賞作。（オザワ部長）
ぬ-2-1

額賀　澪
さよならクリームソーダ
美大合格を機に上京した友親に、やさしく接する先輩・若菜。しかし、二人はそれぞれに問題を抱えており——。少年から青年に変わっていく、痛くも瑞々しい青春の日々。（川﨑昌平）
ぬ-2-2